U1015291

创意写作书系

开始写吧！

非虚构文学创作

雪莉·艾利斯（Sherry Ellis）——编
刁克利——译注

NOW WRITE! NONFICTION

Memoir,Journalism and Creative Nonfiction Exercises from Today's Best Writers and Teachers

中国人民大学出版社
·北京·

“创意写作书系”顾问委员会

（按姓氏笔画排名）

刁克利	中国人民大学
王安忆	复旦大学
刘震云	中国人民大学
孙　郁	中国人民大学
劳　马	中国人民大学
陈思和	复旦大学
格　非	清华大学
曹文轩	北京大学
阎连科	中国人民大学
梁　鸿	中国人民大学
葛红兵	上海大学

译者序

作家是可以培养的

这是一套奇异的书。它教你成为作家。教你进行文学创作。

对于初学者，它教你如何起步，如何循序渐进，发现你的素材，改进你的写作技艺。

对于经验丰富的作家，它教你梳理你的思绪，完善你的技艺，保持长久的创作生命。

这是国内首次引进的关于美国创意写作的一套丛书，是关于文学创作的教科书和自学指导。首批选了四本，它们是：《成为作家》、《开始写吧！——虚构文学创作》和《开始写吧！——非虚构文学创作》，以及《小说写作教程：虚构文学速成全攻略》。这套书为我们提供了文学创作的全方位解决方案，包括成为作家的思想准备，以及不同文学种类的写作要素和方法训练。

四本书的作者都是美国作家，这些作家又都在大学里教授创意写作。这是他们的授课秘籍，是他们的经验总结。这是我们通常说的作家的创作秘密，难得与人分享的作家的“黑匣子”。

在翻阅这些书之前，你肯定有疑惑，会提出很多问题。比如，写作需要天才吗？作家是可以教出来的吗？文学创作需要什么天赋、才能和技艺？作家的“黑匣子”里到底隐藏着什么样的秘密？如果想自学写作，如何无师自通？如果有几个志同道合的人一起练习写作，如何相互促进？如果有一个作家班，该如何授课？

在阅读这套书的过程中，所有这些问题都会迎刃而解。

一

首先，书中经常出现的几个概念需要解释清楚。

英语中作家有两个含义：一个是创作的人，即在“写作”（write）这个动词后面加一个后缀，变成做这个动作的人（writer），所以，作家就是愿意写作、能够写作、正在写作的人，与写作有关。在这几本书里，你会读到比如学生作家之类的词，即将来有可能成为作家、而现在的身份是在校学生的人。当然，也指任何从事写作的人，不管他的职业背景和身份是什么。换句话说，只要在写作，就可以被称为作家。所以，作家人人可为。另一个是我们熟悉的作家，是一种身份和职业，即主要靠写作为生的人，或是在写作上取得了成就、可以稳定地以写作为业的人。

创意写作的英文为 creative writing，就是我们通常所说的文学创作。目前，英美国家很多大学普遍开设这一学位项目。一般只招研究生，学制为 2～3 年，主要分为虚构与非虚构两种，也可以细分为诗歌、小说、散文、回忆录、剧本创作等具体方向。经过学习，毕业前提交一部独立创作的文学作品，根据学习方向，可以是一部小说，也可以是短篇小说集、一组诗歌、一部剧本、一组散文等，在作品前边阐述一下创作理念。经过答辩，可授予创意写作硕士学位（MFA in Creative Writing），MFA 的英文全称是 Master of Fine Arts，直译过来是美学硕士，即把创意写作归入大美学学科，和绘画之类的美术创作，与制陶、雕塑之类的工艺美术，以及电影导演、制作等同属一个学科门类。MFA 在美国属于创作终端学位，即等同于其他专业的博士学位。中国人民大学在 2006 年引进一位获得美国南加州大学英语创意写作学位的教师时，还专门进行过学位证书鉴定。

由于大学普遍开设有这种专门教授创意写作的学位，所以，美国当代作家几乎都获得了创意写作学位，从事文学创作属于科班出身。绝大多数知名作家也都在大学任教创意写作。这就形成了创作的传统和美国文学的特色。美国没有像我们国家的作家协会这样的专属于作家的机构，所以在大学任教成为绝大多数作家安身立命、专心写作的保障，同时也保障了文学传统的有序传承和创作质量的较高水准。这个学位近年来得到了迅猛发展，在校人数众多。2006 年笔者到亚特兰大参加一年一度的美国作家和文学创作项目年会时，与会人数是 4 900 人，其中作家 2 000 人，创意写作研究生 2 900 人。2007 年纽约年会的与会人数达到 7 000 人，绝大多数还是创意写作的研究生和他们的导师。近年这个学位的录取比例大约在 4%，是非常不容易申请的学位。申请者除了需递交和一般的学位申请相同的资料之外，还要递交自己的作品。

在英国和澳大利亚情况也基本相同。2009年澳大利亚作家访问中国人民大学的时候，其中一位作家谈到，他所在的大学中有20名英语系的博士，其中12位通过创意写作获得博士学位。为了适应博士学位越来越多的实际形势，美国不少大学正在把这个学位提升为创意写作博士。

创意写作硕士研究生的学习方法主要是工作室（workshop）形式，这是一种注重实际应用的教学方法，即以导师组织学生创作和研讨自己写的作品为主。其教学内容主要围绕如何激发学生的创作热情，如何传授切实有用的创作经验，如何发展学生的创作个性而展开。教学目的是让学生创作出具有一定水准的文学作品。这套书中的《开始写吧！——虚构文学创作》和《开始写吧！——非虚构文学创作》就是当代最优秀的美国创意写作教师设计的写作练习，是他们的教案精选。

工作室不一定非要设在大学的课堂上。除了正规学制的学期教学，很多大学开设有各种形式的暑期作家工作室，有的社区还开设夜校工作室、周末工作室。授课方法是一样的，都是作家指导大家进行写作。通过学习和训练，学员把自己的经历变成可以分享的文学创作，写出自己的文学作品。所以，未能进入校园学习的人，只要热爱写作，也有机会参加各种创意写作工作室，以提高自己的写作能力。

举例来说，著名华裔作家汤亭亭开设了一个退伍老兵写作工作室，教退伍老兵写回忆录。她觉得这些老兵对战争比作家有更切实的体会，他们的写作更真实，更具说服力。还有一位美国退休的中学教师志愿到监狱里给犯人开设文学创作工作室，最后还结集出版了犯人写的作品。那些犯人承认，写作的经历让他们体会到了有生以来难得的身心宁静，对自己的过去进行深刻反思的过程，好像重新活过一遍。还有一个女孩，她与人面对面地交流时总是很害羞。但是，无论在朋友生日，还是大家聚会时，她总喜欢写一些诗歌，然后抄在卡片上，塞到她朋友的口袋里或门缝里。这样，写作为她赢得了很多朋友。有一位退休的瑞典裔美国教授，老伴去世后，她悲痛欲绝。她开始回忆跟随曾经在联合国粮食署任职的丈夫一起到过的地方，比如日内瓦、罗马等；以及两人又分别辗转到美国一所大学任教的经历。那些一起度过的重要时刻，那些点点滴滴的记忆和哀思，她都写成了短短长长的诗行。

每个人都有自己的写作故事。这也说明，回忆录和传记也不是只有成就卓著的人才可以写。每个人都可以把自己的回忆和一生的经历作为创作的素材。其实，大作家的作品万变不离其宗，都是各种传记和回忆录的变体。关键在于，学会使用这些素材进行文学创作，就像一个人要学会从自己的经历中汲取人生的经验和做人的道理是一样的。写作的独特性在于：你的经验和道理可以与人分享。

自 20 世纪 30 年代以来，美国文学在世界上的影响力迅速提升，原因有多方面。其中一个重要的、以往从未被提及的原因是：其创意写作教育的普及造就了大量的、潜在的作家。很多人都具备了文学写作的能力。所以，美国作家的特点是职业背景多样，大多数人都是在经过了现实生活的历练之后将自己的经历转变成了文学作品。

二

中国的创意写作亟待开展。国内已经有大学开始正式招收创意写作硕士，还有的大学成立了国际写作中心，将作家请进校园，登台授课。越来越多的人认识到文学教育的改革势在必行，专业作家制度的改革势在必行。

创意写作的开展提供了一个很重要的契机，即作家进驻校园，将自己的创作经验传授给年轻一代。这样他们既可以在体制内继续生存，解决后顾之忧，也有利于文学传统的有序传承。然而，现在国内的作家在文学道路上大多数是“自学成才”，对创意写作的学生如何授课？作家培养的理念如何深入人心？文学传统如何得到有序的传承？这些都可以从国外创意写作硕士项目的经验中获取有益的借鉴。

除了校园以外，还有人数更多的、爱好写作的人。从听童话传说开始，我们很多人就开始了自己的文学梦想。随着现实世界与文学世界的冲突日益凸显，很多人对文学失去了热情。为了表达对这个世界的体会和看法，很多人对文学依旧热情高涨。

这是一个想象力缺乏的时代。然而，最能带来惊喜的仍旧是与众不同的想象力创造的一篇文学作品、一部电影，或者对平常生活的不平常的创意。

这是一个文学似乎离现实生活渐行渐远的时代。同时，写作的人数比以往任何时候都多。很多人怀着梦想走入大学的课堂，更有难以计数的人活跃在网络上。

大多数人对文学创作感到困惑。因为他们认为作家必须具有天才，因为他们相信文学创作无从传授。

其实，我们每个人都有与生俱来的表达欲望。这就是写作的激情和动力。从这个意义上讲，每个人都是天生的作家。或者，每个人身上都有作家的潜质。

为什么只有少数人成为了作家，而我们大多数人只把这个梦想藏在心底，渐渐淡忘，以至于彻底遗忘了呢？除了生活本身的际遇，除了对自己的怀疑和对作家的神秘感，很大的原因可能是，我们在根本没有理解写作的本质之前就已经放弃了文学的梦想。我们根本不相信创作的才能可以学习而来。或者，一个更为实际的原因是，我们根本没有机会和途径学习文学创作的理念、方法与技巧。

我们依然相信文学创作需要天赋。但事实上，我们也一定知道，没有人能靠灵感或天赋写作一辈子。即使天才的作家，一旦真正的写作开始，鸿篇巨制的写作也会是一种工作和劳役。很多作家的创作生涯可以延续很多年。除了我们羡慕的天分之外，他们一定有保持文学热情的良方。

这种良方可以传授。写作的乐趣和意义也可以分享。

三

文学创作中，有哪些应该注意的要素？如何进行不同体裁写作方法和技巧的训练？如果想自学写作，如何无师自通？如果有几个志同道合的人一起练习写作，如何相互促进？如果有一个作家班，该如何授课？这就是《开始写吧！——虚构文学创作》和《开始写吧！——非虚构文学创作》的内容。

《开始写吧！——虚构文学创作》，即小说创作。全书按照虚构文学的要素共分为八个部分：开始动笔；视角；人物发展；对话；情节和节奏；场景与描述；技巧；修改。这八个部分按顺序排列，可以循序渐进，完善创作技艺。

《开始写吧！——非虚构文学创作》是关于非虚构文学，即散文、随笔、回忆录等体裁的写作。这种文体需要以事实为依据，内容分别是：开始动笔；非虚构文学中的真实；记忆与灵感；人物塑造；地点；声音、对话和声响；技巧；修改。

这两本书的作者都是近年来非常活跃的美国作家，他们都在大学里教授创意写作。书里收编了他们授课时使用的练习精选，都是行之有效、屡试不爽的写作秘籍，可以说是作家创作经验的结晶。

两本书的翻译过程兴奋而辛苦。兴奋是因为这是国内首次引进美国创意写作方面的书籍，值得推荐。辛苦则是翻译的必然。参与《开始写吧！——虚构文学创作》和《开始写吧！——非虚构文学创作》两本书翻译的译者，除我之外，还有杜俊红、陈小凡、焦娇、吴瑞丽四位。译文完成后，由我对照原文，逐字逐句进行校对修订。为了便于理解，书中以脚注形式对提到的作家、作品等作了注释。

希望本书能给读者带来创作灵感上的激发。

刁克利
2010年9月
于中国人民大学

中文版序

纵观非虚构文学、传记以及回忆录写作的发展历史，几个世纪以前，很多学校就通过讲口头故事和图画故事来教授写作，反过来，在人们学会如何写作之后，口头故事和图画故事就发展为真正的文学作品。在不同历史时期，非虚构文学、传记以及回忆录写作分别受到不同程度的欢迎。

随着印刷业的发展，大众享受文学创作的能力发生了革命性的突破。当作家成了很多人的具体职业。在第二次世界大战之后，美国的高中和大学开始发展创意写作教学，目的是帮助个人更好地表达自己。多年来，本科和研究生创意写作课程的开设速度在各大学里迅猛增长，目的就是集中帮助学生学习如何更好地通过文字进行交流沟通。

创意写作硕士学位课程，旨在提高和完善个人的写作能力，它主要是利用工作室为学生的写作提供具体的指导和反馈。当然，人们也不必非要参加创意写作课程的学习才能提高其写作能力及得到综合性的反馈和指导。过去十年间，把写作作为职业和业余爱好的人急剧增多，我相信，个人完全可以自学写作。他们可以参加社区教育系统的写作工作室，或参加志同道合者组织的写作小组。现在出版的关于创意写作技巧的书多得难以计数，比如这本《开始写吧！——非虚构文学创作》就可以用于个人自学、小组学习或课堂教学。

通过阅读、实践《开始写吧！——非虚构文学创作》中的文章和练习，那些崭露头角、风华正茂以及经验丰富的作家可以增强他们对非虚构文学、传记以及回忆录创作的理解。他们可以利用这些写作练习拓展自己的思维，提高写作技艺。现在就是成为文学创作者的最佳时机，请尝试一下写作，开发你的创意表达能力，拓展你的思想空间。你所需要的只是一支笔，一张纸，写作的动力，专心致志和一点点创造力，因为我相信，一个人作为作家的天赋是可以通过运用系统的写作练习激发出来的。所以，开始写吧。

在此，我衷心地感谢我的编辑加布丽埃勒·莫斯，还有贡献书中写作练习的所有作者！

雪莉·艾利斯
2010年9月

编者的话

自《开始写吧！——虚构文学创作》出版三年以来，不少作家和创意写作课教师都认为这本书为他们提供了很大的帮助。我也得到一些作家的反馈，说书中的练习帮助他们打破了僵局，为他们的创作增加了深度和层次。此外，还有写作小组认为书中的那些练习为他们每周一次的讨论提供了丰富的素材。鉴于这些反馈，我决定为《开始写吧！》系列的第二本书收集非虚构文学创作的写作练习。

目录

开始动笔

非虚构文学创作中的真实

回忆与灵感

人物刻画

地 点

声音、对话和声响

技 巧

修 改

开始动笔

能让我立刻停下来的三件事：关于发现与思考的练习

Michael Steinberg

Michael Steinberg，创作和编写过五本书。2003 年，《前言杂志》（*ForeWord Magazine*）遴选了他的 *Still Pitching* 作为年度独立出版回忆录。他还是《第四类：非虚构文学作品探索》（*The Fourth Genre：Explorations in Nonfiction*）的创刊编辑，《第四类：当代非虚构文学作家（创作谈）》（*The Fourth Genre：Contemporary Writers of/on Creative Nonfiction*）的合编者。目前，他担任 Solstice/Pine Manor 创意写作硕士项目的驻校作家。

作家们经常会谈论这种感觉：发现“我们原本已知但没有意识到的事物”，即那些我们不期而遇的意外惊奇——想法、见解和（或）一种感情。如果这种发现足够强烈，也就达到了小说家和诗人称之为灵感顿悟或自我启发的境界。

该练习的第一部分帮助你对引发你有所发现的这些催化剂更加敏感，比如身边的事件、日常的观察、个人的际遇和有趣的情景。如果你密切留意，这些事件就会激发那种不期而遇的发现。

第二部分要求你利用这些发现，使自己的写作水平向前迈进一步。

练　习

第一部分

描写能让我立刻停下来的三件事

写三篇文章或三段即兴笔记，分别描写三件能让你立刻停下来的事。为了达到这个练习的最佳效果，至少要两到三天才写一篇。

比方说，这个月 10 号你发现你最好的朋友在车祸中受了重伤；12 号，气温突然从华氏 70 度急剧下降到了华氏 30 多度，并且因为气温下降发生了出乎意料的事；14 号你发现自己本来期望的一次意义重大的会面、访谈或约会却被取消，或者悬而未果。

如果你是在星期三写的第一件事，那么，到星期五写下一件事，再到星期日写第三件事。只需要描写你所看到的，或已经发生的具体的事件，然后简单地解释一下为什么这件事引起了你的注意。

这些即兴笔记根据需要，可长可短。笔调可以严肃、沉重、戏谑、困惑、喜悦、失望，不一而足。这些都取决于你写的这三件事的性质，以及你描写时的心情。

如果这一周你不能找到三件让你立刻停下来的事，而只能找到两件的话，那就从你的回忆中，寻找一段过去的经历、一个事件或一次相遇来进行描写。这件事最好是在你脑海里萦绕了很久的事。

第二部分

现在让我们看看，从这三件似乎随意写出的事中能否有所收益。

首先，读一下你自己写的这些笔记，并试图从中发现一些共同的线索或模式——不管多么牵强附会——只要能够把这三件事联系起来，无限可能就蕴涵其中。

比如，这个共同的联系也许是一个主题、一种感觉，或者，也许这三件事为你解开了一个一直悬而未决的谜团。

不管怎样，当你找到了这种联系（相信你的潜意识，如果你用心寻找就肯定能找到），就动手写一两段有思想深度的文字，或者推理、思考和分析——你要通过写这段文字准确地判断出这三件事之间的联系到底是什么，然后开始陈述你认为它们存在什么联系，为什么会有这样的联系。

在这种写作过程的体验中，希望你会发现你已经知道但没有意识到的事。如果能够极好地加以运用，它会成为你进行更深入、更细致写作时十分丰富的素材。

垂死的山羊 Jay Kirk

Jay Kirk，创作的非虚构作品发表在《智族》(*GQ*)，《哈珀斯》(*Harper's*)，《纽约时报杂志》(*The New York Times Magazine*)。任教于宾夕法尼亚大学，教授创意写作项目，著有 *Kingdom Under Glass*，2010 年出版。

在很大程度上，优秀的非虚构作品是对一种印象的确认。靠你的诚实呈现世界。我经常对学生说，观察时要留意细节，尤其是那些稀奇古怪的细节。你要明白的是，你的主人公之所以令人印象深刻，不仅因为他长着“黑色的、蓬乱的头发”，更因为他早起沐浴时剪下的发黄了的指甲正好粘在了他衬衣右下方的那个小小的刺绣的短吻鳄上。同样，这也可以用在你对感情的描写上：你要给你的人物、处境、判断，以及你异想天开的想法创造一个富有深度的、个性化的主观印象。

你必须让自己记住那些实在的东西，即乍看起来可能是不合适的、奇怪的，或者因为找不到适当的词汇，就称其为稀奇古怪的细节。其实看似古怪的东西也可能具有很强的真实性；有时候这也正是使普通事物显得与众不同的唯一方法。当然，以这种方式寻找真实性是冒险的，因为人们可能会根据我们写的东西而把我们想得很糟糕——他们会认为，我们观察到的和费尽心思发掘的东西让人觉得怪异或毛骨悚然。

因此，为了能够真正写下去，我经常用这种病态的想法安慰自己：当我死后，很可能没有人会记得我，所以管它呢，我为什么不写真实的东西呢？只有当我们释放自己、轻松自由的时候，我们才能认真地对待我们真正在意的孤独的事业。所以，为了更好地写作，拥抱你的死亡吧！我知道，这令人沮丧，但切实有效。

练 习

下面就是一个这样的练习，我喜欢称之为“垂死的山羊”。

假装你是一只已经和羊群分开了的山羊。你在荒野中迷了路。当你在万分惶恐之中跌跌撞撞地奔跑时，不小心扎到了皂荚的刺上。皂荚的刺上长着五英寸长的吸盘，很脏；刺中带毒，足以致命，无药可治。你的命运很可能是流血致死，在荒凉的旷野中，孤独一身，流血而死。你迅速经历了伊丽莎白·库布勒-罗斯所提出的痛苦的五个阶段，准备接受死亡。那么，作为一个讲真话的作家，在迫切需要你不屈不挠地表达自己思想的情况下，甚至在你不可避免的死亡时刻，你找到了一个形状很好的嫩树枝，用它蘸着你的鲜血。此时此刻，在你生命的最后关头，你要说的话是什么？

你可以用这个情形作为开端，自由写作。以此为契机，让你重新罗列一遍你认为值得写的主题和故事，写出以前你不敢写，或不好意思写，或因受限制而没有写出的内容，或者你就利用这个练习来使你自己的宏大构想清晰起来，包括那些你一直以来由于太过谦虚而没有来得及和世人分享的伟大想法。

这个练习的主要目的是释放你自己。对于初学者来说，就是让他能够跨越脑子里真实的想法和真正落在纸上进行写作之间的鸿沟。我个人的经验是，假装自己躺在床上奄奄一息，拿着一个笔记本和一支自来水笔奋笔疾书。如果能够驱除自我意识的魔障，我通常会更深入地挖掘那些隐藏在脑海深处的真实想法。不管怎样，动手写吧，就像你的下一句话就是你的临终遗言一样。

如果这样的练习还不起作用，那就试着写一个你自杀前要留下的便条。我经常这么做，随手扔在屋里各个角落让我妻子去找。然而，如果这样起作用，你就会发现自己行动起来了，会想要把情景写清楚。这个练习还能起到热身的作用，让你写出更好的东西。

在你像一只垂死的山羊一样要尽量道出你内心最真实的感受之前，你可以先去图书馆，认真了解山羊的天性，仔细查阅地图和照片，从而更加生动地描绘你想象中的荒野。你可以想象那只山羊在皂荚丛中蹿跳穿行，可能还迷失了方向。而这时，也许你就会找到一个更有效的非虚构作品的写作视角。因此，请格外留意自己头脑中冒出来的荒诞不经的想法，不管怎样，那绝不是虚构作品写作的专有王国。

你的第一个厨房 Robin Hemley

Robin Hemley，出版过八部作品，最新的著作是 *DO-OVER*！，描写 48 岁的父亲三次回到幼儿园、夏令营、学校舞会和其他的尴尬事。他获得的奖项有：2008 年古根海姆基金奖（Guggenheim Fellowship），两次手推车奖（Pushcart Prize），等等。现居住在艾奥瓦州，并担任艾奥瓦大学非虚构文学创作的教学工作。

下面这两个练习是我通常在第一次上课时给我的学生做的。不管他们的写作水平如何，这两个练习都可以由规模较小的、非正式的小组完成。一个小组至少需要两个人，具体分工是：一个人提示，另一个人列举清单，然后写作。

因为其中一个练习是建立在另一个练习基础上的，所以我认为两个练习之间应该有所联系。

练　习

首先，在自我介绍以后，我要求学生闭上眼睛，不准偷看。尽管总是有一两个不安分的人或作弊者想要睁开眼睛，但是我已清楚地声明，无论如何，在我告诉他们重新睁开眼睛之前，他们必须闭上眼睛。然后我告诉他们我们现在要绕房间转一圈，我想让他们每个人描写一下我们现在就坐的这个房间里的不同细节。我告诉他们，作家必须具备良好的观察能力（当然，事实上我本人观察能力就很糟糕，但是我不会让他们知道）。

我最先指定的几个人好像觉得这个任务很简单。有人描写地板、桌子、窗户或门。不可避免地，会出现许多不同的意见，比如准确地说，房间到底有几个窗户，地毯到底是什么颜色，以及天花板上的灯的数量和形状等等。我鼓励同学们重复地说出他们自己心目中教室的样子，不管与别人的描写是否相符。我尽量把这些描述的细节写在那块通常是绿色的黑板上。

当我们闭着眼睛环视教室一周时，我尽量强调让他们注意越来越具体的细节——房间后墙上贴着的“禁止吸烟”标语，放在靠近门口处的铅笔刀，教室前墙上能向下拉的地图卷轴，里面还有苏联解体前的老地图。你看，我已经运用这个练习把教室改变到一个写作课堂教室的理想状态了——就像大约 20 世纪 70 年代我自己的写作课教室一样。毫不奇怪，学生经常把细节弄错，但是，有趣的是，还会有人发明一件教室里根本不存在的东西。有一次，我有个学生发誓说，教室前面有一面美国国旗——那当然是个臆想。

最后，当我们对教室的描写都言尽词穷的时候，我叫同学们把这个画面尽可能地记在脑子里，然后慢慢睁开眼睛。大多数情况下，当他们把教室的真实模样和脑子里的记忆相对照的时候，都会惊讶不已。

于是，我就能向他们传达这样的观点：人们的记忆、想象和期待极大地依赖于非虚构作家。最恰当的理解是：我们不是录音机或照相机，我们写作的目的不是摹写照搬而是通过过滤的方式描写这个世界，人们都是这样通过他们非常主观的头脑过滤他们对世界的记忆。

我们还谈到了主要的细节——如果要描写这个教室，我们不会把黑板上罗列的每一个细节都包括在内，因为这样会非常无聊，让读者感到乏味。所以我要求学生挑出三个细节，这三个细节要最能够显示出这个教室的主要特点，并且最能唤起你对这个教室的记忆和感情（通常是压迫感）。学生指出的这些主要细节容易出现重复，但是非常有戏剧性。这完全取决于你运用这些细节想要表达的意思。

在我们对这些主要细节有了共识之后，我要求同学们再次闭上眼睛。现在我告诉他们，我想要大家回想他们第一次见到的厨房，或者至少是他们从孩提时代起记忆最清晰的厨房。不管男女老少，我们都有着对厨房的记忆，那里放着的东西远不止食物。厨房是家庭成员聚会的所在，是招待客人的场所，是家庭戏剧演绎的舞台。我要求同学们想象这个厨房，然后慢慢引出一个厨房的物品清单。我要求他们局限在厨房以内，他们可以写门和窗户，但不能离开这个厨房。我要求他们想象一下这个厨房有多大？

有多少窗户和门？窗台上有植物吗？有肥皂和洗洁剂吗？冰箱呢？冰箱看起来怎么样？打开冰箱看看里面都有什么？蔬菜格里放着什么？闻起来味道如何？看一眼冷冻箱。炉子怎么样？在煎或煮什么东西吗？厨房里有人吗？有谁？他们在说话吗？他们在说什么？看一眼水池、碗柜、餐具储藏室。灯架的形状如何？有死虫子被困在吊灯上吗？还有什么器皿？有你自己喜欢用的杯子吗？……

在我用 7～10 分钟重建或修正他们对童年时代的厨房的记忆之后，我要求他们睁开眼睛，写下他们想到的一切。我允许他们写 20 分钟左右，然后要求他们读出自己所写的内容。我保证每一个想读的人都有机会读一遍——他们都想读。

很多情况下，这种练习使他们回想起了许多年不曾想到过的情形——毫无疑问会是怎样，除非某个同学还住在他出生的房子里。但即使这样，大多数厨房在某一点上都会被重新塑造，所以同学们很可能写出在重新塑造之前的那个厨房的样子。当同学们听其他人阅读的时候，我让他们写下主要的细节——那些最能够激发他们童年对厨房想象的细节。

两人同时进行的这种练习几乎从来都是收获满满。当然，如果你没有写作同伴，如果你住在偏远地区一块巴掌大的地面上，或一个月才会有供应船或飞机造访一次的阿拉斯加而你又不能硬拉着驾驶员陪你练习的话，我建议你改变练习方法。那你就描写一下你正在写作的房间的细节——最好睁着眼睛写。你也许不会遗漏任何细节，但至少你还注意到以前想当然的细枝末节——一张蜘蛛网、地板上的一听减肥食品罐头，或者一具干枯的蝙蝠死尸（恐怕你要多花点时间打扫干净了）。现在读读你写的这些细节，挑出其中主要的细节。然后，准备开始回忆自己小时候对厨房的第一印象，把它写下来，看看这能唤起你多么深的回忆。

这些练习综合起来便很好地展示了描写回忆、想象和观察的作用。

一寸的窗户 Gretchen Legler

Gretchen Legler，缅因州法明顿大学人文系教授。她的非虚构作品有：*On the Ice：An Intimate Portrait of Life at McMurdo Station Antarctica* 和 *All the Powerful Invisible Things：A Sportswoman's Notebook*。

在弗吉尼亚·伍尔夫①的回忆录《存在的瞬间》中，她提到想要看到和理解她称之为"羊毛"的日常存在背后的图案。她写道，这些对存在时刻的一瞥所见是上天赋予作家的特殊礼物。但是他们不会不费吹灰之力而轻松获得。作家需要培养一种"震惊接受能力"，一种要看穿普通事物，或者要在世俗中看到卓越不凡的耐心和意愿。发展这种震惊接受能力的最好方法是冥想。通常，由于作家对创作如此专注，以至于忽视了静止存在的必要性。

作家如何培养这种静止或专注的意识状态？如何使自己做好准备接受伍尔夫所说的那种"突然的震惊"，那些藏在生活表象背后的事实真相？我发现了几种方法，其中最愉快的方法是采用我所说的"一寸的窗户"。

这个练习源于安妮·拉莫特的《循序渐进作家路》。在这本书中，安妮安慰那些有写作障碍的人：作家不必为"全景负责"（整个故事），而只需要对他们通过一寸窗户所看到的那部分故事负责。

练　习

1. 首先，在一张卡片的中间撕开一个一寸大的缺口，就像一扇窗户一样。

① 弗吉尼亚·伍尔夫（Virginia Woolf，1882—1941），英国女作家。著有《戴洛维夫人》（*Mrs. Dalloway*）、《灯塔行》（*To the Lighthouse*）、《雅各的房间》（*Jakob's Room*）以及回忆录《存在的瞬间》（*Moments of Being*）等。——本书中注释均为译者所作，不再一一注明

我告诉初学写作的人，这是他们可以装在口袋里随身携带的作家笔记本，或者放在他们钱包里提醒他们需要留心观察。这不仅是一个你能够实际用来观察周围世界的工具（只要拿它对准观察的对象就可以了），而且是一种集中注意力、从细微处观察事物的哲学态度。试着把你的一寸窗户放在各种东西的表面，你看到的将只是整体的一部分，以及那个部分惊人的细节。这时候，你可以继续下去，通过聚焦并用文字记录下在这个窗户里所看到的一切，来创造一个一寸窗户——一段眼睫毛、小狗毛茸茸的脸、一个花瓣和一支郁金香的花茎、一段厚木板上深深的红铜色的硬疙瘩。

我发现初学写作者通常会认为，在一寸窗户里没有什么可写的，同时他们几乎都有一种冲动，要突破边界开个更大的窗户，或采用比喻的方法写作。但是，最重要的正是坚持只写你在那个窗户里看到的。他们还有一种倾向，就是想把这个练习变成猜谜一样——只描写窗户里看到的事物而不命名，这也是不必要的。我鼓励作家真实地描写窗户里看到的东西，包括它们形状、颜色、质地、味道、触觉感受、口味，等等。

2. 一个相关但带来不同结果的练习是：不是用文字，而是用其他艺术形式“描写”窗户里的东西——彩色粉笔、水彩、彩色铅笔、蜡笔或荧光笔。我称之为“视觉的一寸窗户”。

这样做的目的不是要通过文字展示你在窗户里所看到的，而是要掌握事物的本质——结构模式图案。例如，你把你的一寸窗户对准一个大苹果的一面，从窗口里看到的是一个圆形的边和一点底部，圆圆的苹果底部，放在厨房的塑料层胶木台面上。仔细观察颜色和线条。颜色是绿的，有弯曲，在苹果的曲线与台面的平面接触的地方有鲜明的颜色对比，表面有闪光的质地，有阴影，苹果光滑的表面和塑料层胶木台面的淡白色对比明显。现在再现那个视觉画面。做这个练习根本不需要你是个天才的艺术家，事实上，这正是其中的要点——让想象力在一个没有边界的王国尽情发挥。关键是要深刻观察，然后再现你所看到的一切。你画的一寸窗户对别人来说也许根本无法辨认，但这正是根本所在。你看到藏在日常生活表象背后的真实是什么了吗？

从后门开始写作：绘画作为入口 Christine Hemp

Christine Hemp，目前刚刚完成回忆录 *The Land of Forgetting*。她的散文和诗歌在美国国家公共电台（NPR）的“Morning Edition”节目中播出，她在艾奥瓦夏季写作节（Iowa Summer Writing Festival）上授课。现居住在华盛顿的汤森港。

威廉·卡洛斯·威廉斯①曾说过，物质材料是诗歌的生命。这也适用于非虚构文学创作。一篇充满了具体事物的散文比充满了轻飘飘的抽象说教文章要令人记忆深刻得多。一篇描写爱情的作品无法给人刻骨铭心的印象，除非写出你爱人的脖子在他的运动衫衣领下触摸起来多么柔软，或者写出当你在电话里冲着那个到了春天就会离开你的人大喊时手抓出来的印痕。就像感染力强烈的诗歌一样，让人印象深刻的散文作品总是充满了隐喻的力量——无论是你母亲那老掉牙的、总是跑调的钢琴，还是你乱糟糟的内衣抽屉里不断在你眼前晃悠的短袜，都能给人留下惊人的深刻印象。当我们专注于具体事物时，真理就从后门悄悄溜进来靠近我们，我们也会为先前没有意识到的想法和情绪感到惊奇。

进一步说，五花八门的事物——不相称地并列在一起——能够创造出令人耳目一新、出人意料的时刻，令人禁不住“啊！”的发出感叹。例如，安妮·狄勒德②在《观看》（Seeing）一文中写道，她坐在汀克溪

① 威廉·卡洛斯·威廉斯（William Carlos Williams，1883—1963），20世纪美国最负盛名的诗人之一。主要作品有《佩特森》、《公牛》、《红色手推车》等。

② 安妮·狄勒德（Annie Dillard），美国当代诗人、作家。以《溪畔天问》获普利策奖。代表作有：《靠小说而活》、《教顽石开口》、《与中国作家相会》、《美国童年》、《写作生涯》、《安妮·狄勒德选集》、《如此这般的早晨》等。

边观察麝鼠地洞附近的颤动，接着又看到水面因水下生物的移动而泛起涟漪。我们一直追寻着她的目光，沉浸在对大自然的遐想中，然而她笔锋一转，写道："涟漪继续以强大的推动力稳步向上游荡漾。黑夜编织的面具蒙在我的脸上，连眼睛都没有露出来，我仍然呆呆地坐着。远处飞机的三角翼仿佛来自梦魇，影子在溪底滑翔，好像一条黄貂鱼逆流而上。忽然黑色的鱼鳍将水面粉红色的云朵倒影撕裂，一分为二。"在这样一篇沉思型的文章中，最令我们意想不到的是飞机影子的寓意，但它将文章推向了另一境界——对自然界生物产生了截然不同的认识，就像田园风景画里出现的黑色对角线一样破坏了画作原有的意境。这些五花八门的事物互相撞击。在这个过程中第三种意想不到的洞察力逐渐显现。

我教的非虚构文学创作班上的学生最喜欢的作业之一与艺术有关。我带他们去参观艺术博物馆，并要求他们在展品中选择一幅自己感兴趣却又觉得别扭的作品。我们坐下来花 10 分钟左右的时间分别观察自己选中的作品，然后开始写作，连续写 15 分钟——不能停顿。这个练习不是艺术批评，而是让学生"爬进"画里——研究画的颜色、物体、画的作者以及任何进入他们脑海中的东西。这通常是一周里最精彩的随笔作品，我相信这是画里五花八门的"事物"——橙色、树上的一头死牛、穿着蓝色外套的男人——互相撞击的结果。

当我们专注于具体的东西，而不再仅仅关注情感和思想时，我们就从后门跌跌撞撞地进入琳琅满目的食品储备间而不是井井有条的满是正统思想的前门廊。事实上，不仅创作水平会有所提高，我们还会发现这样一个事实：诗人理查德·雨果[①]所谓的"灵感主题"在很多情况下并非真正的主题。具体事物——汀克溪中飞机的影子、成一定角度的谷仓、蓝色的马匹——带我们进入更加广阔的冥想空间。这些事物引领我们接触到真正的主题，而这些主题远比我们预料到的要令人信服得多。

---

① 理查德·雨果（Richard Hugo，1923—1982），美国诗人。共出版了六本诗集，一部自传和一本悬疑小说。

练　习

单独去当地艺术博物馆进行实地考察，或登录纽约现代艺术博物馆[①]或卢浮宫网站浏览，选出一幅你不熟悉的、令你略感不适的画。然后写 15 分钟，不要停顿。确保作家的名字、创作日期、画的布局及媒介都包含在内。“理查德·迪本科恩”[②]、“1975”、“帆布油画”等都是重要的关键词，它们界定了作品的地点和时间。讨论一下画面的场景、颜色、纹理、形状、组合，甚至可以揣测作者的创作思路。尽情地展开联想，无拘无束。

休息一下。然后从刚才的自由写作作品中找出一个句子。这个句子要包含这幅画的一个具体要素：一个三角形、一抹绿色或一个裸体像，并以此开始写。

现在写一篇与画相关的散文，如房子、人、树、城市、动物、思想等。根据自己的理解和对这种关系的探索，用这幅画的组成部分阐明自己的观点。看看自己能否使作品囊括五花八门的事物，从而创造出产生更大顿悟效果的“黏合剂”。让这些作品使你大吃一惊吧，就像一个全新的你从自己家的后门走进去一样，你对自己的家会有截然不同的发现。

---

① 纽约现代艺术博物馆，坐落在纽约市曼哈顿第 53 街，是世界最重要的现当代艺术博物馆之一，主要展示从 19 世纪末至今的艺术作品，数量达 15 万件之多。

② 理查德·迪本科恩（Richard Diebenkorn，1922—1993），20 世纪美国著名的画家。

文字作为灵感之源 Kathleen Spivack

Kathleen Spivack，著有散文和诗歌集共六部。最近的作品是 *The Moments of Past Happiness*。她的作品被刊登在《大西洋月刊》（*Atlantic Monthly*）、《悬言评论》（*Kenyon Review*）、《哈佛评论》（*The Harvard Review*）、《弗吉尼亚评论季刊》（*Virginia Quarterly Review*）、《马萨诸塞评论》（*The Massachusetts Review*）、《北美评论》（*North American Review*）等诸多杂志上，也被收录进多部文集。目前，Spivack 女士正在创作一本有关 Robert Lowell 的个人文学回忆录。目前，她在波士顿和巴黎任教。

我时常在非英语国家工作。文字——我们命名事物的方式——起着至关重要的作用。文字带有某种意向性：像是将卵石掷入池塘，水面便泛起涟漪。我向来喜欢翻阅词典，并以此作为消遣，同时试着记住一些奇文异字以及它们的用法。

当我用母语写作时，英语不再只是日常生活中所能用到的语言，而是某些需要我们细细品味的文字。我在书页上与它邂逅，就像是一次难能可贵的私人幽会一样。它像是我的情人，用所有的私密暗语编织着我们之间的关系。“让我来告诉你这是怎么回事吧。”在这种亲密的关系中，人们会进入一种由手势、姿态和窃窃私语声交织而成的朦胧境界。然而，当情感被最真实地表现出来的时候，无论这种情感是欣喜若狂，还是愤懑暴怒，我们自己的文字、我们最初的语言会被赋予一种强大的力量。这些确切的文字涌上心头，烧灼着我们的思绪，细细道出我们的所思所想。

练　习

这个练习非常简单。只要你喜欢阅读，只要你有一本不错的词典就行了。你可以从一个想法、一个形象、对一种事物模糊的认识，或一个包含更多内容的事件开始。要找到入门的途径并非易事，因为存在太多的可能性。当你在思考某一个话题的时候，任何一个文字，或是一组文字，都有可能成为起点。然而，就像是走迷宫一般，要找到出口更属不易。这将成为你和迷宫里的弥诺陶洛斯①之间的较量。

1. 打开一本英语词典（如果你用英语写作的话）。我喜欢轻便的词典，因为这样的词典便于你在闲暇游荡时随身携带，也易于你随时翻阅。旧式的图书馆曾以它那松散欲落的卡片目录、泛黄的书页、纸页间的清香、开架的书库深深吸引着我。如今，阅读词典也以同样的方式吸引着我。它引导你更加深入地检索下去，随便一个文字都能让你联想到另一个文字。藏书被按照字母顺序码放在书架上。你可以用手轻轻触摸这一张张书页，就这样一直搜索翻阅下去，直到有一天，人们在一座大图书馆的地下迷宫中发现了你。你被锁在当中，早已变成了一具骷髅，架在一个小围栏上。在你身前是高高垒起的一堆书，最上面是翻开的一本新书。写作就有点这样的意味，不是吗？

2. 现在，你眼前正放着一本打开的词典。闭上双眼，随手找一个词：随便翻一页，随意选一个词。然后阅读与这个单词相关的词条：词源、含义、用法等。在口中默念这个词，让它融化。

3. 在一张空白纸的顶端写上这个词。

你的单词就像是落在向日葵上的阳光：落在它的花瓣、花蕊和花冠上，弥散在它的花香中。

4. 以这个词为中心展开联想。想想自己的写作计划，想想自己想要写些什么。即使你并没在文章中切切实实用到这个词，它有没有可能成为文章的一块试金石呢？

进入它整个的意义世界，从头到尾，从第一含义到最后一个含义：这将成为记忆，也将成为起点。

这个词是第一步、是一段路、是一个开始：这是你的旅程。如果你计划写一个长篇，那么你可以在提笔前，写下若干个词。这些词彼此间要有联系。

---

① 弥诺陶洛斯（Minotaur），古希腊传说中的半人半牛怪，拥有人的身体和牛的头，克里特岛国王弥诺斯（宙斯和欧罗巴之子，死后成为地府的三个法官之一）在克里特岛为它修建了一个迷宫。

5. 写上两页。可以多，也可以少。通常，我在首段的末尾就能找到通篇文章的思路。单词组成句子，句子就这样形成了。在写作的最后，我可能会写下几个关键词来提醒自己第二天要写些什么。

许多提示语都是如此。只需要用一个单词来激发想象力。指导中小学生写作的作家和教师时常会使用“一筐词汇”的办法进行教学。诗歌的魅力也源于文字。每一个词都意义清晰，激发人们的想象力，且互相关联。在过去的几年中，我在法国教书。文字在法国像国宝一样被珍惜和保护。

如果我们能拥有文字，我们就能用文字的多层含义来表达并证实自己的观点。在母语的语言环境之外生活，教会我欣赏英语和其他语言的细腻与结构。它让我用心聆听文字及其意义、缺陷、不足和疏忽。也有用单一的语言无法表达的词语和概念，这种微妙之处正是字典和词典试图去绘制的领域，也是期待我们去探索的领域。

6. 现在我们可能有些离题了，但是作品还等着你去创作。再一次打开词典。重新选一个词。倾听它的声音，让它悄声诉说它的秘密、它的过去和它急切地想告诉你的一切。

形象描写 Tom Lutz

Tom Lutz，著有 *Doing Nothing*，*Cosmopolitan Vistas*，*Crying* 等多部作品。同时，他也为《纽约时报》（*New York Times*）、《洛杉矶时报》（*Los Angeles Times*）、《芝加哥论坛报》（*Chicago Tribune*）、salon. com、《新共和国周刊》（*New Republic*）、*ZYZZYVA*、《精致尸体》（*Exquisite Corpse*）、《黑色时钟》（*Black Clock*）、belief. net、《美国文学史》（*American Literary History*）以及其他报纸杂志供稿。他住在洛杉矶，并在加州大学河滨分校任教，目前正在酝酿新的写作计划。

几年前，我的一个画家朋友多萝西·布劳迪决定，在自己家庭照片的基础上创作一些作品来举办一个画展，并以此作为对画家生涯的一种纪念。她从珍藏了一个世纪的照片中挑选出绘画创作的原型。首先是一张年代久远的柯达快照。这张照片是布劳迪的父亲和她父亲的两个兄弟在 1904 年左右拍摄的，照片上她的父亲还穿着短裤。有大约 40 张的照片记录了布劳迪在成人之前，也就是 20 世纪 70 年代末以前的成长历程。其中四五张照片里，布劳迪还只是一个蹒跚学步的小女孩儿。我每两个月都会到布劳迪的工作室去拜访她，看看作品的进展。我看着她通过临摹原始照片画出最初的草图，再通过对细节的勾勒、上色，加上不断的修改润色，将已经成形的画稿完善成最终的作品。每一次，她都会和我讲述画中人物的故事。其中一些是我见过的，还有许多都已经离开了人世。随着时间的推移，她会把故事讲得越来越详细。就这样，这个记忆练习发生了作用。绘画也像叙述故事一样非常有趣。作为视觉对象，绘画作品尤为引人注目。布劳迪是一位地道的加州艺术家，她所选用的色彩特别鲜艳夺目。因此，在一定程度上，我开始将这种绘画的色彩风格同文学的魔幻现实主义联系在一起。当她问我可不可以为画展的作品写一篇文章时，我迫不及待地抓住了这个机会。

此前，我很少写画评。这次，每当我坐在一块画布前，凝视画架上的作品的时候，眼前发生的一切让我惊叹不已：我比以往看到了更多的内容。我察觉到与这些画作相关的许多细节。虽然很早之前我就接触到这些作品，但我先前并没发现这些细节。不同题材作品中的视觉相似度、身体姿态、色彩模式、笔法、面部表情、创作思路以及人际关系全都呼之欲出。尽管这些细节肯定对我产生过影响，而我此前却丝毫没有意识到它们的存在，直到我坐在笔记本电脑前，开始用文字细细品味这些细节时，我才注意到它们。

随即我就把这个练习运用到自己的非虚构文学工作室里。我把一张照片投射到墙上。（这是华莱士·瑟曼[①]在他非常年轻的时候拍的一张照片，格外引人注目。）我只是让学生们描述这张照片，没有作其他的指示。一些学生立即开始讲述故事——这些故事有写实的，也有奇思妙想的，还有的学生虚构出一个人物（没有人发现图片上的人物是瑟曼这位名不见经传的哈莱姆文艺复兴[②]作家）。一些学生严格按照图片的内容写作，一些则谈到了形状和光线。在讨论人们欣赏图片的不同方式的过程中，参与的同学都有了和我同样的感受：投射到墙上的照片揭示了观察和写作的多种可能，只是这些并非一目了然而已。

从那以后，我改进了这个练习，使它更加详尽——我把这种方法命名为“20 个问题”。

练　习

选一幅画，或是某幅画的复制品，把它放在你的面前。尽可能从多个不同的角度描述这幅作品，尽可能联系较多的背景作为铺垫。例如，所选的作品是爱德华·霍普[③]的《夜游者》（你可以在 www. artch-

---

① 华莱士·瑟曼（Wallace Thurman，1902—1934），小说家、编辑、诗人、剧作家和文学评论家。

② 哈莱姆文艺复兴，20 世纪 20 年代到经济危机爆发这 10 年间，美国纽约黑人聚居区哈莱姆的黑人作家所发动的一种文学运动。哈莱姆文艺复兴运动提高了黑人文学艺术的水平，从中涌现出一批优秀的诗人和小说家。

③ 爱德华·霍普（Edward Hopper，1882—1967），美国绘画大师，以描绘寂寥的美国当代生活风景闻名。最著名的作品有《铁道旁的房子》、《夜游者》等。《夜游者》描绘人们坐在城里的餐厅吃晚餐的情景。

ive. com/artchive/H/hopper/nighthwk. jpg. html 上找到这幅作品不错的复制品）。

1. 描述画中的情景。

2. 讲述坐在吧台旁的那位女士的故事。

3. 讲述那位服务生的故事。

4. 从创作方面描述这幅画。

5. 描述画家的色彩运用。

6. 描述绘画技法。

7. 讲述画家的故事，并想象画家创作这幅作品的意图。

8. 描述这幅画给观众带来的情感冲击。

9. 描述你第一次看到这幅画时的感受。

10. 描述这幅画如何反映了那个时代美国城市的夜间生活。

11. 分析这幅画为何至今仍被视为一部如此重要的肖像作品。

12. 描述这个形象如何与你在相似场所的经历相同，或不同。

13. 尽可能多地描述和讨论其他方面的细节：男士的帽子、高脚椅、咖啡、香烟。

14. 讨论作品中光与影的作用。这是否同黑白电影有关系？

15. 这幅作品完成于 1942 年，当时的艺术界发生了哪些事情？

16. 讲述那位女士的不同故事。

17. 1942 年的美国正处于战争时期，作品能体现出这一点吗？

18. 请叙述一段这幅作品反映的或让你想起的自己生活中的故事。

19. 描述由这幅画面联想到的另一幅画面。

20. 描述不同片段的创作过程。

显而易见，以上的诸多问题和提示都只适用于霍普的这幅作品。较之注重形式的、抽象的作品，其中有许多问题和提示更适宜于现实主义的、具象的作品。这个练习的价值不仅仅体现在它与视觉画面的联系上。在我看来，其价值更在于它是一种思考作者关注点和作品丰满度的方式，是一种有关分析、描述和多角度叙述之间关系的思考方式。当然，下一步就是试图将这些从不同角度透视到的片段整合或编织成一个完整的作品。

安娜的弹片：识别启示性的细节

Celeste Fremon

Celeste Fremon，备受赞誉的自由撰稿人。著有 *G-Dog and the Homeboys* 以及即将出版的 *An American Family*。同时，她也是网站 WitnessLA. com 的创建者和编辑。她在南加州大学教授新闻学，同时也是加州大学欧文分校的 Pereira 访问作家。

“展现，而非讲述”。这是任何一个优秀的非虚构文学作家都会奉行的信条。（当我们在讨论小说创作时，对于每一个杰出的小说家来说同样如此。）“展现，而非讲述”，这一创作技巧的关键之处在于启示性的细节，即细小却生动的事实或动作，它能赋予人物更加丰富的生命力，能更深入地刻画情景，并阐明先前叙述中隐含的主题。近日，当我和学生们讨论如何最有效地捕捉并利用自己发现的启示性细节时，我会先给他们讲一个故事，一个有关安娜和她的弹片的故事。

安娜·波利特科夫斯卡娅①是俄罗斯一位著名的记者、非虚构文学作家。她用自己极具感染力的作品记录了两次车臣战争对当地普通民众的影响，这使她受到全世界人民的尊敬和爱戴。每当波利特科夫斯卡娅被邀请去接受一个创作奖的时候，她都会在离开自己莫斯科的公寓之前，把一枚弹片塞到自己的钱包里，以备自己在发表获奖感言时使用。她承认，在向机场安检人员解释随身携带这枚弹片的原因确实很麻烦。然而，她认为这样的麻烦是值得的。因为，当她向观众介绍战区日常的真实生活的时候，

① 安娜·波利特科夫斯卡娅（Anna Politkovskaya，1958—2006），俄罗斯记者、作家和人权主义倡导者。因反对车臣恐怖主义和冲突而闻名。2006 年 10 月 7 日，被枪杀于她公寓的电梯里。至今她的死因仍是一个谜。

没有任何描绘能比让他们看到这枚弹片更具震撼力。这个小小的、扭曲变形的金属片就是启示性的细节，它超越了听众的理智思考，在更重要、更根本的层面上吸引他们专注于她所讲述的故事。

波利特科夫斯卡娅深谙“启示性的细节”这一概念，因为，多年来她一直运用这种技巧，在自己的报刊专栏、特写报道和书籍中赋予那些难以描述的故事以生命力。

在作品中，我会探讨一些与暴力团伙及其他麻木不仁的犯罪相关的司法问题。所以，在大部分的创作过程中，我需要说服读者去关注相关的话题。我认为波利特科夫斯卡娅坚持携带这枚弹片的行为启发并提醒了我们：在试图创作令人信服的故事的时候，若能娴熟地应用适当的实物或动作，会对主题和内容产生极大的影响。

出于同样的原因，我很喜欢侦探小说家迈克尔·康奈利①讲过的一个故事，这个故事与他第一次使用启示性细节这一技巧有关。（在哈里·博世系列小说荣登畅销书排行榜之前，康奈利还是一名记者。）他在佛罗里达州劳德代尔堡市担任犯罪案件报道的记者，被指派跟随当地警署的重案组工作。这意味着康奈利要经常奔赴犯罪现场。在案发现场，康奈利发现，当重案组里沉默寡言的一位警官蹲在尸体旁，仔细观察该案件的受害者时，他总是习惯性地摘下眼镜，并把其中一只眼镜腿的一端含在口中。

康奈利起初并没在意警官这个古怪的习惯。直到他跟随重案组的最后一天，他才开始琢磨这个问题。康奈利走进那个警官的办公室，此时早已精疲力竭的警官正好又摘下眼镜，把它放在书桌上。这一次，康奈利瞥了一眼警官的眼镜，发现一个有趣的细节——警官的一条眼镜腿上有一道深深的咬痕。

康奈利顿时明白了：每当这位雷厉风行的警官面对一起新的凶杀案的时候，尽管他表面上总是镇定自若，而事实上，他内心那份再平常不过的焦虑和不安却以一种近乎难以察觉的动作表现了出来——紧咬住自己眼镜的塑料腿。于是就有了这一道咬痕。

康奈利说，从此，这一道咬痕——这个灵感显现的画面启发了他的创

① 迈克尔·康奈利（Michael Connelly），美国侦探小说和犯罪小说作家。其最著名的作品是以洛杉矶警察局侦探哈里·博世（Harry Bosch）为主人公的系列小说。

作，包括小说创作和非虚构文学作品的创作。小小的咬痕让他领会到，一个看似微不足道的细节却隐含着重要的情感意义，从而为作品带来更加震撼的效果。对康奈利来说，警官的咬痕就像安娜的弹片一样是一种启示性的细节。

练　习

练习一：去一个能观察到许多人的公共场所，简短地描述 5～10 个你观察到的人物。在每一段描述中，运用一个形象的细节、人物特征或是一个能生动诠释人物内心活动的动作。

例如：那位男士的头发硬硬的，是因为喷了发胶，还是出汗太多？那位女士穿鞋的品味能告诉你什么信息？注意那位孤独的少女，她一边看书，一边用茶匙搅了搅茶，再把发热的茶匙贴在自己的嘴唇上。

练习二：回想以往一段重要的经历——幸福的回忆或痛苦的遭遇都行。选择一个具体的形象或动作加以描述，以表达你对那段经历的感受。

还有一个提示：我在挖掘故事素材的时候，总是会带上自己的数码相机作为记录的辅助。之后，当我重新坐回电脑前时，我经常会发现，相机记录下了我双眼错过的某些绝妙的启示性细节。

走进照片 Robert Root

Robert Root，著有 *The Nonfictionist's Guide：On Reading and Writing Creative Nonfiction* 和 *Following Isabella：Travels in Colorado Then and Now*，是 *Landscapes with Figures：The Nonfiction of Place* 的编辑。Root 还参编了杂志《第四类：当代非虚构文学作家（创作谈）》，并担任该期刊的采访编辑。Root 还是中密歇根大学的荣誉退休教授，并在阿什兰大学创意写作硕士课程中教授非虚构文学创作。

作家与写作教师都认为，写作是一段探索和发现的旅途。文字跃然纸上，就会如泉水喷涌。你意在表达的文字在切切实实地被记录下来之前，早已经自行锤炼修改过无数遍了。写作不仅仅是用文字表达思想，更是不由自主地利用到了记忆力和想象力，以创作出发人深省、思想深刻的文章。这就是随性自由的写作为何能刺激探索和发现的原因，也是我在自己的创作中、课堂上以及工作室里，采用各种方法和策略让学生在有意识的、认真谨慎的构思创作形成前就开始写作的目的。

一种高效的策略需要应用到我所说的“照片说明法”和“走进照片法”。我即将描述的这个练习灵活多变，能有效地帮助你认识到一个写作提示词如何帮助你开始发现主题，描写场景、环境，以及刻画人物，为写作计划拟订构思或完成初稿。

练　习

如果让你从拥有的照片中挑出一张加以描述，你马上会想到选哪一张或哪些照片？你可能会把照片放在钱包里、书桌或梳妆台上、冰箱上，或挂在墙上；也可能会把它设为电脑屏保，或手机的屏幕图像。这张照片很可能是你已经挑出来并摆放在随时可以看到的地方的那一张。

第一阶段

无论你选择了哪一张照片，当你坐下来回味它的时候，请不要看这张照片，而是直接开始描述它。试图在脑海中凭空想象出这张照片的模样。一开始只用所能想到的最客观的语言来描述你记忆中的照片，仿佛你只是一个随机选出的观众；这张特殊的照片对你个人而言没有任何意义。尽可能详细地描述照片中的环境和人物，以及你认为一个与照片毫不相干的陌生人可能从中发现的蛛丝马迹。最后，试着用 6～12 个字写一个标题，阐明一个旁观者从照片上可以解读的内容。

在一丝不苟地扮演完了照片旁观者或描述者的角色之后，转换视角，你开始作为照片中的人物或者一个与它密切相关的人描述它。你为什么会想到这张照片？你认为照片表现了哪些内容？它为你记录下了哪些回忆？它对你有何意义？同样是这张照片，有时当局者和旁观者所看到的内容大致相同——这说明照片清晰明了；有时局内人对图片的诠释与局外人的理解大相径庭。试着用 6～12 个字写一个标题，阐明这张照片对你而言有何非同寻常的意义。

很可能你已经揭示了与照片主题相关的情感、记忆、理解和态度，只是你并没有意识到自己已经察觉或尚未察觉到这些内容。一般情况下，如果你选择进一步描述，那么记忆、情感与灵感之泉将伴随着你的书写而开始涌动，并源源不断地为你提供丰富的创作素材。

第二阶段

此前如果你并没看原图，只是凭借记忆在描述照片、为照片写说明，那么这次你可以看照片。慢慢地、认真地看这张照片。刚刚你漏掉了照片中的哪些内容？哪些是照片中没有而你误以为有的东西？现实中看到的照片是不是证实了你凭借记忆所做出的阐释？两者之间是否有差异——很可能是这样，那么这些差异的意义何在？这些差异如何解释你这样诠释照片的原因？对你而言，这张照片有何意义？花一点儿时间描述你对这张照片的理解和感受。

第三阶段

仔细观察这张照片，然后闭上双眼，把它想象成一个实实在在的地方，而不是一张照片。拓宽照片的边界，让它超出你的视野。如果照片中有你，请回到照片中，回到自己的位置上。如果照片中没有你，就把自己想象成是一个隐形人，走进照片。找到一个立脚点，环视四周，然后回到摄影师的角度上来观察，最后再突破摄影师视角的局限，重新观察。让场景动起来——拍摄照片之前发生了什么？之后又发生了什么？留意照片中人物之间的互动，视觉、听觉、味觉、触觉、嗅觉器官对周遭环境的反应以及你置身其中的感觉。走出照片，重新回到写作的状态当中，睁开眼睛，开始写。

你可以从这个练习的一个、两个或所有三个阶段中获益。这个练习帮助我和我的学生完成了回忆录、旅行札记、描绘自然的随笔或新闻报道的写作。我认为视觉和语言之间的关系在写作中非常重要。

大脑地图 S. L. Wisenberg

S. L. Wisenberg，常常将个人原创作品同研究报告结合在一起，创作出风格随意、又富有真情实感的作品。她著有两部非虚构文学作品：*Holocaust Girls：History，Memory & Other Obsessions* 和 *The Adventures of Cancer Bitch*；同时，还著有一部短篇小说集 *The Sweetheart Is In*。目前，她是西北大学创意写作硕士项目的联合负责人。

我们有多少次把想法草草地记在诸如购物单背面、自动取款机收据这类的碎纸片上，或是把它们匆匆地写在已经失去黏性的即时贴或其他类似的物件上？就我个人而言，这样的情况实在太多了。当然，最后，我们很可能会连纸带这些想法一块丢了。这个练习提供了一种方法，能捕捉作家瞬间闪现的随笔和其他非虚构文学作品的写作灵感，并把它们记在一个可以找到的地方。换句话说，就是要给这些灵感以应有的尊亘，以便我们今后使用。这个练习基本上能详细地记录下你在瞬间的想法。之后，每当你文思枯竭的时候，你就可以参考这份记录，获取灵感。这个练习的步骤繁多，所以请抽出至少 45 分钟的时间来完成。

注意，符号是随意的，但它却具有某种神秘的重要性，这是因为它能把一张白纸变成一幅地图。你可以用铅笔或钢笔来完成这个练习，也可以随意使用彩色铅笔、蜡笔和记号笔。

练　习

1. 拿出一张白纸，可以是打印纸，也可以是其他更大的纸张。在纸的顶端写上日期。

2. 用五分钟，在纸上随意画几个简单的圆圈。在每个圆圈的旁边，写上你知道并关注的一个地方的名称。这些地方可以大到一个国家（如苏联），也可以小到只是你童年家中灌木丛后的一个小角落。

3. 再用五分钟，画几个圆圈，并为它们涂上颜色。在每个圈的旁边，写上你从来没去过却又能想象得出的地方的名称。例如：越南，或格特鲁德·斯泰因[①]曾旅居过的巴黎。

如果你是一个非常精确的人，你也许就不会认为自己对一个地方一无所知或者无所不知。例如，如果你对越南还有所了解，你就可以给表示越南的这个圆圈填上一点相应的颜色。

4. 用五分钟，画几个正方形，并在每个正方形的旁边，写上一个你了解并关注的话题。例如：用假蝇钓鱼，装饰艺术。

5. 用五分钟，画几个正方形，然后——你一定已经猜到了——为它们填上颜色。在每个正方形的旁边，写上你知之甚少或一无所知的话题。但它必须是你认为有趣的话题。例如：隐居生活，缠足。

6. 再花五分钟，画几个三角形，并在每个三角形的旁边，写上你非常熟悉或是非常了解的人的名字。例如：你的母亲，斯大林。

7. 然后，再花五分钟画几个三角形，并为它们填上颜色。在每个三角形的旁边，写上你并不了解的某个人的名字或某个人群的名称。但他们必须是你认为有趣的人或人群。例如：冲浪运动员，曾祖母。

8. 现在，你的纸上画满了图形，写满了文字。如果你是独自一人练习，那么请闭上眼睛，用手随便指一个图形。记下手指点到的话题、人物的名字或地方的名称，把它写在另一张白纸的顶端。开始列上："我所了解的______，我所不了解的______。"一直写下去，自由随意地写上五分钟。

9. 这么重复做三次。如果你是和同伴一起练习，你们可以交换各自的地图。

A从B的列表里选一个话题，然后问："告诉我一些关于______的事。"每个人这么做三次，然后再就对方选出的话题写上10分钟。

10. 保留这张地图。把它贴在电脑附近的墙上，或是贴在笔记本内封页上。每当你文思枯竭的时候，就参考一下。随时在上面补充内容，并尝试将两个不同的或看似不同的话题联系在一起。

---

① 格特鲁德·斯泰因（Gertrude Stein，1874—1946），旅居法国的美国先锋派女作家，对20世纪西方现代文学产生过重要影响。

忧伤的五个阶段 Denise Gess

Denise Gess，著有两部小说：*Good Deeds* 和 *Red Whiskey Blues*；她还与 William Lutz 合作完成了非虚构文学作品 *Firestorm at Peshtigo：A Town，Its People，and the Deadliest Fire in American History*。她的作品被刊登在《费城故事》（*Philadelphia Stories*）、《太阳报》（*The Sun*）以及《了不起的阅读：34 位作家和他们的阅读经历》（*Remarkable Reads：34 Writers and Their Adventures in Reading*）上。目前，她正在创作散文集 *Bad for Boys*。她是美国罗文大学创意写作项目的副教授。

多年前，民歌手珍妮斯·艾恩[①]创作并录制了一首名为“杰西”的歌曲，这首歌后来又被琼·贝兹[②]翻唱。艾恩用缓慢的节奏，轻柔忧郁的嗓音诉说着忧伤——“杰西，回家吧/床已睡出了个洞/就在我们躺着的地方/现在天气越来越凉”。艾恩的演唱方式暗示，杰西可能已经离开了人世，而不是移情别恋。艾恩的“语言表达法”创造出了一种有些自欺欺人的语调，同时又抓住了听众的同情心。她否认失去杰西的这件事使我们更能体会到她的悲痛。

虽然是同一首歌曲，贝兹演唱的版本节奏更快，清晰大胆的发音表达的仍是“失去”这一主题。然而，贝兹的方式源于另一种阶段的忧伤。不同于艾恩的是，贝兹似乎在和一个有希望被劝说回家的爱人理论。事实上，她的爱人可能就在电话线的另一端听她理论。

非虚构文学创作（尤其是个人随笔和回忆录）的主题往往源于作者对自己已经遗失的事物的追忆与怀念。正如艾恩所唱，随笔或回忆录是否能

① 珍妮斯·艾恩（Janis Ian），获得格莱美奖的美国创作歌手，同时也是专栏作家及科幻小说作家。

② 琼·贝兹（Joan Baez），美国乡村女歌手，作曲家。琼的很多作品都与时事和社会问题有关。

让读者感受到真情实感，取决于作者的忧伤与他使用的“语言表达法”之间的联系。

以下练习旨在帮助你勇敢地面对几个难熬的忧伤阶段，帮助你鉴别每个忧伤阶段特有的措辞、句子结构和节奏。你只有先听到它，才能改变它，才能明白哪种语调难以控制、与主题不相符合，或令人难以承受。

练　习

首先，要熟悉不同阶段的忧伤（否认、愤怒、沮丧、顺从、接受）。认真思考你在经历各个阶段时，自己的想法有何改变。例如，如果你在写一篇随笔，内容是你因为失业而沦落到身无分文的地步。你也许会从忧伤的第三个阶段，即沮丧写起。至少写两段。

现在，大声阅读这些段落。坦诚地告诉自己：你在句子的长度、措辞、节奏中体会到了什么？是否有重复感（描写沮丧心情时，往往如此）？是否使用了大量抽象概念和陈词滥调？如果写了两段多，你是否仍能听到沮丧的声音？如果写了一本书那么长，也能听到吗？为什么能？又为什么不能？你的情绪对文章的语调、素材，以及你作为读者的反应有什么影响？

重复这个练习，直至你能在同样的两段文章中表现各个阶段的忧伤。注意从一个阶段的忧伤过渡到另一个阶段的忧伤时语言和节奏的变化。仍回答上述问题。最好让一个朋友为你朗读这篇文章。注意你内心情感的变化。你对听到的内容会不会感到生气？为什么？

你时常会发现，在写个人随笔或回忆录时，你试图回避的情绪往往恰恰是自己所需要的。也许，你一直在压抑愤怒，然而一旦你正视这种情绪，你就能用幽默的口吻将它描写出来。请不要固执地认为创作非虚构文学作品的作者必须对愤怒避而远之。散文作家威廉·哈兹利特①的写作生涯中就惯用狂躁不安却并非令人难以接受的语调来表达感情。当然，完全不受抑制的狂暴可能会吓到你的读者（还有你自己）。或许你用沮丧的低

① 威廉·哈兹利特（William Hazlitt，1778—1830），英国浪漫主义时期的散文家、评论家。他擅长写警句和讽刺性的文章，最著名的散文集是《席间闲谈》和《时代精神》。

语掩饰了自我，或许你会为自己的逃避和放弃找些有趣的借口，并为此惊喜，但是，你将来也会知道——可能是第一次听说——吸引读者的关键并不在于你能把忧伤掩藏得多么巧妙，而在于你如何恰当地“表达”这种忧伤。

一页纸中的生命 Barrie Jean Borich

Barrie Jean Borich，著有 *My Lesbian Husband*，获得过美国图书馆协会的石墙图书奖（GLBT Book award)。Borich 还是《水石评论》（*Water～Stone Review*）的非虚构文学作品编辑。她是美国明尼苏达州圣保罗市哈姆莱大学人文学科研究生院创意写作硕士专业的核心教师。

创作小说和创作回忆录之间的一个不同之处就在于：在非虚构文学创作中，我们必须决定，哪些细节是值得写到文章中的。我常常把这个过程比作沿着石滩散步，然后在一堆普普通通的碎石中淘出零星的几块精致的玻璃石和玛瑙石。

多年来，我一直以多种形式进行“一页纸中的生命”这个练习。它旨在帮助作家提升其早期的草稿质量，引导他们进行正确的修改——就好像在满是未经编辑加工的生活故事的浅滩上，发现嵌在其中的玛瑙石一样。

练　习

第一部分：20 分钟

描述你的一生，用手写完成，叙述不超过一页。在空白页的顶端写上你的生日。当你写到这一页最后一行的时候，标上当天的日期，然后停笔。最好是能总结出你人生中所经历的各个重大的事件、年份甚至时代，因为这个练习并不是要你发现在一页纸上能写出多么丰富的内容，而是要你将一天的叙述内容控制在一页纸的篇幅之内。

第二部分：5 分钟

通读一遍你所叙述的内容，在任何一个需要多加注意的时间或地点上标记星号。只要你认为合适，在任何你觉得需要进一步叙述的地方上标记星号。

第三部分：10 分钟

选一个星号。回忆一个与之相关的故事、场景或事件。然后闭上双眼，仔细思考这起事件中的某个**精确的时刻**。保持双眼紧闭，细细品味、用心体验自己的视觉、听觉、嗅觉、味觉和触觉，仿佛它们已融入你所选的这段叙述之中。注意这个时刻的构成要素，注意这段回忆的背景。（例如：你当时是站着，还是坐着？是身体伸直地平躺在光秃秃的土地上，还是站在摩天大楼的顶层上？等等。）此外还要注意与这个时刻相关的气味，以及与这个时刻相关的各种味道。倘若没有发现任何易于察觉的味道，那么你可以想想在回忆这一片刻的时候，你的嘴里有种什么样的感觉。

第四部分：5 分钟

睁开双眼，无须思考，尽可能快速、简单地将记起的与这一时刻相关的具体的感官细节罗列出来。无须顾虑这些细节是否切题。只需开动脑筋，把想到的写下来。

第五部分：15 分钟

在一页纸上，集中精力将这一时刻描述成一个场景，仔细留意其中那些具体的、有形的、基于情节动作的细节。

多年来，我在作家兼教师的帕特里夏·汉普尔①和希拉·奥康纳②首度介绍的写作练习的基础之上，修改完善了这个练习。

---

① 帕特里夏·汉普尔（Patricia Hampl），美国作家，曾获得古根海姆基金奖。她在明尼苏达大学明尼阿波利斯分校任教。她还是 Loft 文学中心的创办成员。

② 希拉·奥康纳（Sheila O'Connor），美国作家、诗人，著有小说 *Tokens of Grace* 和 *Where No Gods Came*。后者还为奥康纳赢得了密歇根文学奖和明尼苏达图书奖。

合成体 Kathryn Deputat

Kathryn Deputat，在学术环境和非学术环境下，教授并指导波士顿地区的作家长达 17 年有余。她的诗歌和文章被刊登在各类出版物上，包括《变化的精神》（*Spirit of Change*）和《自然的觉醒》（*Natural Awakenings*）等杂志。她著有 *Love's Way*：*Reflections and Practices*，其作品定期发表在 Loves-Freeway. com 网站上。

对作家来说，面对一张白纸可能是最让他垂头丧气的时刻。即使是在他已经了解自己的创作主题或大致的写作方向的时候，也会如此。事先酝酿好的想法确实会给自己带来麻烦。如果我们对主题或素材考虑得太多，就极有可能写出过于刻板、平庸的文章，而极少能写出新颖生动、原创性强的作品。

若要完善写作过程、优化作品，最好的方式是让自己摆脱束缚，自由自在。如果你愿意，多了解一些自己写作的领域并无大碍，但最好能坚持享有在这块领域活动的绝对自由——让自己真正漫步其中。**合成体**就像是梯子或施工架上那一级级的横隔挡板，能够发挥作用，允许作家在它的结构范围内享有创作活动的自由。

合成体的各个组成部分是预先装配好的，能沿路牢牢地固定我们的位置，确保我们的安全，以免踏空。当我们踏上一级台阶时，另一级台阶就已经出现在我们眼前。借助这样的施工架，我们才能稳住阵脚，让空间的跨越不仅成为可能，而且变得易如反掌。

练　习

1. 从你想到的一个具体话题（片段、人物、地点、状态）开始。例如："油价"、"家庭早餐"、"我同爱丽丝的争吵"、"床"。任何能最好地提供轶闻趣事（就回忆录而言）的话题，或者与你着手写的作品密切相关的话题都可以。或者，你可以不从事先想到的话题开始，而是在练习过程中发现话题。

2. 找一张带有你本人的图片（照片、报纸或杂志上的剪报），并把它贴在你写作的地方。注意：如果这张照片同你的话题没有什么必然的联系，这往往更能激发灵感，达到更加令人惊奇的效果，从而更有利于你延伸自己的创作。

3. 列一个清单，写下你看到下列提示语时脑海中首先想到的东西。无论它同你的话题是否相关，都把它写下来。

- 一种表述或短语（你的或别人的）
- 一周中的一天（七天中的一天）
- 一种声音
- 一件能和祖父母或长者联系在一起的东西
- 你冰箱里的东西
- 一种感觉（情感上的、身体上的……）

4. 浏览一下第二步中的图片，注意你是被什么内容所吸引了，你的目光落在了哪些细节上？写下"它是……"（"它"指你注意到的细节），然后继续写下去，中间不要停顿，连续写20分钟。在这个过程中，引入第二步中列举的事物。你不仅可以描写形象，还可以描写由它引起的某段联想，也可以描写其他你能想到的东西。注意：不要强迫自己去做任何事情！让各个组成部分自然地融合到作品中；让它们为你提示方向、内容和情节变化；让它们为你起航，引导你前进。

为了补充或继续写作，你只要根据推荐的提示语，重新列出一个清单，或是将原有的提示语稍加改动就可以了（例如：一段音乐、"房间"里的一种气味、天气、一个意想不到的声音、一种水果……）。无论这些组成部分是什么，这个练习都会帮助你创作出扎实、新颖、完整统一的作品。

即兴文章 Lee Zacharias

Lee Zacharias，著有短篇小说集 *Helping Muriel Make It through the Night*、小说 *Lessons*；其最新的非虚构文学作品被刊登在《谢南多厄》（*Shenandoah*）、《草原篷车》（*Prairie Schooner*）、*Pleiades*、《螃蟹果园评论》（*Crab Orchard Review*）以及《2008 年美国最佳散文集》（*The Best American Essays 2008*）。她是北卡罗来纳大学格林波若分校英语系的荣誉教授。

当我开始写非虚构文学作品的时候，我有好多东西要写——关于我父亲的自杀，我外婆的早逝对我母亲的影响，在我长大的街坊里那个大脑受损的男孩，等等。这些都是展现在我面前的主题——它们看起来很重要，同时我也很了解它们。但是当我继续写下去的时候，我发现有些最精彩的非虚构文学作品却抑或是从那些看起来并不重要的素材，抑或是从那些容易被忽视的细节中产生的。集中在一个特定的形象上，用它表达一个我原先并不了解的含义，这么做非常具有创造性。这种创造性不仅体现在素材上，更体现在方法上——它使我挣脱了在许多严格的叙述性的个人随笔中进行单调乏味的事实陈述的束缚。

当我的一个朋友问我是否可以为一部文学选集写一篇关于婚姻不幸的文章时，我尤为敏锐地意识到了这一点。刚开始我觉得朋友的这个请求令人费解，因为我和我丈夫已经一起生活了三十多年，找我写这样的文章并不明智。然而，我刚要拒绝，便想起了那件被我一直放在床下的婚礼服。我嫁给第一任丈夫时还非常年轻，当时所穿的礼服是母亲留下的。后来，由于没有地方存放这件礼服，我就把它放到了床下，并且搬家的时候一直带着它，生怕我丢了它会伤害到母亲的感情。我已经很多年没有想起这件礼服了，于是我立即意识到我应该写一篇文章，题为“在我床底下的新娘”。最后，我用第三人称、间接叙述的方式完成了这篇描写我与从前的自我分离又重合的文章。尽管这篇文章讲述了一个故事，看上去仍像是一首即兴的爵士乐。

很多学生在创作非虚构文学作品时和我一样，会先在脑海中为写作构思一些主题。这些几乎没有变化的主题导致了文章的平铺直叙。尽管叙述得也很好，但却容易把学生限制在某种文章结构的固定模式中。因此，有时候我会让学生们从列表里选一个词，并围绕这个单词写一页文章，以此来鼓励他们去挖掘其他的主题和思考方法。

我的列表（见练习部分）很普通。学生的任务就是把一个特殊的形象或者一系列的形象与一个更为笼统的词联系起来。事实上，学生们应该选择自己想到的词，因为这样的词更能孕育出一个生动且具体的形象。例如，名词“树”——可能是五年级的教室外的银杏树，当地理老师还在继续讲课的时候，一个五年级的学生却盯着这棵树看，她用手指摸了摸自己手臂上的伤疤，想着她中午回家时，父亲是不是已经出门了；或者它可能是一棵松树，乌鸦每天晚上都会聚集在那里；或者在这棵树上，生物学家发现了他们认为已经灭绝了的红冠啄木鸟。学生写的这一页文章也许是源于一段回忆，一个自由联想，一次观察，一段冥想，一个科学的探索，或者是基于某种全新的思考方式。我喜欢这个练习的原因是，它没有把学生束缚在某种特定的思考方法中。

以下列表中的词汇首先是名词，然后才是动词和形容词。但是学生可以自由转换词性。老师们可能想要增加或者替换一些新词，从而使这些词看起来更适合他们自己的学生描写某些特殊的经历或兴趣。学生的任务是围绕某个或某些特殊的形象至少写一页文章，并把这些形象和自己选择的词汇联系起来。（如果学生在开始时有困难，老师可以建议学生先写一段陈述，例如，我床底的新娘生活在一个带有遮阳篷的蓝色的房子里。）按照这种方法练习，学生写出的文章可能是一篇短篇随笔，也可能是一部长篇作品。在选择一个词并聆听它的声音的过程中，学生就已经发现了文章的标题。

练习：即兴联想的词汇表

窗户	鱼	箱子	钥匙
蜘蛛	卡车	旅行车	袋子
树	栅栏	蜗牛	灰尘

地图	毯子	壁橱	蛇
洞	信	河	碗
刺	椅子	自行车	角落
墓地	小路	污渍	药丸
罐	火车	地下室	音乐
楼梯	灌木丛	湖	走廊
新娘	新郎	谷仓	书本
破裂	雨	疤痕	图片
商店	板	小山	房子
风扇	汽车	花园	阴影
水桶	马	屋顶	鸟
镜子	杯子	门	青草
眼睛	鸡蛋	石头	火
旋转	跑	唱歌	推
打开	跳舞	打破	丢失
偷窥	自由	害怕	攀爬
摔倒	耳语	滴漏	味道
挖掘	获胜	滴落	气味
靠近	大喊	给	拿
偷窃	挑选	跳跃	建造
溜冰	间谍	切割	闻
烧	恨	挑逗	呼呼声
恐吓	尖叫	漂流	下沉
呼叫	做饭	飞	计算
酸	褴褛	热	干净
黑暗	红	甜	粗糙
大声	辛辣	漂亮	湿
平滑	柔软	齐音	安静
冷	丑	硬	盲
大	尖利	高	小
未获邀请	彩虹色	褶皱	脏

我要说什么？Myra Sklarew

Myra Sklarew，亚都艺术家中心（Yaddo）的前主席，美国大学文学系的名誉教授。Sklarew 著有三部畅销故事书和六部诗歌集，其中包括诗歌集 *Lithuania: New & Selected Poems*，*The Witness Trees*，短篇小说集 *Like a Field Riddled by Ants* 和散文集 *Over the Rooftops of Time*。

一个学生写了一本小说，我是他的答辩委员会的指导老师[①]。他从头到尾都写得很辛苦。小说并没有充分表达它所蕴涵的感情分量，但是他抓住了自己的故事轮廓。我知道有些小说家喜欢这样的写作方式——先写出一个并不成形的草稿，然后再赋予作品生命，使之丰满。约翰·加德纳[②]（《格伦德尔》、《阳光下的对话》、《小说的艺术》的作者）曾告诉我，有时候他会停上两年都不动笔，他想让故事人物来讲述自己的故事、展现自己，所以这段时间他不写一个字。等到有一天他重新开始写作时，他就连续数月，夜以继日地写，直到作品完成。

可能因为我是以一个诗人身份开始自己的创作生涯的，所以我也会像其他诗人一样进行非虚构文学作品和小说的创作——从梦境和意象中获取写作素材，一边创作一边探索。其中真正令我感到有趣的并不是去掌握和控制那些我已经熟悉的素材，而是去挖掘那些未知的素材，在互不相关的事物间建立联系，从而帮助我从全新的视角来观察事物。暗喻、类比、联想都可以用于这种创作模式。这种方法看起来可能很奇怪，特别是在创作与科学和医学主题相关的非虚构文学作品时，但是在刘易斯·托马斯[③]的

① 美国的创意写作硕士研究生申请学位时要提交一部自己创作的文学作品，即相当于其他专业的学位论文，同时就这部作品组织答辩。

② 约翰·加德纳（John Gardner，1933—1982），美国小说家、散文家、文学评论家。

③ 刘易斯·托马斯（Lewis Thomas，1913—1994），美国医学家、生物学家、科普作家、美国科学院院士。其《细胞生命的礼赞》（*Lives of a Cell*）1974 年出版，获得当年美国国家图书奖。

《细胞生命的礼赞》中，一篇讨论肝功能的复杂性的文章就把这种创作方法应用得很成功。他在这篇精彩的文章中写道，自己宁愿接受指令，在37 000英尺的高空负责驾驶飞机，也不愿意对自己的肝功能负责。

在《澳大利亚式爬泳》中，威廉·斯塔福德[①]告诉我们："意图威胁创造力。"他谈道，"在你接受发生在自己身上的事的过程中，你就产生了感情。"他想要"见证这一自由的、随性的"过程。事实上，我们每一个人都必须找到自己的创作方式。即使我们认为已经找到了这篇文章的写作方法，在写下一篇文章时我们可能还需要去寻找全新的写作技巧。

练　习

如果你是先在电脑上写作，那么把显示器调到最低的位置，这样你就看不见自己所写的内容。如果你是手写，那么在完成前不要重读所写的内容。如果你开始就总是使用电脑写作，那么试着用钢笔或者铅笔在纸上书写，体验一下这样创作的乐趣。如果你开始时总是用钢笔或者铅笔写作，你也许会希望尝试用电脑来完成这个练习。

把这个练习想象成一段经历。比如你想去一个地方看看，像是田野、地铁、一栋奇怪的房子，或者你从未去过的某个城市的一条街道，相信你在那里一定会有所发现。就这样开始，给自己 10 分钟的时间随便写点什么，不要管你自己写的是否有意义。比尔·斯塔福德[②]说，没有什么是作家的障碍，只要降低自己的标准，一直写下去就行。例如：地铁站，尿臭味，一个无家可归的流浪汉的衣服，黑暗的墙壁，拥挤的人群，扶梯上的脚步声，从楼梯上滚落下来的念头。截止日期，关节痛，医生，树芽，番红花，三月，梦到自己 40 年前曾经见过的一个地方。

看看自己已经写了什么。如果头脑中浮现出一些形象、想法、人物或者物体，无论它们之间是否有所联系，通通接受。如果没有借助任何特殊的视觉形象或者触觉意象，你所写的东西是否还有一种感情基调呢？或者

---

① 威廉·斯塔福德（William Stafford，1914—1993），美国当代西部诗人，迄今已出版了三十余部诗集，其中《穿越黑暗》获 1963 年美国全国图书奖。曾担任美国国会图书馆诗歌顾问。《澳洲大利亚式爬泳》是他在 1978 年所写的一篇散文。

② 比尔·斯塔福德（Bill Stafford，1939—2001），美国职业棒球选手。

你是否找到了与视觉形象、声音、气味相应的情感？你所写的文章中是什么吸引了你，引起了你的好奇？

对任何自己想进一步探索的内容刨根问底。然后，想想那些与已经写出来的内容有联系（什么联系都可以）的生活或记忆片段。比如：所有地铁里的形象。昨天，由于轨道维护和交通拥挤，我等地铁等到很晚。当时，我和上百人挤在一起。所有人都看到一个男人横卧在我们对面铺着泥色地砖的地铁轨道旁。这时，两个小女孩儿走到那个男人身旁，晃了晃他。由于距离太远，我们听不见她们对那个男人说了什么。他死了吗？他一动也不动。其中一个女孩拍了拍他的肩膀，然后从他的身上跳过去，跑开了。

在我们这边，人们都无动于衷。过了一会，一个又高又瘦的人试着将那个男人扶起来，让他坐直。每次他刚一让那个男人按照一个姿势坐好，那个男人就又倒了下来。然后，他又拽着那个男人，拖着走了一小段距离。铁道的那头也挤满了人，却没有人出来帮忙。高个子又把那个男人拉起来，让他立在那儿，然后再抱住他，试着把他从轨道上带走。最后，高个子费了九牛二虎之力总算带着那个男人离开了轨道，走出了我们的视线范围。突然，地铁站的工作人员走过来了。有人向她确保事情已经得到了控制，于是她又走开了。很明显，事实并非如此。此时，我想起了埃利亚斯·卡内提①和他的著作《群众与权力》；想到了人们身处于某个群体时所表现出来的行为；想到他们在独自一人时，又会是怎样的反应。

我想起来一个星期前，我驱车穿过一个自己 40 年前曾经去过的社区。我为什么要去那里？我期待在那里找到什么？我曾经在那里当过家庭教师，帮助一些孩子提高他们的语言能力，以便使他们在进入公立学校学习的时候，能获得到更好的发展机会。当人权运动达到高潮的时候，社区中的一些人不希望我再来了。现在我正驾车穿行在这些小街上。原来的一些木头房子还在那里。我希望看到什么呢？是那个我曾经教过的小女孩？（后来她成了社区的教师。）还是照顾她的姨妈？（是她教会了我许多和他们的生活息息相关的事情。）还是那个多年前的自己？

---

① 埃利亚斯·卡内提（Elias Canetti），诺贝尔文学奖获得者。其 1960 年所著的《群众与权力》是他最有影响力的著作，内容包括：群众、集团、集团与宗教、群众与历史、权力的内在结构、幸存者、权力的要素、转变、权力面面观、统治者与偏执狂。

我又想起来朋友和我讲起的一个故事：她坐在地铁站里的一条石凳上，非常生气，因为她旁边的那个男人平躺在石凳上，占了很大一块空间，几乎霸占了整条凳子。然后她突然意识到，那个男人可能已经死了……

现在，我们有了很多故事，但我还不知道它们之间的联系。过一会儿，我必须找出这些联系。我渐渐有了兴趣。该回去了，重新开始写作。不要修改已经写过的内容，而是去探索发现故事中可能不断出现的情节。这也许会启发我找到把所有的故事联系起来的一个核心。所以我只是粗略地看了一下自己已经写过的内容，以便能找出新的写作起点。我在自由联想时写下的第一个单词就是“截止日期”。这个词听起来很响亮：最后期限，死亡线。它是我们在担心从扶梯滚下来时会想到的一个词。所以我现在进入了某个中间地带，从凡间掉入地狱——我们从神话和历史中了解到的伴随着各种危险的世界。例如，但丁①《神曲》中的《地狱篇》，或是俄耳普斯与欧律狄刻的故事。我害怕掉进那个世界，害怕匆匆地离开人世，没有任何准备。

所以这只是开始，从一些词开始。要写出创造性的非虚构文学作品，还有很多内容要叙述，有很多工作有待完成。但是有些内容我没打算去写，甚至也不知道它的存在。自己去尝试吧：这是你能够想象的最好的作品。

---

① 但丁（Dante Alighieri，1265—1321），意大利诗人，现代意大利语的奠基者，欧洲文艺复兴时代的杰出作家之一，以长诗《神曲》留名后世。全诗分为三部分：《地狱篇》、《炼狱篇》、《天堂篇》。

非虚构文学创作中的真实

“那是怎样一种感受?”或者说，如何找到一个主题？Madeleine Blais

Madeleine Blais，其作品 *The Heart Is an Instrument* 曾获得美国普利策奖，此外，她还著有 *In These Girls*，*Hope Is a Muscle* 以及 *Uphill Walkers*。Blais是马萨诸塞大学阿姆赫斯特分校的新闻学教授。

每当我觉得无从下手，不知道应该写什么的时候，我都会想起我在马萨诸塞州西部的邻居罗兰·梅鲁洛①讲过的一个故事。那时他刚刚出版了一本新书，某高端报社的新闻记者想要采访他，两人便约在咖啡馆见面。开始就是一些千篇一律的礼貌性问题：记者问梅鲁洛的灵感从何而来（我总是会回答说：“嗯，灵感来自思想仓库。善良的人穿着橘黄色衣服，爬上长长的梯子，把灵感从高高的书架上拯救下来。”），他下一步有什么写作安排，他是直接在电脑上敲字，还是先列出个提纲等诸如此类无关痛痒的问题。但是，不知是否是有意的，记者随后问了一些更为深刻的问题。他看过梅鲁洛的简历，发现其中有两个地方对梅鲁洛产生了深远的影响，一个是他长大的地方——马萨诸塞州的里维尔市，它位于波士顿的郊区，类似一个贫民窟，里面居住着许多蓝领工人，还有一个赛狗场，典型的意大利风格。后来梅鲁洛离开了那儿，到新罕布什尔州的菲利普斯埃克塞特中学读高中，这是另一个对他产生深远影响的地方。这所学校被称为培养统治阶级的摇篮，《独自和解》② 这部小说就是以此为背景。在这所学校

① 罗兰·梅鲁洛（Roland Merullo），当代美国作家。

② 《独自和解》（*A Separate Peace*），约翰·诺尔斯（John Knowles）的成长小说，出版于1959年。

里，每个班只有不到16个学生，学生们围着老师在圆桌旁坐成一圈。这两个地方，一个贫穷破旧，但至少充满活力与激情；一个典雅高贵，备受关注，与前者相比风格迥异。

“那是怎样一种感受呢?”记者很想知道，可是梅鲁洛却不愿意回答这个问题。因为这好像必须要做出个选择，承认这两个地方一个好一个坏，而不能有中间状态。

梅鲁洛的回答很短，有回避的意味。他含混不清地说了几句，连他自己都不记得说了什么，然后就把话题重新转移到了他的新书上。毕竟对于这本新书，他的感觉更明确一些。后来，他觉得采访时引发的那点不愉快似乎是某种启迪和暗示，他觉得记者提到的东西很复杂，很值得以一种更深刻的方式重新审视，重新面对。

自从听了这个故事以后，我就开始回忆，是从什么时候开始，我明明知道回答的多一点会更真实，可偏偏给出一个很短的答案。我把这种时刻叫做“梅鲁洛时刻”。如果你也有类似的困惑，即某个问题让你感觉模棱两可，让你觉得困惑，那么你就已经找到了写作的源泉，至少说明你有这种潜质。问题是什么并不重要，重要的是它触动了你，触碰到了你内心的最深处，把你引到记忆和疑惑的交界处，引到贴着“私人地界”和“禁止穿行”标志的地方，那么这个问题就很有可能成为你下一篇文章，甚至是下一本书的主题。

几年前，我在写回忆录时有意识地使用了这一技巧，仔细深入地挖掘那些小时候陌生人理直气壮向我提出的问题：

“你父亲去世时你多大了?”

“你还记得他吗?”

“你母亲有没有再婚?”

“为什么没有?”

对于这些问题，简短的回答是“5岁”，“也许”，“没有”，“去问她吧”；长的答案则是一本264页的书，书名叫《上山的行者》（*Uphill Walkers*）。

练　习

列出三个可以简短回答也可以详细回答的问题，写出详细的答案。以下是我的回忆录写作课堂上的学生最近提出的问题：那是怎样一种感受?如果……

1. 在美国长大，但父母却是伊朗籍；

2. 在阿拉斯加度过你的童年；

3. 从一年级到高中一直都在与他人竞争；

4. 在 8 岁的时候父亲自杀；

5. 你的父亲是著名的右翼脱口秀主持人，只能和你在广播里交流，而且总是给你消极的回应；

6. 家里有 8 个兄弟姪妹；

7. 假装自己是拉丁美洲人，可事实上又不是；

8. 55 岁时重新上大学；

9. 生了一对双胞胎；

10. 参加一场甲级比赛。

梅鲁洛的详细答案成就了一篇精彩绝伦的文章，题目叫《我的两个天堂》。在文章中，他详尽地描述了那两个对他影响深远的地方独有的魅力，以及离开里维尔去读高中的得失。节奏从容且辞藻优美，描写客观又蕴涵着微妙的感情，娓娓道来，令人信服。

所以以后，在沉思冥想的时候，你也可以像梅鲁洛一样，去思考一些内心深处的问题，最终给出一个你所希望的全面、坦率、详尽的答案，写出属于你自己的美文。

可能法 Lisa Knopp

Lisa Knopp，著有四部散文集：*Interior Places*，*The Nature of Home*，*Flight Dreams*：*A Life in the Midwestern Landscape* 以及 *Field of Vision*。目前，她正在创作一部有关密西西比河、密苏里河以及普拉特河的散文集 *Three Rivers*。Knopp是内布拉斯加大学奥马哈分校的英语系副教授。

从某种程度上说，在我们创作非虚构文学作品时，若缺乏必要的事实来讲述故事，表现文章的内涵和生命力，我们就会面临创作上的障碍，走进死胡同。于是我们会想虚构一些情节，再对我们知道的内容稍加解释，如果能这样写作而不违反道德，那该多好啊！当然如果那样的话，我们就创作不出富有新意的非虚构文学作品了。所以，在这种情况下，我们要么因为缺乏必要信息而舍掉某个话题，要么只是将就着把它写完，而难以赋予作品内涵和生命力。

在《女勇士》中，汤亭亭①为我们提供了另一种选择。在第一篇——《无名氏》中，汤亭亭提到，当她第一次来月经的时候，母亲就给她讲了中国姑妈的故事作为告诫——姑父离家多年，姑妈竟然怀孕了。在她生产的那个夜晚，村民们突袭了姑妈的家，她就只好在猪圈里生下了那个孩子，随后便抱着孩子跳进自家的水井里自杀了。汤亭亭的父亲因妹妹的行

---

① 汤亭亭（Maxine Hong Kingston），最著名的美国华裔女作家，加州大学伯克利分校名誉教授。她的主要作品有《女勇士》、《中国佬》、《孙行者》等。曾获美国国家图书奖。《无名氏》是她母亲向她讲起她一个被遗忘的姑妈的故事。她姑妈的丈夫去了美国，留下她和孩子在中国的农村。村民们不了解姑妈的隐私生活而发出责难，并袭击她家，闯进去抢夺财物。姑妈在猪圈里生下私通带来的婴儿后选择了自杀。在作者母亲叙述的同时，作者自己也从她的角度叙述。对同一个故事，即姑妈因与人通奸而被逼投井自杀，母女叙述者分别运用不同的叙述方式和叙述视角对其进行了两种阐释。这种差异反映了母女两人不同的价值观，也揭示出以女儿为代表的第二代华裔移民在西方文化背景下对中国传统文化的态度。

为深感羞耻，以至于只要他在场，就不许汤亭亭提起她的姑妈。

但因为汤亭亭始终相信姑妈的灵魂依然在井边等候着，可能想等着把她的侄女儿当做替身推到井下去，所以汤亭亭需要更加深刻、更加全面地理解姑妈的一生。然而，她现在掌握的唯一信息只有母亲说过的那个简单的故事情节。于是，她选择去猜测姑妈的内心世界。我把这种方法称为“可能法”。注意在以下《无名氏》的选段中，汤亭亭是如何使用“可能法”来想象那个让姑妈怀孕的男人的身份的：

“**可能**，她是在田野间遇上他的；也**可能**，是在那山上——媳妇儿们总爱到山上砍柴；还有**可能**，是他在集市上第一次留意到她。他并不是个陌生人，因为那小村子不让陌生人过夜。因此，她肯定和他打过交道——当然这与性无关。甚至有**可能**，他就在邻近的田地里干活，或许她缝制并穿在身上的衣服就是从他那里买来的布料。他的要求肯定是吓到她了，后来他甚至开始恐吓她。她只得服从，他要她做什么，她就得做什么。”（黑体字是我加上的。）

“可能”这个词暗示读者，汤亭亭传递的信息并不是事实而只是猜测。她不需要在每句话里都用“可能”这个词，因为我们会发现，一个“可能”会引入另一个“可能”。我们还发现，当汤亭亭表述事实的时候（例如，“他并不是个陌生人，因为那小村子不让陌生人过夜。因此，她肯定和他打过交道——当然这与性无关。”），写这些句子时她并没有用“可能”作为开头。

在文章的其他部分，汤亭亭用了别的词和短语来提醒读者她正从讲述事实向猜想推测过渡：

“然而很有可能，姑妈并没有从她的朋友那里得到过丝毫的快乐。她只不过是一个性格奔放的女人，喜欢和人打闹罢了。但是，把她想象成水性杨花，又不合适。”

“她可能是在家里备受宠爱的掌上明珠，因为只有她一个女儿所以全家都太溺爱她了，以致她有点儿被惯坏了，甚至还有些自恋。”

通过运用“可能法”，汤亭亭向读者呈现了故事的起因、情节、理由以及具体的细节，使其丰满、复杂、有层次，而这三点都是原来的故事所不具备的。与此同时，汤亭亭也保留了纪实性作品的原貌。她认为，如果绝口不提这位绝望而无所畏惧的姑妈，也就等于她间接参与了对姑妈的惩罚。通过“可能法”，她不仅使自己得到了解脱，也使她的姑妈从传统的束缚中解脱出来。

练　习

从你的一篇文章中选出一个段落，可以通过猜想的方法加以丰富和完善。

例如，你所刻画的人物可能无法解释或不愿意解释，为什么自从妻子离开后他便开始弹五弦琴了，“可能”是出于什么样的动机？如果一个陌生人跟你说了一些奇怪又神秘的话，他的话中“可能”隐藏了哪些含义？如果你和你的家人不理解祖母为什么在她遗嘱里加入了一条古怪的条款，这“可能”是出于哪些合理的动机？其他可能会用到的词汇和短语有：**也许、应该、如果、如果……将会怎么样、本来可以、有可能、想象、是否、或许。**

在散文写作中挣脱“事实”的束缚 Jenny Boully

Jenny Boully，著有作品 *The Book of Beginnings and Endings*，[*one love affair*] 和 *The Body: An Essay*。现于芝加哥哥伦比亚学院任教。

2006年春天，我有幸聆听了散文家约翰·德阿加塔①朗读他即将出版的第二部书中的选段。在作品朗读之后，听众应该或是应邀就这部作品向作者进行提问。然而那一次，听众却想听听约翰·德阿加塔对最近围绕詹姆斯·弗雷②的《岁月如沙》引发的争论有何看法。一个听众和德阿加塔的意见相左。她坚持认为弗雷已经大错特错，非虚构文学作品的作者应该忠于事实。德阿加塔反问道，从艺术角度上说，散文家为什么必须被束缚在什么能做与什么不能做的规则中呢？散文家为什么必须生活在栅栏里，而且还是带电的栅栏里呢？虽然他的反驳很幽默，但这的确是个事实：一步走错，散文家或非虚构文学作家就会被读者大众所扼杀，因为读者已经曲解了散文家的概念。

我们似乎生活在这样一个时代：公众对艺术家的迫害远胜以往。公众想保持艺术家的可靠性；公众所要的似乎是少一点艺术，多一点“事实”。

---

① 约翰·德阿加塔（John D'Agata），美国诗人、作家、散文家。他在艾奥瓦大学教授创意写作课程。

② 詹姆斯·弗雷（James Frey），美国作家，著有《岁月如沙》、《我的朋友伦纳德》和《明媚的早晨》。《岁月如沙》（2003），詹姆斯·弗雷以回头浪子身份所写的自传。弗雷在书中大讲自己如何在年轻时行为不端，酗酒吸毒，坐牢袭警；又如何痛改前非、洗心革面之往事。此书两年后获选欧普拉读书俱乐部的推荐图书，销售300万册，但旋即被人揭发大量造假，无中生有，夸大其词，成为美国出版界一大造假案。

我在“事实”这个词上加引号，正如我给“非虚构文学”加引号一样。因为作为一个创作所谓的“非虚构文学”的作家，我自己几乎都不敢妄言，我理解什么是“事实”，什么是“非虚构文学”。但是，我非常清楚，作为一个实验性散文写作的指导老师，我面临的最大困难是，教会我的学生如何摆脱散文作者必须接受并严格遵守规则这一信条的束缚；艺术家可以打破这些规则，不必向任何人解释这么做的理由。

我总是向学生们说起安妮·狄勒德在《溪畔天问》[①] 中的精彩开篇。同时，我也常常提到听众在演讲会上听到安妮·狄勒德说她自己没有养猫时所表现的惊恐。

当我还是大一新生，第一次上诗歌写作课的时候，我的导师告诉我们，在诗歌中，虚构是为了叙述事实；可是，当散文作者在散文中“编造”事实的时候，这样的写作却被视为一种犯罪行为。在很多方面，散文作者不允许自己虚构，或使用隐喻和修饰，因为他们“想让故事真实可信”。

如果这样，我们怎么能拥有自己的经历？更重要的是，对于散文作者来说，我们的经历又将如何表达我们的思想？

爱默生[②]曾在一部交响乐中听到了泛琴（Panharmonicon）的演奏，并为之着迷。因此，他在文章中提到，散文写作就应该像用泛琴演奏交响乐一样。在散文中，“允许出现任何内容——哲学、伦理、神学、批评、诗歌、幽默、娱乐、临摹、趣闻、笑话、口技——最自由的交谈、最高雅和最低俗的个人话题所表现出的生机与多样性，所有这些都是被允许的，都可以被运用到一篇演讲当中。”

那么，这样的“散文”如何同杜绝多样性的写作联系在一起呢？当我们大多数人想到“散文”的时候，我们会想到，在这样的文章中有很多内容是不允许出现的。这是为什么呢？

下面这个练习不仅意在帮助散文家同事实保持必要的联系，因为事实是散文最具吸引力的主题；同时还希望能培养并鼓励他们“跳出栅栏”进行思考。

---

① 《溪畔天问》，安妮·狄勒德所著。表达了她对世界的惊叹，以美丽、几近圣经的散文体写成。她描写了一年之内的季节更替，在人、生物和造物主间，细腻地探索了大自然中美和暴力共存的宇宙内涵。

② 拉尔夫·沃尔多·爱默生（Ralph Waldo Emerson，1803—1882），美国思想家、文学家、诗人，是确立美国文化精神的代表人物。

练 习

有时，我们的梦境、白日梦或幻想出的生活是如此深刻和真切，以至于我们常常会信以为真。当我们为某些想法而近乎“着迷”的时候，这些想法也许正是这个练习可以描述的最完美的“经历”。这个练习具有挑战性的地方在于将这些经历当成真实发生的事，加以叙述，仿佛它们切切实实地发生过一样。

你可以写一篇关于梦的日记，但试着不去提及你正在写的是梦。在文章中，你可以在梦境与现实中穿行。你也可以写一个大脑中一直想象的场景或结局。比如，你是否经常想象得到了一些自己梦寐以求的事物，或者相反，得到了一件自己并不想要的东西？再比如，你也许很想将自己为之着迷、为之欢喜的想法同自己挥之不去的、痛苦的思绪交织在一起……无论你最终选择写什么，无论你想如何描述这些“经历”，绝不要在文章中指明，这些经历在现实生活中并不存在。这里对你的挑战是，让这篇散文存在于这样真实的世界中，而不去质疑它真实存在的合理性和准确性。

让经历选择你：散文创作的第一步 Susan M. Tiberghien

Susan M. Tiberghien，美国作家，生活在瑞士日内瓦，著有三部回忆录。其最近一部颇受好评的非虚构文学作品是 *One Year to a Writing Life：Twelve Lessons to Deepen Every Writer's Art and Craft*。Tiberghien 在研究生院、卡尔·古斯塔夫·荣格中心以及国际妇女写作协会（International Women's Writing Guild）的作家委员会任教。此外，她还负责日内瓦作家协会和作家委员会的日常工作。

散文的创作既富有创造性又能给人带来满足感。说它富有创造性，是因为作者变成了故事讲述者和诗人；说它能给人带来满足感，是因为在对个人经历巧妙叙述的过程中，作者和读者分享了这种经历的意义。菲利普·洛帕特[①]将散文描述为作者与读者之间的对话："一个愿说，一个愿听。"问题是，作者与读者分享的那种都能引起双方心理上的共鸣的经历到底是什么样的？

练　习

我在工作室讲授散文创作时，列出了以下四个步骤：

1. 首先，选择一段个人经历。"散文之父"蒙田[②]早在 16 世纪就曾这样写道："万物众生，各有千面，我取一面……"因此，选择一段经历，

① 菲利浦·洛帕特（Phillip Lopate），美国电影评论家、散文家、小说家、诗人。著有三部散文集、两部小说、两部诗集等作品。

② 米歇尔·蒙田（Michel de Montaigne，1533—1592），法国伟大的思想家、散文家，主要作品为《随笔集》。蒙田的创作开创了"随笔"这一体裁的先河，使散文成为正式的文学种类。

然后把它写下来。

2. 第二步是展现这段经历。在第二稿中将其戏剧化地呈现出来。想想叙述故事需要具备的几个要素：与背景和人物相关的具体细节、对话、张力、启示。

3. 第三步是在第三稿中润色语言，突出这段经历的意义。想想诗歌需要具备的几个要素：形象、韵律、声音、浓缩。

4. 然后把写好的文章搁置一边，让它自己慢慢孕育出生命。里尔克①在《致一位青年诗人的信》中写道："一切都要怀孕到足月，才能分娩。"过一段时间，再回过头来完成最终稿。

现在我们通过"让经历选择你"这个练习来完成散文创作的第一步。我们如何从众多内容中选出一个部分或一个方面来进行描述呢？我们应该怎样选择经历？其实，你不用选择经历，而是让经历选择你。问问自己，你的哪些经历渴望被分享？闭目静坐，自由遐想。试着使大脑处于空白状态，等待经历不请自来。你的某段经历——你遇见的一个人、你去过的一个地方、一个事件、一种见解、一种情绪——即最近或数年前发生的某件事。不用着急，慢慢来。当记忆浮现，在脑海中想象片刻。想象自己是一位摄影师，正忙于聚焦并抢拍下某个瞬间。

如果你在工作室，可以和邻座分享自己的经历。你先说，然后他再说。你能抓住他的注意力吗？如果你太早开始讲述经历，你就会失去动力；如果事无巨细，又会使听众失去耐心。要是出现这样的情况，就从头再来。自由遐想，等待另外的记忆浮现。我们所有人都有过能引起他人共鸣的经历。自动浮现于你脑海中的记忆就是你要分享的经历，它们带我们从个性走向共性。

如果你没有参加工作室，就写一个小段落快速记下那段经历。不要想太多，试着用几个句子捕捉这段经历。接下来深吸一口气，舒展一下身体，重新读一遍你写的文字。这段文字内容充实吗？是否引人入胜？你能因此受到启发而继续创作吗？如果答案是否定的，重新开始。哪些经历、哪些记忆又浮现在你的脑海中了呢？

---

① 莱纳·玛丽亚·里尔克（Rainer Maria Rilke，1875—1926），重要德语诗人。对 19 世纪末诗歌的体裁和风格以及欧洲文学都有深厚的影响。《致一位青年诗人的信》，莱纳·玛丽亚·里尔克的书信集，包括十封他写给一名即将入伍的德国士兵的信。

一旦你抓住了经历，或者经历抓住了你，那就开始写吧！你不需要注意创作技巧（那是在第二步和第三步时需要做的），你只需要让你的经历引导你自由地写作。无须擦除，也不要删减。跟着文字走。经历可能转向，引你到别处。用 10 分钟的时间写一两页。这就是散文的第一稿。

针对这个练习，我想讲述一段自己的亲身经历。几年前，我到巴黎访问。我发现，七岁的小孙子来到巴黎南部的火车站后，脸上露出失望的表情。他希望自己能够及时到达，这样就可以看到火车了，但是火车提早进站了，当他到达时，只看到我一个人站在月台上。我想模仿火车的汽笛声逗他开心，但我忽然意识到在法国火车是不鸣笛的。当我静下来写作时，这段经历常常浮现在我的脑海中，但是又觉得它过于琐碎，根本不值得我把它作为散文的主题而多费笔墨。可它又在不断地召唤着："写我，写我！"最后我让文字在纸上肆意流动，这时我发现自己写的不再是小孙子的失落，而是我自己对美国火车汽笛声的渴望，对于我这个客居法国三十多年的人来说，已经很久没有听到这样的火车汽笛声了，当然纸上流动的还有我对故土深切的思念。

类似的经历就是能够触动读者心灵的经历，因为它们已经触动了我们自己。不管是作者还是读者，我们都一同分享相同的人性本质。作为作家，我们要学会去接受这样的经历，去挖掘这一人性本质。因此，散文成了作者和读者之间的对话："一个愿说，一个愿听。"谨此作为我送给作者和读者的礼物。

拼贴式散文 Shara McCallum

Shara McCallum，著有两部诗歌集：*Songs of Thieves* 和 *The Water between Us*。她的作品刊登在《安提阿评论》（*The Antioch Review*）、《非虚构文学创作》（*Creative Nonfiction*）、《目击者》（*Witness*）以及其他杂志上。她同家人一起住在宾夕法尼亚中部。在那里，她教授创意写作课程，并负责巴克内尔大学的施塔德勒诗歌中心（*Stadler Center for Poetry*）。

《牛津英语词典》把拼贴画定义为“一种把照片、纸张、剪报、字条等并列地粘贴在图片表面的抽象艺术形式；或者是这种类型的艺术品”。这种艺术形式的历史，至少是有英文记载的历史，始于现代主义时期。拼贴画曾经和诸如毕加索①这样的超现实主义②画家以及我非常喜欢的罗马尔·比尔敦的作品联系在一起。因为拼贴画的创作形式十分简单，所以任何人都能完成。此外，它还常常被视为一种“剪切和粘贴”的技巧——在整个过程中，艺术家把不同的**部分**挑选出来，组装成一部**完整的作品**。

我在很小的时候就已经知道如何自己制作拼贴画。当时我的母亲收集了很多杂志（还有其他一些类似的东西），而我和姐姐经常把图片、单词、成语从杂志上剪下来，组成一副新的“图片”。对于我而言，这就是我记忆中唯一有些天赋的视觉艺术作品了。

拼贴画是一种视觉媒介——这是我们在考虑是否要写一部“拼贴画”作品的时候，一定要记住的。这意味着，对于作者而言，他失去了视野的共时特征；观众（读者）也无法得知应该从哪里开始欣赏这部作品，应该

① 巴勃罗·毕加索（Pablc Ruiz Picasso，1881—1973），西班牙著名画家、雕塑家，20世纪现代艺术的主要代表人物之一。

② 超现实主义是在法国开始的文学艺术流派，于1920—1930年间盛行于欧洲文学及艺术界。主要特征是以所谓“超现实”的梦境、幻觉等作为艺术创作的源泉，认为只有这种超越现实的“无意识”世界才能摆脱一切束缚，最真实地再现客观事实的本来面目。

如何品味这部作品，从而无法基于这两点建立起事物之间的联系。

尽管如此，以作家的身份运用拼贴技巧就等同于在你的散文（或诗歌）中，表现出同这种艺术形式密切相关的连续性和间断性。同样，把拼贴画作为完成初稿（以及修改文稿）的表现形式，可以通过呈现事物之间的联系以赋予作品意义，而不是在文章的叙述中，以及在其隐含着的事件、观点和形象之间递进的逻辑关系中预先定义了作品的意义。通过这样的方式，拼贴式散文就成为了一种有意识的、迂回的游戏，又包含了另一种曲折迂回的游戏的形式。

完成拼贴式散文的创作方法很多。对于我来说，宣扬一种理念——把拼贴视为捕捉叙述和理解自身经历中固有的整齐与凌乱、和谐与无序之间的关系的一种方式——比简单地介绍以下的具体步骤更为重要。在拼贴散文的过程中，你也许会发现同文章主题相关的细节，而在动笔之前你可能并没有觉察到这些。

以下是一个切实可行的练习，意在帮助你完成写作任务。

练　习

1. 描述一个物品（或者多个），最好这个物品就在你的眼前。描写的时候，尽可能让这个物品自己呈现任何可能的象征意义。如果你的文章让你想起与此相关的一段回忆或是某个时刻，也可以把它写下来。

2. 至少写下生活中 5 个独立的、以某种方式与此相关的事件（准确地说，不是事件，而是时刻）。如果它们是生命中不同时段发生的事情，那就更好了。

3. 写一个对你产生巨大影响的地方（或多个地方）。你无须知道为什么这个地方对你来说很重要。事实上，这最好是一个你不知道为何如此念念不忘的地方。同样，进行描写，但是请尽可能发挥你的想象力。

4. 写下 3 个你认为真实的陈述。例如，定义一些大的概念（上帝、竞赛、性、死亡等）。

5. 写下 3 个你确实不知道答案的问题。

在你完成每个步骤后，用剪刀剪下各个部分，然后把它们的顺序打乱，使它们彼此混淆在一起。为了找出你的散文存在的不同可能性，将各个部分剪下来并重新安排顺序是非常重要的。不要只用 Wcrd 程序里面的“剪切”和“粘贴”这两个操作来完成这一步骤，对于画布而言，我更喜欢利用房间的地板，这样我就可以站在不同的纸条中间，轻松随意地挪动它们。

你不必选择完成每一个步骤（我就经常不这么做）。在已经写出来的符合自己风格品味的内容中，你也许会发现有很多不连贯的地方。这种情况下，你可以再多写一些，以便找出不同部分之间的联系。无论如何，我希望，最终能写出让你自己都为之惊喜的散文。

只要加点水：罐头中的实验型小散文 Dinty W. Moore

Dinty Moore，著有 *Between Panic and Desire*，*The Accidental Buddhist*，*Toothpick Men*，*The Emperor's Virtual Clothes* 以及写作指导书 *The Truth of the Matter：Art and Craft in Creative Nonfiction*。目前在俄亥俄大学教授非虚构文学创作。

很多作家习惯按照时间顺序创作以回忆录为基础的非虚构文学作品，就像是曾经有人规定“所有孩提时期的故事都应该按照时间顺序来讲述”一样。虽然按照时间的顺序进行叙述确实很实用，但这种单一的方法也有很多局限性。通常，正是那些并置陈述的事件赋予童年的记忆以意义；有时在看似毫不相关的并置陈述中，我们会有新的发现和洞见。换句话说，逻辑并不是通往真理的唯一途径。

以下的练习就能创造出这种不协调、不一致的效果。同时，它也让我们意识到诸如名词、动词、具体时刻和特殊事物这些细节的重要性。

最终，这个练习鼓励作家在某种程度上要相信“运气”。有经验的作家常常惊奇地发现，他们写作时无意提及和突出的某些部分到最后要比自己有意要表达的内容显得更精彩、更富有生气和令人惊喜。这是作家的无意识通过理性的思考而发挥作用的结果。有时，无意识是随性且变幻莫测的。因此，如果文章中出现了一些奇怪的细节、特殊的语言表达，而且还挺有作用，那就欣然地把它留在文章中。你不必非要知道这是为什么。

按照以下的八个步骤完成初稿，最后再把它修改成一篇完整的实验型小散文。我把这个任务布置给学生，他们后来都发表了以此为基础（经过修改、润色）的作品。或者至少，它几乎总能为我们提供丰富的创作素材。

（重要提示：尽管我知道这非常困难，但是，为了练习能够达到最佳效果，不要提前阅读。在准备好你做记录用的索引卡片和铅笔之前，不要阅读第二步。在完成第二步之前，不要阅读第三步。相信我，这样做会大有帮助。）

练 习

大张的索引卡片是这个练习的最佳选择，但是我们不可能在任何时候都可以找到这样的卡片，因此选择用一些零散的纸张。这个练习可以一个人独自完成，但是如果能和写作伙伴或写作小组一起完成，效果会更好。你可能需要设定一下计时器，每一个步骤给自己 5 分钟的时间来完成。

1. 准备 4 张特大的索引卡（4 张纸也可以）。

2. 在第一张卡片上：**描述一种你曾经闻过的气味。**不用担心这气味是否重要，是否有意义；关键是，这气味已在你的“记忆银行”中保存了 10 年、20 年甚至 30 年之久。描述这个气味以及它的特质，它是酸的、甜的、刺鼻的，还是清爽的、浓烈的，淡淡的？它让你联想到了什么？就这样，写四五句话。

3. 在第二张卡片上：**描写你所爱的人的某个部位**，只描写一个身体部位即可——母亲的头发、卢拉姨妈的胳膊肘、弟弟的牙齿。一定要详细具体。不要只写“父亲有双粗糙的手”，可以描述一下手掌的纹路、手指的形状、手背上的挫伤和割伤、指甲缝处的油脂。不要超过 6 句话。

4. 在第三张卡片上：**写一句你曾经听过的话，一句你年轻时候经常听到的话。**这句话可以是有意义的——例如，父母对你的惩罚或严厉的批评；也可以是看上去无关紧要的话——例如，每次你坐下吃辣椒时哥哥都会开的一个无聊的玩笑。可以是任何一句话，唯一的要求是，这话你经常听到，不论出于什么原因它被保存在了你的“记忆银行”里。不用说明、描述或解释，只要告诉我们那句话就行。例如：

“喝你的牛奶。你难道不想长得结实一点吗？”

5. 在第四张卡片上：**创建一个由 30 个词组成的列表，词与词之间没有任何联系。主要是名词，或是稍加变形的名词词组。**其中的任意一个词或词组都可以用来描述你记忆中的某个事物。例如，我的词表是这样的：

宾戈游戏、雪橇、克勒姆叔叔的木制假肢、煮熟的卷心菜、好迪嘟迪秀[①]、小虫子、无花果树。不必为读者提供大量的信息让他们完全理解其中的意义，只要列出你的词和词组就可以。如果是词组，不要超过40个字。一共列出30个词或词组。（最好是先写出40个单词，然后再删除。）

6. 完成以上五步之后，将这四张卡片的顺序打乱。

7. 在每张卡片的顶端，写一个数字（1～4）。

8. 在第一张卡片上，加上这个标题："我为什么是现在的我？"

现在你已经用拼贴的形式完成了这篇实验型的小散文。把它大声地读出来，包括标题，以及每一张卡片顶端的数字。你会为自己发现其中意想不到的关联和古怪的逻辑感到惊奇。

① 好迪嘟迪秀（Howdy Doody Show），美国很受欢迎的一个儿童电视节目。

寻找真相 Maureen Murdock

Maureen Murdock，精神治疗医师、写作教师，其作品被翻译为十多个国家的语言。她的作品包括：畅销书 *The Heroine's Journey*，新近修订出版的 *Fathers' Daughters：Breaking the Ties That Bind*，*Unreliable Truth：On Memoir and Memory*，*Spinning Inward：Using Guided Imagery with Children* 和 *The Heroine's Journey Workbook*。她最近刚刚完成一部有关家族神经紊乱和沉迷成瘾病史的回忆录。此外，她还在旧金山的写作沙龙以及加利福尼亚大学洛杉矶分校作家培训项目中教授回忆录写作。

在《剖析回忆》的一篇散文里，托妮·莫里森①提到，刻意的回忆其实就是一种有意而为之的创作形式。除了历史学家，我们很少人会去考证在某个特定的事件中，究竟发生了什么，因为坦白地说，我们没时间，也没兴趣去研究这些。相反，我们会去仔细思考这起事件如何出现在我们的回忆中，去认真分析它以如此特殊的方式出现在自己脑海中的原因。

回忆是创造身份的一种途径。回忆录作家在选择阐明一段特殊的回忆时，其实是在创造自己的身份，即重塑自己的身份认同感。她经常从生活中节选一个片段，从回忆中提取一个形象，细细品味，慢慢咀嚼，甚至也许是无意地、尽可能多地从中汲取营养——即意义。她不只是重温那些经历；她还试着去理解记忆中的形象和它所蕴涵的情感之间的关系。正是这些情感使她将这段回忆保存起来，以便日后加以回味。

回忆录作家的任务就是寻找自己的真相，而不是去判定事实上究竟发生了什么；那也许是一段历史，一个证据，也有可能是一个有趣的传说。然而，回忆录作家不仅对它们进行了详尽的叙述，还对它们进行了深刻的

---

① 托妮·莫里森（Toni Morrison），美国当代最重要的作家之一，黑人文学的杰出代表。她于1993年获诺贝尔文学奖。主要作品有《最蓝的眼睛》、《秀拉》、《所罗门之歌》、《宠儿》、《爵士乐》等。

思考：我的人生以什么样的方式被呈现出来？这又有什么意义和价值？这是怎样发生的？那又是怎样发生的？而不是问为什么会发生这件事。这是精神疗法所探究的问题，却不是我要关注的问题。无论如何，查明事实的真相的确可以挑战我们的自我意识。

练　习

1. 先用 15 分钟的时间描述一下自己 15 岁以前的人生，以便从中选出一件记忆犹新的事情。开始写前设定好计时器，能写多快就写多快，请不要停笔，这就叫做“自由写作”。无论脑海中浮现出的内容以什么顺序呈现出来，全部写下来。别顾及标点符号和分段。随心所欲地写吧。也不要停下来检查或评判，也不要问“这真的发生过吗？”就假设它真的发生过。

2. 写完以后，读一遍你写的内容，然后选一件你想深入了解的事情，把它圈出来。也许你可能想进一步探究两三件事情，但考虑到这个练习的目的，请选一件最吸引你的事情。再用 15 分钟，将所有的精力都集中起来回忆这段经历。注意写下你是如何开始回忆这段经历的？你都想起什么样的颜色、声音、气味、味道、触觉和感受？这个事件有什么不同寻常之处？有什么新颖之处？有什么幽默之处？从一个形象开始，调动你的所有感官重新体会。尽可能写下所有你捕捉到、体会到的感官细节，以描述这段回忆。带领读者一同进入这段回忆的情景之中。

3. 在描写完这段回忆的所有细节之后，把自己所写的内容再读一遍，注意其中隐含了什么故事？这篇故事扣人心弦吗？其中有关键的事件吗？这段回忆的感情基调是什么？这个事件揭示了你和回忆中的某个人物的什么特征？你在自己身上了解到了哪些先前不曾发现的品质？你对此有何感受？你还想发现什么？花些时间，写下自己对捕捉到的这段回忆的所思所想。

胜似千言 Judith Kitchen

Judith Kitchen，著有两部散文集，一部小说，一部评论集。她生活在华盛顿州的汤森港，在太平洋路德大学教授创意写作硕士课程。

照片既是一种虚假的存在，也是一种缺场的象征。

——苏珊·桑塔格[①]，《论摄影》

从传统意义上讲，照片在非虚构文学作品中起到证实的作用。在传记中，它们为事件提供依据，赋予我们在文字中邂逅的人物以具体的形象。纵视回忆录始末，我们随处可见照片的影子，它们证实我们所读到的一切都是千真万确的。这个练习的目的在于使照片超越原有的证实功能，使之成为文章的一部分。

人们说一张照片胜似千言万语。是的，这个练习能够强迫你去掉那些琐碎冗长的文字，同时又帮助你找到图像本身所无法替代的另一种文字表达。而你的任务就是沉思、推测、冥想。在你观察照片以试图发现其中的意义时，有些思绪和情感会涌上心头。带着这样的思绪和情愫细细体味这张照片，你会发现它可能揭示了你的真我、你的回忆、你的猜想，或那些你知道，只是自己还没有意识到的事物。你需要仔细推敲其内容，摆脱照片的限制，想想照片没有说明的事情，想想画面以外的内容。

---

① 苏珊·桑塔格（Susan Sontag，1933—2004），美国著名的作家、评论家、女权主义者。她的写作领域广泛，著作主要有《反对阐释》、《激进意志的样式》、《论摄影》、《疾病的隐喻》和小说《火山情人》。2000 年，她的历史小说《在美国》获得了美国国家图书奖。《论摄影》是苏珊·桑塔格 1997 年发表的散文集，收录了她在 1973—1977 年发表于《纽约时报书评》上的文章。

练　习

这个练习很简单。先拿出一张照片——一张具有某种个人意义的照片：可以是母亲结婚前的一张照片；可以是一张祖父站在他父亲（也许你并不了解他）身旁的父子合影；可以是一张你曾经去某地度假的风景照；可以是你在旧货市场用一美元淘到的一本相册，你从中看到了一个陌生人的一生；可以是一张儿时宠物的照片；可以是一张你七岁时掉了门牙咧着嘴笑的照片；还可以是一张在书架的盒子里找到的奇怪的快照，照片上的人你模模糊糊还记得，却又想不起他到底是谁。

你可以从很多角度分析这张照片。把它看做一个物品。那里有什么？再看看它的主题，照片上有谁？体会它所传递的感情，问一些问题：你和照片上的情景有什么关系？谁拍的这张照片？别忘了观察一下没有出现在照片上的人和事——有时候，这种缺场反倒是照片想要表达的内容。

牢牢记住，你可能认识照片上的人，或者知道照片背后隐藏的故事，而你的读者却是在一无所知的情况下观察这张照片的。你的任务是，让读者像你一样了解照片的意义和重要性。你可以记述这张照片的内容，但不要只是描写，因为你要知道，照片的内容可以用数千字表述，但这会使文章显得过于冗长。如果你想讲述这个故事，你就要找到与之相匹配的词句。让读者了解到一些画面上看不到的东西，例如拍照当天的气味、声音，以及环境。你可以从这张照片开始写起，把它作为起点，再围绕它慢慢展开，直到这张照片在读者面前变得栩栩如生、活灵活现，仿佛读者也看到了你眼中的这张照片一样；你可以对这张照片进行创作，直接和照片中的人物对话（也许这个人物就是曾经的你）；你也可以讲述这张照片被拍下来的过程，讲述相机快门“咔嚓”一响那个瞬间所发生的事情；你还可以围绕这张照片进行写作，或者对照片加以评价，自由穿行于照片内外，使它成为你文章的中心——必要时把它附在文本上，不必要时便通过某种方式把它删去。

用充分的语句进行描述，让读者即使没亲眼见到这张照片，也能“看到”棕褐色的怀旧的色调——那是水锈的颜色；看到老人脸上阴影处那古怪的棱角；看到照片撕边把亨利叔叔的身影分割成两半，一半在照片里，一半在照片外——看起来，只有一半的他出现在你的记忆中，犹如鬼魂一般。记住，要超越描写，进入瞬间的“语境”中。捕捉从滑梯往下滑的感觉，当你爬上那一级级的阶梯时，滑梯看起来高；而当你再观察这个滑梯的时候，它不再像当时那么高了。那是个令人兴奋的游乐场，让孩子远离成人世界的喧嚣。猜测一下，在你出生前，母亲是怎样的一位妙龄女子？她有什么梦想？她的梦想都到哪儿去了？为什么她剪掉了波浪般的长发？赋予那个陌生人一种他也许从来不曾经历过的生活，但是这种生活把他和你在一个奇异的想象空间里联系起来——你也分享了他生命的一部分，这样的空间存在于你们之间。想想已逝去的和已改变的，而这张照片又永恒地留住了什么。想想时间的本质。

这个练习的目的在于打开你的思路，集中你的注意力。通过使用“可能”、“我想有可能”、“它看起来像”这样的词语，让你可以自由地出入于作品中的“现在”。通过把自己的注意力转移到描述对象——照片上，你将成为一个敏感的叙述者。换句话说，你找到了自己的“声音”。读者通过你的想法渐渐开始了解你，这正是非虚构文学和回忆录的真正本质所在。

为你的文章拟一个合适的标题。这个标题为你提供了重新审视作品的语境、位置和角度。你要做的最后一件事是，判断自己的语言表达是否真的还需要那张照片才能完成你的文章；也许，你可能不再需要这张照片了，因为你所写的那一千字足以再现这张照片。

至关重要的事件 Kathryn Rhett

Kathryn Rhett，著有回忆录 *Near Breathing*，编有文选 *Survival Stories：Memoirs of Crisis*。她在《哈佛评论》、《密歇根评论季刊》（*Michigan Quarterly Review*）以及 *River Teeth* 等杂志上发表过作品。此外，她还是葛底斯堡学院创意写作专业的副教授；同时，她在夏洛特皇后大学的创意写作硕士项目中教授写作。

我父母那代人常说他们依然清晰地记得，1963 年当他们听到肯尼迪总统遇刺的新闻时他们正在做什么。在我看来，这是一件很特别的事，因为这件事看起来重要到可以让所有的美国民众都停下他们手中的活儿。我出生于 1962 年，当然在我成长的过程中，也经历了很多重大事件。但是在 2001 年 9 月 11 日之前，我还从没有经历过任何一件可以让整个美国都处于危机之中的事件。

2001 年 9 月 11 日下午 1 点 10 分，我正在教授回忆录创作课。在接下来的大约 1 个小时的时间里，大多数人都在看着图书馆大屏幕上的电视图像，我不敢想象那堂课应该如何按照计划进行下去。但是，我必须召集整个班的学生。有谣言称，一架飞机撞到了 12 英里之外的戴维营①。而此时，刚刚发行的校园指南正好派上用场，它让我们要“保持常态”，并且鼓励学生待在校园里，因为他们可能无法“立刻逃离现场”。课上，我看到了一张张冷静的面孔。可是，当我问他们上午过得怎么样时，我听到了哭声，之后是一片寂静。于是，我问学生他们想要做什么。他们回答，想要把我们前天晚上准备的课堂教学继续进行下去。他们想要有正常的生活状态和安全感。他们之中有很多人住在曼哈顿附近，父母也在城里上班。那天，我没有要求他们写任何东西，但是几周后我布置了作业。

---

① 戴维营（Camp David），美国总统的休假地。

在那之后的第二年和第三年里，我都会要求学生描述那一天的经历。这个任务触动了所有人，最终他们都写出了极具感染力的叙述文章。但是后来，我就不再这么做了，因为已经足够了。2006年的春天，在我的个人随笔写作课上，一个学生恰巧写了一篇描述“9·11”事件的文章。文章中写道：“那一天，所有的事都改变了。”（记录显示，这个学生是盖茨堡6班的凯瑟琳·霍莉·布伦斯。）当我们在工作室讨论这句话时，突然间，整个班的学生都开始热烈地探讨它的真实性。我指导工作室的教学时，主题往往都很集中，但是既然学生们想展开这个讨论，我就索性让讨论延续了几分钟。在第二节课下课时，我给他们布置了一个作业——写一篇文章，详细描述“9·11”那天的情形，限时10分钟，然后反思这个问题——那一天是否真的使一切都改变了？

几个学生把布置给他们的练习写成了散文，既有叙述，又有反思，富有感染力。为什么不在细节记忆消退之前，记录下那天发生的事呢？

这个练习可以和另一个我在回忆录写作课上使用的方法联系在一起。这个方法叫“五点一线”。我要求学生做一条个人的时间线，只记录5个对他们来说至关重要的事件。我的要求是，这些重要的事件必须能够在决定他们如何看待自己，或在转变思考方式这两个方面产生重要的影响（那些能与我们认为重要的公众事件相提并论的经历，诸如在大型比赛中获奖，或是从学校顺利毕业）。然后，我要求学生每一件事都用一段话来描述。

练　习

描述“9·11”事件当天的具体情形。尽可能多地运用记忆中的对话以及感官描述。当你听到这个消息的时候，你在哪里？和谁在一起？写下你的所见、所闻、所触和所感。在得到所有的事实之前，尽量回忆那天的真实情况。

然后，思考那一天给我们带来的影响。就这点而言，我们现在有了更深的认识。每一件事在那一天是否都改变了？生活在某一方面是否发生了变化？

“9·11”事件是美国历史上至关重要的事件。但是对于你而言，或许同样重要，或许并不重要。在写完“9·11”事件后，想想你的成长历程中发生的一些重要的事件。如果要你选择五个事件，并且只能是五个（比如那些帮助你构建身份、重现人生抉择、表现人生错乱复杂，或转变了你的思维方式的事件），那么，会是哪五件事？把它们标在一个时间线上，并写上日期和简要的描述。现在，每一个事件写一段话。

也许描写的是“9・11”事件，也许是你那五个重要事件中的一件，都会让你写成一篇散文或回忆文章。写作的时间是宝贵的。为什么不写那些对你至关重要的事情呢？

过去的尴尬 Rene Steinke

Rene Steinke，著有2005年美国国家图书奖提名小说 *Holy Skirts* 以及小说 *The Fires*。此外，她的非虚构文学作品不仅被刊登在《书坛杂志》（*Bookforum*）、《纽约时报》、《时尚》（*Vogue*）、《奥普拉杂志》（*O, the Oprah Magazine*）等报纸杂志上，还被收录进多部文选中。Steinke 在菲尔莱狄更斯大学教授写作和文学课程，生活在纽约的布鲁克林区。

在一次晚宴聚会上，一个朋友问道："你遇到的最尴尬的事情是什么？"我们亲密无间、关系甚好，我便如实回答，而那件事既令人捧腹又使人感到悲伤。这样的故事往往揭示了我先前不曾留意或不曾理解的一个人的性格特点。通常，在创作富有新意的非虚构文学作品时，学生很难在自己亲身经历的事件中发现它们的意义，一部分原因是他们想维护自身形象。尴尬的故事（在它发生作用时）是能收到娱乐效果的，因为叙述者让自己在其中扮演了傻瓜的角色（这是前提）。这样往往富有洞见、生动有趣，主要是因为：（1）在尴尬情境中发生的事情通常是滑稽可笑的；（2）故事的陈述者更加重视并置、杂乱无章的写作手法和讽刺，而不是说教和陈旧刻板的自我刻画。

练　习

1. 写一件曾令你十分尴尬的事情。尽量客观，仿佛你在描写另外一个人。尽量搜集具体细节，越多越好，**甚至是起初看起来毫不起眼的细节。**

2. 写完后，问问自己："这件事为什么会如此令人伤心？我为什么能记住它？"**看一看自己写的内容，是否能联想到那一段时间对你的生活产生影响的其他因素？与你现在的生活是否有联系？写下这些联系。**

在我的作品中，我已经发现这个策略是很有帮助的。

在以往的尴尬事件中，找一些幽默的东西，使现在的我和事件中的自己产生差距，以赋予其意义。

在《可可吃什么》这篇我为文集《狗文化》所写的文章中，我列出了一些当我带着我男朋友的狗出去散步的时候，它所吃的一些古怪的东西。这让我第一次感觉到与它相处很不自在。在我为《时尚》杂志所写的文章《孤星》中，我讨论了一些极少向成年朋友提到的事：我在年少时，在足球比赛中兼职表演舞蹈，这段经历使我在一段时间里会迷恋造型夸张、穿着花哨的美女。在这两种情况下，过去的我和现在的我产生了距离，帮助我找到了戏剧性的亮点，也使我明白，尴尬是如何揭示潜藏在故事下的某种更为深层的含义的。

毋庸置疑 Philip Gerard

Philip Gerard，著有三部小说、四部非虚构文学作品、十一部纪录片脚本，此外还著有多部散文和短篇小说。他还是北卡罗来纳大学威明顿分校创意写作系系主任；合编有纽约肖托夸（Chautauqua）协会发行的文学期刊《肖托夸》。

作为非虚构文学创作的老师和学生，我们常常大谈特谈"要忠于事实"这一伟大的创作宗旨。但是，我们太容易信以为真。也就是说，许多我们自以为确信无疑的事后来却被证实并非事实——它们完全不是那样一种情况。更多时候，这些事情无从考证——我们只是没有证据确定某个"事实"是千真万确的事实，而不是仅仅在不完整的信息基础上做出可能性的推测。

每当我着手开始一个新的写作计划时，我会把自己当成一名记者。我希望我的学生也能这样。撇开所有的先入之见和已有的知识，撇开所有我们从家族史学家那儿听来的故事以及当地的神话，什么才是我们真正确信无疑的？同样重要的是，我们又何以知道它是确信无疑的？

我们讨论证据的可靠程度。举一个简单的例子：我们如何确定某位死者被葬在了一个特定的地点？一个学生说，可以通过墓碑来确定。是的，这是一种方法。可是，其他人又会提醒我们，有时候墓碑在那里，可墓穴却是空的，难道没有这样的例子吗？或者有时候，墓碑被移开了，可尸体却还在墓穴里，不是也有这样的例子吗？早在几个世纪之前，"再生人"——我们通常把他们称作盗墓者——就会把尸体偷出来卖给医学院和医生。

还有，如果根本就没有墓碑，那又该如何判断呢？

最终，我们认为：墓碑至多算是一种可能的标志——在某些情况下可靠，而在另一些情况下又不那么可靠。其他的判断依据可以是一张同时代的墓地地图，它指出我们通过墓碑确定那个坟墓确实是举行葬礼的位置；可以是一个可靠的目击者，他认识死者，并且保留了死者埋葬在此的证据；可以是一张死者家属在葬礼当天拍的合影，他们出现在当时的照片中证明了他们确定这是死者最后的安息之地。但是因为没有挖掘出尸体并进行 DNA 测试——这些本身也可能不是决定性的证据——我们永远无法真正确定死者所葬之处。我们可以颇为确定，或者足够确信它是千真万确的，但是作为作家，我们需要意识到我们可以借助信任来弥补确实可证的真相和可能存在的真相之间最后那一点差距。虽然这样的信任是建立在逻辑、经验和概率的基础之上的，但它仍然只是信心。作为作家，我们的可靠度有相当一部分取决于我们接受了与道德有关的考验：在什么情况下，我们能有足够的证据去相信、接受一个事实，并把它如实告诉给读者？

下面的这个练习不是毫无意义的，正如上述的例子并非微不足道一样：世界上影响最大的宗教之一就建立在它坚信一个人死后在墓穴中消失了这一假设之上①。举一个离我们更近的例子，学者至今仍无法就埋葬克里斯多弗·哥伦布②的地点达成一致，而美国联邦调查局也一直在寻找美国劳工领袖吉米·霍法③的墓地。要知道，这两个例子中的人物最终安息之地的真相对人们了解真实故事的结局至关重要。

练　习

利用任何你需要的资源：**试着去证明一个事实是毋庸置疑的**。这个事实必须足够重要，对所写的内容关系重大。例如，如果你在撰写一部家庭回忆录，试着证明你的祖父在服兵役期间是否参加过第二次世界大战中的某场战斗，或者试着证明在某个历史性的日子里你的母亲身处何地。提供所有的资源，并解释你相信其准确性的理由。

记住：访谈依赖于记忆，其本身不足以作为充分的证据。当时的叙

① 指基督教宣扬的基督死后升天的故事。

② 克里斯托弗·哥伦布（Christopher Columbus，1451—1506），西班牙著名航海家，美洲大陆的发现者。

③ 吉米·霍法（Jimmy Hoffa，1913—1975），曾任美国工会的会长，也是一个罪犯。他在 20 世纪 50 年代中期到 60 年代中期担任国际卡车司机协会会长。在他认罪后，度过了将近 10 年的牢狱生活。1975 年 7 月 30 日，霍法在底特律的一个停车场消失，从此再也没有出现过。

述——新闻报道，日记记录——更有可能是可靠的，但即使这些信息也可能有差错或被人故意伪造。所以，你需要去查阅兵役记录、找到其他的目击证人、纪念品、相片……足够的证据才能让一个理性的人相信你说的“事实”是真实的，而不是你的一家之言。

这个练习乍看起来非常简单，但它常常让学生为之疯狂，为之着迷，因为学生们会不断发现新的信息资源，虽然这些信息常常互相矛盾，但整合起来还是会螺旋式趋近于事实。同时，虽然他们在检查这些证据的性质和可靠性的过程中走了不少弯路，但还是会有所收获。最后，几乎总有一些必要的信任上的跳跃——跨越上一个绝对可证的事实和下一个你要去证明的事件之间的障碍。这可能只是小小的一步跳跃，然而它的面前却总是横着一道深渊。

有一次，我在写一本书的初稿时，提到了一名参加了1945年莱茵河战役的年轻士兵的故事。我掌握的资源有部队的花名册、战后报告、战斗中的伤亡人数、他的兵役记录，以及其他一些确凿的证据。然而始终没有找到这个人。后来，他被证实在先前的一个战役中就受了伤，当时正在巴黎的一家医院里养病。在轰炸突袭的时候，他甚至没有意识到自己中弹了，直到第二天伤口感染了，他才发现。但这时所有的报告都已经送出去了。下一次战斗报告只记录了当次的战况。所以，他就处于两个报告的信息断层之间，而没有被记录在案。

我们在写作过程中总是要面对这样一个问题：事实究竟有多么**可靠**？你又凭什么认同证明它不容置疑的证据？可以百分之百地相信一件事吗？基于现实的变幻无常、难以捉摸，我们要如何来创作非虚构文学作品呢？我们的答案——记者的道德伦理——以一种意义深远的方式定义了我们的美学观。

创造性与权威性 Rebecca Blevins Faery

Rebecca Blevins Faery，负责剑桥麻省理工学院第一学年写作项目。她还教授非虚构文学创作的高级课程。Faery 在各类杂志上都发表过自己的作品。目前，她正在创作散文集——一部有关越南战争时期的拼贴式回忆录。

一个幽灵会经常出没在非虚构文学写作课上：个性。我们告诉学生无须用生硬的“学术”语气进行写作——你知道我的意思，在这样的语气里找不到个人的影子，或者叙述者以一种置身事外、（或者更糟糕的是）高高在上的语气说话（或者假装如此）——他们会觉得自己得到了很大的解放，以至于落入了只写自己、过分地关注自己的窠臼。也许就像是来回晃动的钟摆，这也是学习非虚构文学创作的必由之路。在我看来，个性有时会让作家陷入某种绝望的泥潭，封闭在自我的世界中；有时又会让作家参与到现实世界中。这正是作家的真正工作。当然，参与现实有多种形式，而且可以有多种表达方式，包括严格意义上的个人随笔。但是，非虚构文学作家会关注每一件事，大到皓月星空，小到脚下尘埃。如果你观察研究的对象需要你去探索发现，那么你需要进行一些严肃的调查。但是，这并不意味着你将自己的观点和个性置之不顾。这就是非虚构文学创作的一大挑战——鼓励并帮助你去选择一个对自己重要的话题；一个你有过足够经历，收集到了足够信息，并且进行了足够深入的思考，因而有权威就此发表观点的话题，而用不着放弃鲜明的个人立场以及我们在非虚构作品中期待看到的所有的语言游戏。

我在教授非虚构文学创作中总要面对这样的任务，那就是帮助初学者跨越“我觉得”、“我是”、“我曾经”这种阶段。这种姿态当然是让文章有感染力的基础，却不是最终的目的。弗吉尼亚·伍尔夫在《现代散文》一文中提到，个性是“散文作者最适宜、但也最危险易碎的工具”。为什么个性是散文作者最适宜的工具？原因不言自明：非虚构文学作品就是作家本人——当然，他们技艺精湛，将自己融入文章的行文结构之中，乍看之下，这样的文章个人风格色彩较浓——直接或是间接地与读者对话，读者是作者想象中聆听自己文字的人。

而伍尔夫的措辞是正确的：个性，一旦被滥用，是危险的。它会使我们产生一种错觉——**我们自己**亲身经历了一件事情，认为它很有趣，所以认为其他人也会觉得它有意思。于是，我们忘记了自己的写作任务是以一种让读者也能体验到其中乐趣的方式来描述这段经历。这样的写作状态使散文不同于日记、信件、个人日志这种体裁的作品，从而真正走进读者的世界。最后，也正是这种写作状态使一段经历的记录者成为非虚构文学作家。

我们在发挥个性这个工具的作用时，必须注意其精细微妙之分寸，否则就会让初学者甚至是那些经验丰富的作家羞愧难当。我过去经常说，除了麦当娜这位自我包装、自我宣传的名人偶像之外，没有人可以指望靠着谈论自己就能让全世界感兴趣。而如今，我想，麦当娜这个例子或许已经不合时宜了，更恰当的例子也许是当红偶像帕丽斯·希尔顿。她的名气并非来自她的成就，而是源于她自身的炒作。通过大胆暴露个人隐私，她让观众为之震惊，从而取悦大众、唤起了人们的兴趣与关注。我们都读过一些落入类似俗套的非虚构文学类书籍和散文，因此为了能够超越自我，以一种超越那段经历的方式叙述一段经历——这就是非虚构文学写作的挑战所在。

作家的任务是**出现**在作品中，以一种个人的方式与读者交流，而非将自己作为作品的唯一主体。作家会去发现、质疑、品味、探索、观察、交流、好奇，最重要的是**思考**。就这样，事情发生了，他来到现场，将事情两两放在一起，拼凑出一幅与事件或证据相关的画面，展现在读者面前。如果幸运的话，作家可以借助自己所经历的各种具体细节，向读者揭示一个新的画面、新的世界。所以，非虚构文学作家就像一台传输机、一个媒介、一块透视镜片。

当代许多杰出的散文家都精通这种技巧，例如：迈克尔·波伦[①]（《为何蹙眉?》、《草坪对面的箱子》、《动物的地盘》）、安妮·法迪曼[②]（《邮

---

① 迈克尔·波伦（Michael Pollan），美国作家、新闻学教授。

② 安妮·法迪曼（Anne Fadiman），美国作家、编辑。她1997年出版的作品（*The Spirit Catches You and You Fall Down*）获得了美国国家书评奖。

件》)、乔纳森·弗兰岑[①]（《父亲的大脑》、《过滤灰尘》)。为了逃离个性的流沙，你应该读一些优秀的非虚构文学作品，用心感受作品的主题，使自己的好奇心得到满足。

学期过半，在学生们完成了几篇风格自由的文章之后，我就会要求他们写一篇我称之为“调查型散文”的文章。

练　习

这个练习要求你选择一个对自己有吸引力、想深入了解的话题，并且相信自己能够对此发表见解，即使你的见解只是一个问题。

你必须着手找到足够的相关信息，能够让自己的写作具有权威性。记住：这是一篇调查型散文，而不是一篇会让你想到与学术研究体裁相关的“研究型论文”。它必须符合一篇散文的基本要求：体现你的见解、你的观点和你的人格。与那些更严格的个人散文一样，你可以把自己的亲身经历写进去，但必须恰当且易于接受。

我长期坚持这个练习，这使我相信“调查型散文”的写作能帮助你做好充分的准备，以应对在其他情况下必须完成的文章写作。在此后的工作生活中，无论是什么样的主题，你都能应付自如。因为有时，你可能会被要求在不用直接代词的情况下来显示你的权威性。最重要的是，你对作品的付出与投入都会体现其中，而且一定能得到认可和欣赏。讲述自己的故事，探索自己选择的主题，运用散文家“最适宜、但也最危险易碎的工具”，以散文的形式生动地陈述这样的主题，你能从中体验到乐趣和满足。这不但可以教会你如何创作非虚构文学作品，还能帮助你做好准备去应对那些写作创新点并不明显的文章。在这个练习的帮助下，我取得了成功。因此，我坚持认为教授非虚构文学创作课很有价值。所以，无论你是不是一个初学者，你都可以在创意写作课后继续这个练习。

请大家注意，如果我们能找到一个专属名词来定义这种写作，而不是用“它不是什么”来描述这个概念，岂不是更好？

---

① 乔纳森·弗兰岑（Jonathan Franzen），美国小说家兼散文作家，著有《第二十七座城市》、《有力的手势》、《不舒适地带：个人史》等作品，被评论界誉为最出色的美国小说家之一。《纠正》获 2001 年美国全国图书奖。

回忆与灵感

同时性：跨越界限 John Matteson

John Matteson，纽约市立大学约翰杰伊刑事司法学院的英语教授。他著有 2008 年普利策传记奖获奖作品 *Eden's Outcasts：The Story of Louisa May Alcott and Her Father*。目前，他正在创作 Margaret Fuller 的传记，这部作品将由 W. W. Norton & Company 出版公司出版。

相对其他创意媒介，写作很大程度上受限于其线性特征。画家能在一个静止的瞬间描绘好几个动作。作曲家能让多位歌手同时演绎不同的旋律。雕刻家、编舞者、建筑师都工作在相对奢侈的三维空间里；只有作家，从来都只是线条。我们一次只能使用一个词、一个短语或者一个句子。如果我们想要加点什么，以模仿其他艺术家认为理所当然的深度和质感，就不得不通过对一维世界进行处理，来创造出多维错觉。

实现这种效果的一种方式是成功叙述同时发生的事件——重温这些事件在同一时刻、不同地点发生时的情形，也可以从不同角度描写这些事件。这样做的诀窍在于不要让读者对此产生笨拙、刻板的感觉。另一个营造同时性的更有趣的方法是描述发生在相距遥远的两个地方的两个事件，让这两个事件逐渐走到一起，形成趋向高潮的合力。

我在获得普利策奖的一书《伊甸园的流浪者：路易莎·梅·奥尔科特和她父亲的故事》中运用了类似的方法。以下场景为路易莎前往乔治敦市联盟军队医院担任护士，与此同时，联盟军正陷入灾难性的弗雷德里克斯堡战役中。第一组事件为路易莎忙着准备上路，并最终启程。故事简单清澈，甚至温情脉脉。第二组则包括了一个可怕的事件——上千名盟军遭到无谓的屠杀。当然，路易莎和士兵们有着相同的目的地——联盟旅馆医院，然而他们之后必须经历的不同历程形成了强烈的对比和紧张感，唤起了读者的期待。以下是部分引文：

路易莎于12月11日星期四上午接到命令。她没有被分配到阿莫里广场，而是被分到了乔治敦市她最不想去的机构——联盟旅馆医院，她总是笑称那里为“又吵又闹的鬼地方。”路易莎必须尽快报到。在接下来的时间里，她忙得晕头转向。阿巴、安娜和梅都从锡拉库扎回来了，他们把家里所有用得上、装得下的东西全都塞进她的旅行包里。索菲娅·霍索恩走进屋里瞧了一眼，看能不能帮上什么忙，却发现人手已足够多了。有个人想起来泡茶的事，可是迷迷糊糊地把盐当成糖放了进去。① 布朗森到学校处理一些文件去了，看来，他和路易莎没机会道别了。他为自己女儿做出这样的决定感到骄傲之余，也深知她的工作将面临危险。他对人说，他这是在把自己唯一的孩子送上战场。② 路易莎也清楚自己有可能再也见不到家人了。她一直表现得很勇敢，直到最后一刻要出门了，才忍不住哭了起来，大家一下子都忍不住了。明明知道答案，她还是紧紧抱着母亲问：“我是不是该留下?”“不，走吧孩子！上帝会保佑你的。”这是母亲的回答。③ 路易莎最后一次回头遥望庄园时，看到母亲正向她挥动着手帕。梅和索菲娅·霍索恩把路易莎送到康可德火车站。④ 路易莎要去波士顿和堂妹莉齐·韦尔斯度过自己最后一个作为平民百姓的夜晚。

星期五要比星期四紧张得多。路易莎总是想着尽量节俭，所以她在波士顿四处奔波，为的是得到一张军职人员专享的免费火车票。所有的官员都在和她打太极，往往是叫她去找她刚刚就去过的某个部门。她在这个城市里穿来穿去，碰到的全是无精打采的冷漠官员，似乎存心不给她批示那些关键性文件。⑤ 她把最后的几份文件整理好，刚好来得及同安娜夫妇匆匆忙忙地吃一顿告别晚餐。这对夫妇陪着路易莎来到车站，就这样，他们成了和她最后道别的人。

等到路易莎坐上了火车，秋季的太阳已经落山了。两天的忙碌过后，等待她的突然变成了大把的空闲时间——她看看车票在不在，并把车票放好；后来，她找不着车票了；后来，又找着了。她数了数家

① L. M. Alcott; *Hospital Sketches*, 55.
② Saxton, *Louisa May*, 277; Stern, *Louisa May Alcott*, 112.
③ L. M. Alcott, December 1862, *Journals*, 110.
④ Ibid.
⑤ L. M. Alcott, *Hospital Sketches*, 56-61.

人朋友给她凑的钱，这些钱是用来让她给自己买点必需品，或是给病人买些小礼物的。火车离开城市，驶向开阔的田野。她有的是时间凝视黑暗中的景色。因为孤独，她附和着她的同座开始了漫长的交谈，战争，天气，音乐，卡莱尔，滑雪，天才，浩普香水（hoops），灵魂的不朽，什么话题都谈，只要能驱赶她的忧伤就行。[①]

火车并不直达华盛顿，她必须在康涅狄格州的新伦敦市换乘轮船，连夜驶往新泽西州。因为没有坐过轮船，她整夜没合眼，想象着船就要沉了，想着船如果真的沉了，该怎么自救。最后她意识到这只不过是虚惊一场，轮船平安抵达泽西城。于是她又接着坐火车前往华盛顿。尽管路过的地方她都很陌生，却勾起了她的无限思绪。当火车呜呜地穿过费城时，路易莎遗憾没有时间停下来，到杰曼顿去寻找自己祖先的诞生地。就在前年离火车途经地点不远的巴尔的摩，一个同情南方人的暴民袭击了前往华盛顿的第六马萨诸塞军团。当她想起这次暴动的时候，激动得仿佛事情刚刚发生一样，她甚至觉得就像自己用石头狠狠地砸了某个人似的。[②]

和出发时一样，路易莎到达华盛顿时也已是傍晚时分。她雇了辆马车去乔治敦。坐在车上，她第一次看见了当时在建的国会大厦的圆屋顶；当看到白宫时，她震惊了。刚到联盟旅馆医院，她就受到了护士长汉娜·罗普斯夫人的欢迎。那晚，一个和善的妇女对她说，我们都很高兴“奥尔科特小姐您能从康可德来到我们这里，您一定会是一个真正的好护士，像您这样温柔的人，能做的肯定不止是防止病人从床上摔下来而已。”[③]

路易莎在路上的这些时间里，所有的事情宿命般地同步发生了，而她对此却全然不知。林肯手下的波多马克军团的新指挥官司安布鲁斯·伯恩赛德决定冬季之前进攻北弗吉尼亚的李军，以防冬季的来临影响有利的策略实施。12 月 11 日，也就是路易莎接到命令的当天，伯恩赛德的工程师们正紧锣密鼓地搭建浮桥，帮助波多马克军团通过

① L. M. Alcott，*Hospital Sketches*，62.

② L. M. Alcott，*Hospital Sketches*，66.

③ Hannah Ropes，*Civil War Nurse*：*The Diary and Letters of Hannah Ropes*（Konxville：University of Tennessee Press，1980），112.

拉帕汉诺克河，进入民众已被疏散的密弗雷德里克斯堡。次日，当路易莎在波士顿四处奔波，申请官方批准的火车票时，联盟军摧毁了弗吉尼亚城，把各种瓷器和家具都摔得粉碎。那晚，当路易莎乘坐的火车被淹没在波士顿南部的黑夜里时，身着蓝色衣裳，在钢琴上演奏着沙哑版的爱国歌曲的业余音乐家们被强行拖到密弗雷德里克斯堡的大街上，军官们紧张地凝视着前方南部联邦的坚固阵地，密切关注伯恩赛德的作战计划是否能够取胜。[1]

他们深深的怀疑第二天就得到了肯定回答。1862 年 12 月 13 日，星期六，在这个潮湿、阴郁的下午，当路易莎的火车穿过费城和马里兰时，伯恩赛德将 14 支独立旅派往被称作马耶斯高地的山坡。在靠近山顶的地方有堵墙。墙后，整个李军团正在伺机反扑。当反军开火时，枪炮如雨。在接受命令的数千名联盟军中，没有一个人能到达那堵墙 30 码以内的地方。事后，联盟军团指挥官面带诡异而又平静的笑容说道，观望中的各旅战士“就像雪花落在了温暖的大地上融化了一样”。[2] 夜幕降临，路易莎在乔治敦联盟旅馆医院第一次把毛毯从楼上屋里拿下来。西南方 40 英里处，密弗雷德里克斯堡前方的山坡上，苦涩的风中飘落着数千名伤员的绝望哀鸣。路易莎到达联盟旅馆医院，结束了她的旅程；但对于众多密弗雷德里克斯堡的伤员而言，他们到达这一目的地的旅程才刚刚开始。

练　习

选择一个有两方参与的事件，事件不断向前发展，双方共同趋近各自的高潮，直至产生交叉。例如，描写两个曾经的敌人如何重归于好，关键性投球之前投手和击球手各自的表现，或者描写罪犯和他企图谋害的受害者如何走向毁灭性的相遇之路。

1. 从一方的角度考虑事件。大多数情况下，先考虑思想感情较少的一方更为合适，尽管你的喜好和当时的情景气氛往往会使你更倾向于采取相

---

① Rable，*Fredericksburg*！177-184.

② Ibid.，238.

反的方法。第一方必须做些什么准备？她有什么样的思想和感受？

2. 继续向前看，思考一方的准备、思想和感情与另一方有何区别。你或许想要进行隐含的对比，这样，在你讲述事件的另一半时还能加以完善。

3. 写下第一方的经历，并跟随着第一方，随着时间推移，走向双方交叉点。

4. 写下第二方的经历，在某一时刻，通过偶尔提及第一方此时的行动，突出同时性。在适当时候，强调双方经历的相似点和不同点，强调的程度取决于你正在处理的事实。在写作（修改）时，要弄清楚哪一方在帮助读者理解过程中占主导地位。

在这一练习中，我建议大家先完成对第一方经历的叙述，然后再转向第二方。有时，你需要使两部分叙述之间的切换更频繁些，这要看你使用的材料以及你希望营造的情绪上的微妙变化。频繁地切换可以增加叙述的紧张感，但也容易分散读者的注意力。在叙述任何一方的经历时，应该只把形式看做一个创新的框架，不断确保这一框架正在帮助你解放自己的写作，而不是强加的额外限制。

创作自己的白色纪念册 Daniel Nester

Daniel Nester，著有散文及非虚构幽默作品集 *How to Be Inappropriate*，诗歌集 *The History of My World Tonight* 以及 *God Save My Queen* 第一部和第二部。后两部作品表达了 Nester 对英国皇后摇滚乐队的喜爱和痴迷。他的作品被收录进《最佳美国诗歌》（*The Best American Poetry*）、《最佳非虚构文学作品集》（*The Best Creative Nonfiction*）以及 *Third Rail: The Poetry of Rock and Roll* 等文选中。目前，他在纽约州奥尔巴尼市的圣罗斯学院教授写作。

我们给自己讲故事是为了活下去。

——琼·迪迪翁[①]，《白色纪念册》

关于如何写散文，尤其是如何写出真正的、反映真情实感并能体现出作者才思的个人散文，相关领域有许多不同的观点，其中最早阐述这一体裁形式的米歇尔·德·蒙田的观点深得我心："大家不要太关注我写的内容，"他在《论书》这篇散文里曾这样写道，"而要关注我表达内容的方式。"我想，蒙田的意思是说散文的形式，即作家的意识在散文中的体现方式，与散文传达的内容相比，即使不是更重要，也足以与之相提并论。大约四百年后，罗伯特·克里利[②]对蒙田的观点做出了回应，就像查尔斯·奥尔森[③]在 1950 年的散文《投射的韵文》中引用的那样："形式就是

① 琼·迪迪翁（Joan Didion），美国女作家。其小说曾获美国国家图书奖提名，被《时代》杂志评为"英语世界百家小说"。由其担任编剧的电影还曾获得戛纳电影奖、奥斯卡奖、金球奖和格莱美奖等奖项。《白色纪念册》是琼·迪迪翁 1979 年完成的散文集。

② 罗伯特·克里利（Robert Creeley，1926—2005）：20 世纪下半叶美国的重要诗人、作家，共出版了六十多本诗集，1999 年当选为美国诗人学会会长。克里利的诗歌风格通常被称为"最低限度"，其他诗人费词较多的地方克里利只用寥寥数笔，却让人感到意味深长。

③ 查尔斯·奥尔森（Charles Olson，1910—1970），黑山派开山鼻祖。他提出的"投射诗"理论，主张以诗人在某种情感、思维中呼吸的徐缓和急促来确定诗行的长短和节奏。

内容的延伸”。克里利这句话想表达的意思是：在 20 世纪写诗歌，必须要考虑的一个问题是，那些陈旧的、人尽皆知的诗歌形式或许既不适于我们要表达的事物（或内容），也不适于我们所使用的语言（或形式）。

在这样一个多事之秋，许多任务和思想都要经过考量，对于写个人散文的作家来说，他们的一大挑战就是，如何在穿插多条时间线、安排更多事件的情况下，依然能够使文章反映出作者的心态。我发现，一个较为有效的解决方案是模仿，即复制（你也可以称之为“借鉴”）最成功、最有趣的散文的结构。随文附上一份我给学生布置的作业，它对于提升作者的写作水平收效显著，且近些年来在我的教学实践中屡试不爽。

一言以蔽之，这份写作作业就是在模仿琼·迪迪翁 1979 年具有标志性意义的散文《白色纪念册》的结构。最终的作品其实是由一连串短小的微型散文组成。而写作的诀窍就在于最后定稿的顺序并不是你一开始写作的顺序，而是之后经过重新编排的。依照此法，你就能写出属于你自己的“白色纪念册”了。

练　习

1. 挑选一个时间段（1～5 年），在这段时间里你的人生正处在一个十字路口，你正体验着一些巨大的变化——新环境、新思想；或者你正在经历一场蜕变。对于那些像如琼·迪迪翁的人来说，这是一个相当长的时期，她所生活的世界，乃至她的内心都在发生着剧变；对于一个大一新生来说，高中毕业那一年就是这样的时期。

2. 根据你所选取时期的不同方面，写一系列微型散文。每一篇都控制在 300～400 字左右。在写作时请参照以下顺序：

（1）生命中的那一天。记叙你特定时期中的一天，你的人生在那一天发生了极大的变化，而且这一天不能是众所周知的“大日子”（如毕业日、校园舞会、运动会、婚礼、葬礼等，这些题材你稍后会写到）。写这一部分时要尽量回忆确定当天准确的年、月、日。

（2）年鉴。在你所挑选的时期中，总有一些线索性的记录帮你串起那段时间你所经历的大小事件，如：你高中时的毕业纪念册，你的即时通或“我的个人空间”上的好友名单，你童年时居住的街道，等等。把这些东西找出来。接下来以随机的方式从这些记录中摘取一部分：在好友名单里每隔 1 人选 1 个，或每隔 20 个人选 1 个；也可以写住在同一条街上与你家相隔 2 幢、4 幢或是 6 幢房屋的人家。写下他们的姓名以及其他所有信息（包括地址或即时通），然后记述一段回忆他们的文字。如果你不记得其中的某个人，也要尽量解释一下为什么他没有给你留下深刻印象。

（3）路上的故事。记叙你选择的时期中你走过的一段路程。一次学校组织的田野旅行，一次某个旅游胜地的豪华之旅都可以。

（4）大事记。列一张在此时间段内你认为是重要事物的清单，包括你的想法、目标、海报、财物、饮料或药品、医生处方，等等。

（5）岁月金曲。搜索其中某一天或其他重要日子的那一周的流行音乐榜单，找到排名前五位的曲目。然后排出顺序，写出你对这些留在你记忆深处的歌曲的印象。

（6）众所周知的日子。描述你生命中正式的或众所周知的一件大事——一场舞会、婚礼、毕业日、葬礼、你收到大学录取通知书或拒绝信的日子。

（7）家与新闻报道。描述这个时间段你的家庭情况：你的家人（写出他们的全名），你的卧室。另外，利用某一天两种不同形式的媒体针对同一故事或事件所写的新闻报道。试着选一则来自报纸杂志类的纸质媒体的报道，再从电视、互联网之类的电子媒体中选一则。之后概述一下新闻内容，再解释一下这样一则消息如何与你的境况直接或间接地联系在一起。

（8）大日子或大日子之前的准备。描写在你迎来你的大日子那一天或之前的每一天的状态。有些部分之前已经写过，如没有必要，可略去。

（9）标志性故事。总结并点评新闻中提到的故事——作为当地文化的一种具体体现。如果可能的话，这部分只描写一个人物或详写一件典型事件，然后解释你为什么选择这则新闻。当然，你的文章中不能出现“有意挑选了这则新闻”之类的字样。

（10）朋友。讲述一件在这个时间段内你和你朋友之间发生的、让你难以忘怀的事。

3. 在你完成了以上所有的部分之后，重新编排这些微型散文。不用费神去想各部分之间该如何过渡，因为根本不需要任何起承转合。顺序如下：

1）开头

2）生命中的那一天（1）

3）家与新闻报道（7）

4）众所周知的日子（6）

5）标志性故事（9）

6）朋友（10）

7）年鉴（2）

8）大事记（4）

9）岁月金曲（5）

10）路上的故事（3）

11）大日子或大日子之前的准备（8）

12）结尾

4. 写开头和结尾。通读这些故事，注意它们是怎样被重新排列的。现在你想对自己说什么呢？你对这一本记录着你生命中各种事件的《白色纪念册》有何感慨？试着用第三人称讲述你的故事，甚至可以用现在时态进行陈述。下面是一些开头和结尾可以借鉴的例句：

这个故事的讲述人是________。

这段时期我的人生正处在________。

以下的种种行为都是发生在________ 和________ 之间的。

我当时正在工作/我当时没有工作。我那一年/那一小时________。

我曾经有/没有女朋友/男朋友/妻子/丈夫/合伙人。

那段日子，我把大部分时间都花在了________。

我对那段时光最留恋的是什么呢？________ ；而我最不愿回首的又是什么呢？________。

我本不该讲述这个故事，因为________。/我应该把这些故事讲给大家听，因为________。

哪一位男演员/女演员适合扮演这个故事的叙述者呢？________。

这个故事是什么颜色的？________。

这个故事有着怎样的气味？________。

如果把这个故事结集成书并摆在图书馆，应该把它归为哪一类才合适？________。

在故事发生的这一段时间，我遇见了不少名人和当地名流，他们有：________。

我过去信奉/不信奉上帝。我现在依旧信奉上帝/我现在不信奉上帝了/直到现在我也不信奉上帝。

这个故事的讲述者在有些地方和我很像：________。

如果把这段经历比作一份报纸，那第一页的大标题便是：________。

我曾经对我的人生有怎样的期望？________。

然而我的人生实际上是怎样的呢？________。

如果在街上我与这个故事的叙述者擦肩而过，我或许会对自己说：“________。”

我会对这个故事的叙述者说些什么呢？________。

切记：不按顺序写这些微型散文是唯一的诀窍。对于许多作家来说，要想写出一篇形散而神不散，且其中还穿插着不同的时间线以反映作者不同人生阶段的不同心境的散文，这是唯一的写作方法。正如蒙田和克里利所言，这样的编排正是赋予我们所写的内容一种形式或样式。

5. 其他建议。写作之前，以及在写作每一部分时，最好阅读琼·迪迪翁的那篇散文。想想你会如何讲你的故事，并为每个部分拟订标题。做些调查研究，采访那个时间段的人，同时注意借鉴别人的语言、资源和文学作品。

走入记忆 Honor Moore

Honor Moore，著有回忆录 *The Bishop's Daughter*，*The White Blackbird：A Life of the Painter Margarett Sargent by Her Granddaughter*。此外，她还发表过三部诗集，分别是：*Red Shoes*，*Darling* 和 *Memoir*。

我曾经分组使用过这个写作练习，尤其是当我感觉自己对于手头的材料还是个局外人而不是感同身受时，我就会依照这个练习写作。重要的是把这个练习看做一种肆意写作的方式——鞭策你在写作时一气呵成，而不是经常停下来修改，从而使你安心徜徉于记忆的疆域，让往日的画面和声音浮现在你眼前。

练　习

片段一

开动你的脑筋向前追溯，倒退到过去的过去，久远到你的身体还没变成现在这个样子之前，久远到某个地方的光线在你的记忆中依旧清晰，不曾黯淡。

你正身处一个房间之中，身边还有其他几个人；或者你和几个人在户外，有些人你叫得出名字，有些人你根本不认识。你渐渐感受到那里的气温和光照的质感，以及异样的声响——那些本该震耳欲聋的声音此刻却分外轻柔，而那些本该难以察觉的响动如今却咆哮不止。

你在那里休息了片刻。最魁梧的那个人是怎样一副穿戴？你能看得见天空吗？那里现在是白天还是黑夜，寒冷还是炎热？那里有你爱的人吗？你身边有些事正在发生，若不赶紧记下来就会忘在脑后，所以动笔写吧！

开头用些引人入胜的词句，比如“此刻的我依然年轻”或者“一扇门打开了……”，等等。

在你写作时，注意多描写真实的感觉，例如温度、时间，之后注意其他人，让他们走近，成为你关注的焦点。当有翻天覆地的大变故突然发生时，你要赶快记下来。或许你当时说不上来如果回到过去这件事究竟会带来怎样的变化，但一切都将变得有所不同。

以第一人称和现在时态写作，仿佛自己身临其境。

写作时间：40 分钟。

片段二

现在的你依旧处于你在第一个片段重新塑造的世界中。因此在第二个片段中，你要从前一个片段中找出至少一个因素向前推进。如果把第一个片段比喻成一幅画，那么第二个片段就是同一系列的另一幅画作。在你的写作过程中，要进一步丰富它的颜色、补充它的光线，但注意要自然过渡。

在前一片段，总有某人的故事你还没有讲到，或许他的故事不适宜放在那里。现在你可以把焦点转移到他身上。在那副面孔下，他有什么样的想法？他走起路来腿脚方便吗？他弯腰困难吗？这个世界通过他的眼睛和耳朵的所见所闻是什么样的？这个人对于色彩极其敏感。或许他待你很和气；或许她无视你的存在；或许她急于保护你免受某些事的伤害，尽管你根本就不认为这些事会伤害到你。

写这一片段的时候，你一定要以那个人的视角来写——尊重他的看法，使他的形象栩栩如生。你既可以继续写你在第一个片段中写过的事件，也可以写那个事件之前或之后发生的故事。

以第三人称和过去时态写作。

写作时间：30 分钟。

片段三

在前两个片段所描述的世界里，还有些人是你根本没打过交道的——要么你根本就不理睬他们，要么你很难与他们真诚地交谈。这一类人要么是整个圈子的边缘人物，要么就是冷淡漠然的看客，勉为其难地待在那里为你的所思所想做个见证。你和这类人的关系一直是这样一种状态：他们从来不看你，也不接受你的存在，而这一点恰恰是你无法容忍的。

诗人艾德里安娜·里奇[①]曾说过："本来只是希望在森林中寻觅一方净土的我们，竟然被卷进扑灭森林火灾的抢险中。"仔细想想，这两句诗歌不正是你们关系的写照吗？

这一片段要求以书信体写作，写给那些你还不熟悉或心怀怨怼的人，而写这封信就是为了宽恕他们。或许写作过程会很痛苦——你必须把你们之间所有不愉快的旧事重提一遍，很显然，这非你所愿；同时你还要站在他们的角度思考问题，无论那是多么令你愤慨和不平。你不能因为这只是一封信，就因此忽略你的细微感受，记叙和描写也粗枝大叶起来。如果愿意的话，你的开头可以这么写："你竟然会打开这封信看，这着实让我惊讶。"

以第一人称和过去时态写作。

写作时间：30 分钟。

片段四

这一片段依旧停留在你前面片段所描写的世界里，只不过这一次，你不再记事，而是为整个故事写个结尾，或是添加一则新的或令人愤慨的事实或报道。你这么做正是有违禁忌、有悖风俗或让人伤心的。如果你愿意，可以这么开头："黑夜终于降临，然而就算隔着这么遥远的距离……"

写作时间：20 分钟。

---

① 艾德里安娜·里奇（Adrienne Rich），美国诗人、散文家和女权主义者，是 20 世纪后半期美国最有影响力的诗人之一。著有诗集《时间的力量》；《世界的一变》、《生自女人》、《野性的耐力把我带到这么远》、《可能的艺术》等。

论得体，或对于出丑的恐惧 Paul Lisicky

Paul Lisicky，著有 *Lawnboy* 和 *Famous Builder*。他曾在康奈尔大学、萨拉·劳伦斯学院、费尔菲尔德大学以及洛杉矶安蒂奥克大学教授过研究生写作课程。目前，他在纽约大学以及罗格斯大学纽华克分校的创意写作硕士项目任教。Lisicky 最新的作品有小说 *The Burning House*；此外，他的短篇散文集也即将出版发行。

艺术家的一种新的反抗方式也许是他们愿意为自己的创作承担一切风险——枯燥、旁人的冷眼和不屑、被人指指点点，以及那些才华横溢的评论家诸如“噢，这太乏味了”的冷嘲热讽的戏仿，甚至被指控为多愁善感、情节夸张、过分轻信、软弱，等等，他们也愿意承担这份风险。

——大卫·福斯特·华莱士①

我经常让学习写自传的学生先写出他们内心最深处的恐惧。我告诉他们：这个世界上任何值得一读的个人经历都是经过直面耻辱，并与心灵搏斗后的产物，尽管几乎没有人愿意承认这一事实，但我相信这一点对于你来说已经不算陌生了。自传类文学作品本身的形式——以检视个人经历，提炼人生经验为核心——逼迫着我们去揭开阴暗面，这通常让我们很不舒服。有的时候我们不得不质询自己、爱人，乃至我们一直赖以生存的价值观，更不用说还要忍痛想起那些曾经伤害过我们的人。

但是，我建议大家以一种新的方式来看待这件事。我想，我们干脆就以一

① 大卫·福斯特·华莱士（David Foster Wallace)，美国作家。著有多部长篇小说、散文集以及短篇小说。他是波莫纳学院的教授。华莱士最著名的作品是 1996 年出版的《无尽的玩笑》，该书被《时代》周刊列为“最伟大的小说”之一。

颗平常心来理解这一切好了。我们何不把自传理解成一种告白和承认，或是仅仅在记叙一件让我们看起来不那么可爱甚至有点缺德的小事？我一直鼓励学生写自己最尴尬的时刻，因为那一切其实并不像你想象的那么糟；而且别人写过的题材也并非不能再写。（你们当中的有些人或许曾向编辑和文学机构投过稿，很可能在这方面碰过钉子。）不过与此同时，我想鼓励各位仔细思考一下：避开所谓的得体，或对于出丑的恐惧不谈，你的作品究竟少了些什么。

这让我想起了去年我参加“道芝诗歌节”（Dodge Poetry Festival）时小组讨论的情形。我们当时讨论的主题是羞耻。有四位杰出的诗人在那里大谈特谈他们是如何处理甚至利用羞耻来增加诗歌韵味的。有趣的是，没有一个人能够给出完美的答案——没有一位诗人谈到在写自己年轻时的性经历时有多困难，尽管他们中至少有三位都曾在诗作中露骨地描写过此类事情。他们所说的恐惧尽是些无关痛痒的问题，例如担心自己的作品不能被主流文化接受等。

而小组的另一位成员——伟大的托伊·戴瑞考特[①]，却讲述了她为自己死去的宠物金鱼写诗的过程。（我知道你们一定会惊讶地瞪大眼睛，但是请先听我说下去。）托娃写过许多备受赞誉的诗歌和散文，讲述了她和她性情乖张的母亲之间的关系以及作为混血作家所遇到的挑战，还涉及阶级与身份认同和许多那个时代最突出的社会问题。然而，她却告诉我们，写这些问题远不及她写金鱼时困难。事实上，她非常想念那条金鱼，所以她很难下笔去描述它，因为她对那条鱼的感情太深了。不过读者会因此而笑她傻吗？还是笑话她整天关注那些细枝末节的问题而不顾作家的社会责任感？（我想许多人——尤其是女性朋友——会深深陷入她这种状态。总以 21 世纪的眼光来判断的我们，很容易忘记当年弗吉尼亚·伍尔夫从女性的角度写家庭生活是多么具有颠覆性。换句话说，我们应该认真思考克拉丽莎·戴洛维[②]计划为她的宴会买些花束究竟多么具有戏剧性。）

不过，对于作家而言，一想到能有伟大的作品名垂青史，这些艰难险阻就不再可怕。如果托娃听从其他人的建议，她不可能写出一系列思考忠诚与沉默主题的诗歌，内容严肃，朗朗上口。正是通过那条金鱼的死亡，她找到了一种新的方式云看待爱、哀悼以及衰老。若是她循着广为人知的

---

① 托伊·戴瑞考特（Toi Derricotte），美国当代诗人。

② 英国作家弗吉尼亚·伍尔夫小说《戴洛维夫人》的女主角。

视角写下去，恐怕就折射不出这么瑰丽的色彩了。

但是从根本上说，这不仅是内容的问题。我们所有人在涉及风格的时候，都很容易省略掉一些东西。我在想，我们的确害怕作品被人指责为堆砌辞藻、粗制滥造、过度夸张、像情节剧，或无病呻吟。诚然，作家理应认真对待这些担忧；但若是这些担忧开始削弱我们作品的力量，甚至在极大程度上束缚我们的手脚（虽然我并无丝毫的不敬），这些担忧就成问题了。这让我想起，近来我有不少学生在写作时下了很大工夫，用心良苦地去营造一种反讽、玩世不恭、漠不关心的氛围，其风格颇像他们在 MP3 里听到的那些独立流行乐队的音乐——语气冷漠，没有特别大的情节起伏。现在这种冷酷的风格一统天下，却很少有人意识到这一点，因为潮流就是潮流，整个文学界的氛围就是如此。

控制，控制，控制——我们的作品还隐藏着多少主题而无法言明？我们还要让自己的作品假模假样多久？我们独有的表达方式正在消失，一个虚无而又陌生的理念指引着我们前进的方向。在作品中，我们不能以自己的方式说话，不能写亲眼见到的事物，不能写倾心相惜的人和事，这样的状态究竟还要持续多久？我们有多少作品尽管完全写出了自己的心声，而非那些重复了上百遍的老掉牙故事的翻版，却因此只能保留在硬盘里，永远不见天日？

练　习

1. 仔细想想你有没有很钟爱却碍于情面而从未写过的题材。孩提时代的梦想或成年后的爱好都可以，例如，或许你曾暗自想象你是个手风琴家、铜壶画家或玩具车收藏家。请描写一个场景，把你对于这件事物的爱好表现得淋漓尽致。动用你全部的感官（眼、耳、口、鼻、手），真实地描述你的感觉。

2. 想想你的写作风格以及你典型的表达方式。一周之后再读你描写过的场景，使用一些属于你的个人特色的表达方式。例如，如果你痴迷于运用效果良好的长句子，那就写上几句。要知道，这些句子也许会很好地赋予那个场景中一个必要的声音以特色。

3. 添加一个事件，并扩展这个场景——有人曾努力劝说你放弃这个爱好。那么你会如何据理力争，或以实际行动抗拒呢？

找出界限 Laurie Stone

Laurie Stone，著有三部小说和非虚构文学作品。她长期以来一直在杂志《村声》（*Village Voice*）、《国家》（*Nation*）以及《女士》（*Ms. Magazine*）上发表文章。Stone 还获得过纽约艺术基金会（New York Foundation for the Arts，NYFA）、亚都艺术家中心、麦克道威尔（MacDowell）以及其他组织或基金会提供的奖金或津贴。她曾经是瑟伯楼（Thurber House）、穆冷博格学院、老道明大学以及纽约布拉特学院的驻校作家。此外，她曾经在萨拉·劳伦斯学院的研究生戏剧系、俄亥俄州立大学、菲尔莱狄更斯大学、福特汉姆大学、安菁奥克大学、巴黎作家研讨会、圣彼得堡文学研讨会以及诸多其他著名学术机构或是多个创意写作机构任教。

我经常告诫我的学生：世界上没有什么生来就有趣的主题，也没有注定无聊的题材。一个只是发生在我们真实生活中的故事，自然很难打动人心。因为我们总是走不出故事叙述者的角色，习惯以他的眼光来审视故事的因果，评判相关事物的影响。如果把一个和父亲乱伦的故事写成布道词，变成关于信仰、审判或洗心革面、皈依上帝的说教，那么这样的作品就会乏味得让人昏昏欲睡。反之，若是能唤起人们沉思冥想或反省肉骨凡胎是多么脆弱，以保护我们免受伤害，那么，即使一篇关于剪纸的文章也能对读者产生“爱丽丝梦游仙境”般的吸引力。

若想找出一篇小说中标识分寸感的界限，作家就要打破平衡，写出的情节要引出问题而不是直接给出结果。正如小说一样，非虚构文学的推动力来自戏剧性叙述——场景、电话、对内心状态的描写。对我来说，虚构与非虚构叙述的主要区别在于叙述者的真诚。小说的叙述者可以是傻子、吹嘘之徒或谎言的制造者，但是回忆录和其他以第一人称叙述的纪实文学作品却不能如此。这类作品的叙述依赖于叙述者心甘情愿地去研究那些无法解决的矛盾。

你的界限在哪里？这是每个作家都需要去探索发现的。这种自我求知欲为用第一人称叙述的作品注入了激情与欢乐。记住：无论你经历了什么，或自认为这多么独特，读者都不会在意，而且永远也不会在意。他希望听到让自己有所感触的故事。而身为作家，你就像是读者实验室里的动物，被用以模拟人类的体征，让读者能了解到自己真实的习性与情感。

要创造出某段经历具有普遍性这样的幻觉，叙述者需要让自己“有懈可击”。你必须心甘情愿地从任何形式的保护中抽身而退，并极力控制住想保护别人不被你的看法所影响的冲动。你必须心甘情愿地让自己看起来蓬头垢面，不再相貌堂堂，不再性情甜美，不再言之凿凿。如果为了赢得爱、承认和社会基础而对自己正在凝神关注的这幅画不做修改加工，你会发现原来人类的感情并非想象的那样简单纯粹。从最好的方面来说，回忆录见证了人类情感的矛盾性，表明了痛苦中蕴涵着快乐，美丽中隐藏着丑陋，失败中暗含着释然，爱恋中蕴藏着腻烦。

请不要把界限与在悬崖边漫步或承认堕落混为一谈。对于詹姆斯·弗雷的《岁月如沙》，以及他弄虚作假事件的披露，我们已经谈了很多。他的书也许是假以事实之名的小说，但更重要的，这是毫无界限概念的不诚实写作。为了标新立异，他极尽自我贬低之能事，以便彰显其绝地重生的男子气概。结果却让他备受追捧。对弗雷而言，找出界限意味着编造一个无须特别具有男子气概的、值得讲述的故事。

炫耀卖弄和找出界限之间是有区别的。你如何确定自己故事中的界限？不是通过夸大或贬低故事中的事件，而是使故事看起来合理。解构稳定感在非虚构文学创作中占据重要位置——另外还有一种重获稳定感的办法是将读者推离阅读的舒适状态。卡夫卡[①]说过：“书应该是我们心中那片冰海的破冰斧。”一个常常把自己视为一只无足轻重的昆虫的人创造出了一个多么震撼的形象啊！总有内在的矛盾让你无法解决，而它正是你找出界限的首要之地。

---

① 弗朗茨·卡夫卡（Franz Kafka，1883—1924），20世纪著名奥地利小说家。其著作有《变形记》、《饥饿的艺术家》、《审判》等。

练　习

伤疤的故事

这个主题很适合用来做找出界限的练习，因为它牵涉到戏剧性的冲突（在你的身体和其他事物之间），一个永久的标志以及安全感和控制力的缺失。

说说你某个伤疤的来历。它有可能让你产生复杂的情感，也许是恐惧与痴迷，或者痛苦与释怀。别担心矛盾是否会立即浮现。在写作过程中，放慢自己的速度，一步一步地研究自己的记忆，看看它们是否包含了某种紧张感。不要提及自己的身心受到怎样的伤害，那是在向读者乞求可怜，而读者可不愿意告诉你他会有怎样的感觉，读者希望能完全沉浸在通过你生动描绘所重新创造的世界中。因此，你要做的是通过讲故事的方式向读者表现伤疤给你带来的感受。

快乐但内疚的故事

写一件令你快乐但内疚的故事，比如喜欢无聊的肥皂剧；或者把听装的搅拌奶油挤进嘴里；或者你喜欢听别人失败的故事，这多少有点幸灾乐祸，你觉得自己不该这样。描写这种你感到内疚的快乐，及其在你的生活中产生了怎样的影响。

这是个秘密吗？你是怎样保守这个秘密的？详细地描写你的快乐，这样读者才能读出你的确乐在其中。对于这种不该有的快乐，你心中或多或少会有些不舒服，在抒发这种感觉时请通过行为表现出来，而非直白地概括或分析。然后讲述一下你把这种不该有的快乐透露给别人时的情形。或许你在享受这种快乐时，正好被人撞见，这就是故事的戏剧性所要揭示的。不要在文章中畏畏缩缩，或祈求原谅；也不要道歉，为自己辩解，或者乞求关爱，而是应该以冷眼旁观的姿态一五一十地叙述事实。对于读者来说，如果一个作家在描写自己踩到香蕉皮被滑倒，或找到一项古怪的禁忌，或发现自己半裸着出门时，依旧能保持临危不乱、镇定自若的语气，那世上再没有什么事情比这个更让人笑破肚皮、激动不已了。

隐喻的记忆 Reza Aslan

Reza Aslan，加州大学河滨分校创意写作副教授，著有两部作品：*No god but God* 和 *How to Win a Cosmic War*。

记忆是谎言，但你却说服自己去相信它是真实的。科学已经证实，每当你在回忆过去的一个事件的时候，你其实是在脑中重构这一事件。添加新的细节，重新塑造，赋予它新的意义。在此过程中，你彻底改变了事件原有的面貌，所以回忆起的内容往往与事实相去甚远。

你的大脑并不是摄像机。但对作家来说，这却是件好事。一篇好文章的关键——尤其是一篇叙述自己故事的文章——不总是**你记起的那些事情，而是你为什么会以这样的方式回忆**。换句话说，成就好作品的并不是你的回忆，而是你在回忆过程中用到的隐喻。

练　习

花几分钟时间，随意记叙一段很久以前发生的事情。一定要尽可能详细地写下细节，并依靠五官感受来描述这段回忆。这段回忆呈现出什么样的色彩？散发出什么样的气味？回荡出什么样的声响？尤其要留意任何一个奇怪的细节——这些细节可能恰如其分，也可能显得格格不入，因为它们是这段记忆中最为重要的内容。想想看，如果你当时在开车，车上还有别人吗？如果你当时正躺在自己的婴儿床上，屋里的灯是开着的，还是关着的？

在你记录下所有这些重要的细节之后，用一小自然段，以第一人称叙述这段回忆。然后停笔，找出你在这段叙述中用到的隐喻象征——一眼看不到尽头的漆黑的楼梯间，从屋子另一头传来的轻柔的音乐声，从厨房里飘出的洋葱末的味道。正是在这些看似微不足道的细节中，作品的意义孕育而生。

现在，借助这些被突出强调的隐喻象征，赋予这段回忆意义和价值。为这段最初的记忆描绘一个场景。可以用第一人称，也可以用第三人称。

模糊的记忆 Natalie Kusz

Natalie Kusz，著有回忆录 *Road Song*，并有多部作品被刊登在《哈珀斯》、《三便士评论》（*Threepenny Review*）、《返璞归真》（*Real Simple*）以及其他期刊上。她的作品曾获得过诸多荣誉，其中包括怀丁作家奖（Whiting Writer's Award）、手推车奖；此外，她还获得过美国全国编辑协会（NEA）、布什总统基金、雷克里福学院本丁研究所颁发的奖金。她曾经任教于贝塞尔学院和哈佛大学。目前，她在东华盛顿大学以及夏洛特皇后大学教授创意写作硕士课程。

在文学界我们经常争论的一个问题是：我们在写作散文时应该怎样处理那些记不清细节的往事。有观点认为，写出好作品是作家需要考虑的第一要务，如果我们记不得某些细枝末节，那就自己杜撰以保证整篇文章的质量。有些作家甚至更进一步——他们以写出好文章为借口，认为如果我们的改动不影响关键性的"事实"，那么记忆里的细节是可以改变的。例如，一次家庭野餐引发了两大家族的几代宿怨，当时你正好在场，你只知道你的一位叔叔掮了另一家孩子一巴掌，但你不是十分确定这就是两家世仇的导火线。那么根据以上的原则，你就应该把掮巴掌事件如实写进文章里，然后自行杜撰一个场景塑造人物，因为你的文章旨在揭示这件事导致的负面后果。

然而，有的作家认为：散文之所以被称为散文或非虚构文学，就是因为这一类文章能够准确地记叙事实，而不像小说那样随意杜撰。以上述例子来说，在那场引发家族世仇的野餐会上，如果你不能如实地写出谁对谁到底做过些什么，那么之后再去评论孰是孰非就变成信口雌黄了。在处理这一类模糊的记忆时，我们唯一的选择就是先说明事情的梗概，再强调事件的结果（两家从此结仇），并且淡化事情发生的原因（你不甚清楚的掮巴掌事件）。

事实上，以上两种关于散文的观点都忽视了最重要的一点：对于散文这种体裁来说，推理判断是所有散文作家不可或缺的工具。如果我们只是告诉读者我们确定的信息——两家多年互不来往，都说是因为多年前那次野餐会闹出的不愉快，现在关系甚至僵到那位表兄从弗雷德改名为特德，只是因为不愿意用那位掮巴掌的叔叔的名字——那么我们就彻底沦为在讲故事了。作为引领读者的作家，我们可以坦坦荡荡、清清楚楚地告诉读者：自己不记得（或记不太清楚）两家结仇的那一刻具体发生了什么。请不要忘记，我们的目的是写出两家的世仇就此产生，至于以何种方式产生和导致何种结果是为了表现两家的行事风格。我们对于可能发生过的事的推理判断都是基于我们确切知道的事——换句话说，我们猜测两家之间曾经发生了某件事，通过记叙这件事，我们渐渐展现出两家处理问题的方式和特点。所以，经过推理判断后的描述应该这样开头：

"博特赖特家和卡普莱特家很多年互不来往，关于起因流传着很多个版本的家族传说，其中有一个版本认为这一切都源于 1983 年那次家族聚会，弗雷德·博特赖特叔叔狠狠地扇了泰尼·特伦斯·卡普莱特一巴掌，因为那个小捣蛋鬼伸手去捡已经丢弃的蛋糕。虽然那天我也在场，但我不太记得叔叔是否真的打了他，也不记得还有其他引人注目的事情，我只记得我从沙箱中抬起头时，梅姨妈刚把蛋糕扔掉，我当时还在担心这样一来，要吃甜点可得再等会儿了。但是我很确信，当年这么一件小事的确引发了两家 20 年的纷争。这主要是是因为泰尼·特伦斯出生的时候差一点没命，整个家族都知道这事。据说，他出生的时候一只胳膊最先伸出来，在外挥舞着的小手似乎在感受外面的气流，等他整个人都出来时，大家发现他的脖子和锁骨都折断了，从那时起他就一直不太'正常'。卡普莱特家的人都叫他'神奇的男孩'，这个称呼一直沿用到现在。33 岁的他还跟小海伦·凯勒一样从别人的盘子里随意抢食物吃，而他的家人对此不管不问。

"总的说来，关于掮巴掌那件事，我或多或少加入了一些我个人的观点。因为据我了解，弗雷德叔叔……（等等，等等）"

练 习

对于这个练习，首先，你要根据记忆选取一个简单场景：

1. 在此场景发生的事件必须对外界有重大的意义（例如证明了某件更重要的事）。

2. 这件事的具体细节在你的记忆里已经模糊了，需要去猜测推断。

提示一下，你在写作时可以用以下的句型：“我不太确定__________，但是我很清楚__________。”“或许这件事是__________，因为__________；但更有可能是__________，因为__________。”等等。

现在把这个场景写下来，要记住：写作的重点在于表现这件事的**重大意义**而不是具体的**发生过程**。

我写不出来，也要继续写
——练习拼接 Hilda Raz

Hilda Raz，内布拉斯加大学教授以及该校期刊《草原篷车》的编辑；此外，她还是 PS 图书奖（PS Book Prizes）的创始负责人。她同 Aaron Raz Link 合作完成的回忆录 *What Becomes You* 入围了浪达图书奖（Lambda Book Award）的提名。2009 年，她的作品 *All Odd and Splendid* 作为卫斯理安诗系列（Wesleyan Poetry Series）丛书之一出版发行；她的诗歌集 *What Happens* 即将由 Bison 图书出版公司出版。

所谓的优秀作家就是那些收集整理信息然后把它们以新的方式组合在一起的人，而这个收集、整理、组合的过程就是拼接。

不久前，我曾大声喊道："我写不下去啦！"不过，我还是得乖乖地回去工作——完成一本有关变性人的书稿，保持我的承诺，还有尊重合作者的隐私。那么我是怎样写下去的呢？就是利用各种拼接。

首先，我出去旅行了一次，然后待在旅馆里。我听从了诗人黛安·沃克斯基[①]的建议："那些你记不得的事情都是你不需要记住的。"每个早晨我都在写过去的事。到了中午，我会停下笔，去见我的合作者，然后从当时发生的一切中搜集素材。我只关注细节问题：他穿的衣服，他问的问题，我们走的地方，植物的名字，他往大理石佛像的手里放了一束杜鹃花，我们一起收拾他的那一小片花园，一起去看搬家大甩卖，我们开车去海边，我们看见了海象。我遇见了一个描写自己逃脱大规模谋杀经历的女人……我努力地清空我的头脑，只保留那些有意义的事。之后我按照事情

① 黛安·沃克斯基（Diane Wakoski），美国著名当代诗人，作品《翡翠冰》获得威廉·卡洛斯·威廉斯奖，还获得古根海姆基金奖、富布莱特奖。其他作品有《阿戈诺特玫瑰》、《贾森水手》及《翡翠城：拉斯韦加斯》等。

发生的顺序把它们一一写下来。例如：

“在喝咖啡时，我和阿伦把目光从报纸上移开，发现邻近有人在进行搬家大甩卖。今天应该是个大热天。我们经过的第一家摆满了各种神奇的物件。艾伦从那一堆纸袋中捡了一个打开，里面是琥珀色和黑色的施华洛世奇水晶珠子，一条断裂的染色缟玛瑙项链，还有一条 20 世纪 70 年代的名牌短裙，由一袭铬蓝色泰国丝绸剪裁而成。裙子上缠着一条尼龙绳编织的、泛着深红色金属光泽的腰带。这条裙子售价 7 美元。要是把这丝绸撕成一条条的，然后串上那些古典的珠子和小坠子，做成一条条珠光宝气的项链来卖，那该多美啊！车道上热得令人发疯，我在那里找到了一大堆布满灰尘的衣服。其中有一件安妮·克莱恩牌的皮夹克，面上有丝线刺绣，内里还有闪烁着温润光泽的雪纺衬里。还有一件棕黄油色、斜开口的开司米夹克衫。最后，我看到了一件 50 年代的缀有珠光缎带的衬裙。‘啊哈，小子！’我说，‘看看这条衬裙。’

“‘为什么说这是条衬裙而不是短裙?’阿伦走过来看了一眼后问我。我把丝缎腰带连缀着的松紧带给他看，又翻开缝缀着花边的裙边，里面有可弯曲的小环。真是精致极了。

“‘那你过去是怎么穿这种衬裙的?’阿伦一边问我，一边伸手翻开裙边审视着那细密的针脚。他希望我能讲讲有关这些衣服的故事。他知道我一定会把这些都写进我的书里。

“今天我和艾伦都穿着绿色短裤配白色 T 恤。他脚蹬一双帆布篮球鞋，一只红色，一只蓝色。而我穿着一双破破烂烂的凉鞋。我们的身高体重相仿，但是他的肩膀和躯干肌肉发达，胸部平坦，腰很细，臀部扁平……他是非常英俊的。那个负责收钱的男孩一直在目不转睛地打量他。阿伦一如既往地耀眼，而车道也一如既往地炙热。

“‘你从哪儿买的这些衣服?’他问道，‘这些衣服穿起来感觉怎样?’我突然意识到他在很认真地了解过去。他希望我的注意力从他的身上转移开。他觉得，如果我能写一写自己的故事，那么这本书会更有意思。我想写他的故事，有关他做变性手术的这段离奇的经历。还有，这些漂亮的衣服。我尽量回答。”

选段就是日常细节的组合，类似于拼接，读来犹如母子之间的猜谜游戏。

就是这些细节，让一本原本拖沓、无趣而又晦涩的书籍起死回生。在这个充满了讽刺性的多种事件同时并存的世界里，作家在写不出来的时候该怎样继续写下去呢？请相信你的短期记忆，你的感觉，以及你记录细节的能力，这些将引导你找到写作的意义。

练　习

暂时把你手边的写作放一放。你要知道，你现在需要走出去搜集细节——各种景象、气息、味道，以及那些在你生命中经过的人们之间的对话，都是你写作的素材。

1. 带上你的记事本或笔记本电脑。你想在哪里写你的故事就去哪里写吧！千万别再坐在书桌前了。

2. 留心观察你周围的环境是如何变化的，你和别人的对话有没有变化。注意每一样东西的细节。你去过农贸市场吗？你买了些什么？问问她为什么买那个鸟笼，仔细听她怎么回答你。邀请某人去吃顿午餐，你为什么选这家餐馆呢？她对服务员说了些什么？他们怎么谈到了有关边界关闭的话题？请把你去公园的路上所经历的一切记下来。你为什么挑了一双裂口的旱冰鞋？为什么她把那架老电话机带回家了？你有帮忙除去番茄地里的杂草吗？与人有过争辩吗？把这些都记下来。仅仅是记叙当时的情景，不要写任何分析性的文字。

3. 打开你的记事本或者电脑，把你每天记得的事情都写下来。能写多长就写多长。你要知道，你生活的环境和周围的人对你的写作至关重要。

4. 这样外出采风几天之后，收拾行囊打道回府。

阅读你新写的内容。选三处能在细节上承上启下的地方作为分界点，然后把你的文章剪切粘贴成三部分，为每一部分加一个小标题。现在你可以再仔细修改一遍，然后在每两部分之间添上过渡段。请不要忘记，你是在做拼接，犹如拼贴画一样，你拼凑在一起的信息是要承载意义的。这些新素材正是你以前的写作过程中忽略或缺少的部分。或许你用这个方法能创作出四篇新作来，或许只写出一篇。或许你会发现你在剪切粘贴新的记叙、对话和描写段落的时候，依旧保持着你之前的写作风格。

请记得萨缪尔·贝克特[①]的名言："我写不出来，也要继续写。"这是真正的灵感之源。

① 萨缪尔·贝克特（Samuel Beckett，1906—1989），爱尔兰作家，以法语写作。他是荒诞派戏剧的重要代表人物，代表作是《等待戈多》。1969 年，他因"以一种新的小说与戏剧的形式，以崇高的艺术表现人类的苦恼"而获得诺贝尔文学奖。

形象练习 Carole Maso

Carole Maso，著有九部作品，其中包括小说 *The Art Lover*，*AVA*，*The American Woman in the Chinese Hat*，*Defiance*；散文集 *Break Every Rule*，散文诗 *Aureole* 和 *Beauty Is Convulsive*：*The Passion of Frida Kahlo* 以及回忆录 *The Room Lit by Roses*。目前在布朗大学任教。

当我试图接近我的生活阅历和小说创作中那些看似真实的经历时，我总是会去探索和试验叙事结构和模式；当我苦苦探寻如何表现这个我每天都在体验，却难以捉摸、神秘莫测的世界时，我常常会借助其他的艺术形式。要想找到构思并以某种形式传达这些情绪的新方法，我认为有必要从电影、视觉艺术、批评理论、音乐和舞蹈中获取灵感。

我的许多练习就是建立在对电影进行分析的基础上的，以下便是其中的一个。可以看看黑泽明[①]的电影《梦》。事实上，这是由五部独立的电影组合成的系列电影，通过非传统的叙事线索，构建出一个连贯统一的整体。注意出现在每部电影中的主要形象，注意它们在电影中的重现方式，无论是直接呈现，还是以变化的形式再现。这些重复出现的形象在观众脑海中似乎不知不觉地建立了联系，通过非剧情的方式创造出了另一种“故事”，这样的故事更加神秘莫测，难以捉摸，结尾也更加开放。但尽管如此，它还是一个故事。

练　习

作为一个写作练习，写五个单独的散文片段，它们之间唯一的共同点

① 黑泽明（Akira Kurosawa，1910—1998），世界知名的日本导演。代表作品为《罗生门》、《七武士》、《梦》。

是某个形象，并省略人物、背景等。这个形象在文中可以是一个重要的象征，也可能只是转瞬即逝；也许它是某个比喻的一部分，也可能以其他更加隐蔽的方式出现在文中。

不断尝试不同的形象，使用不同的策略。不要强行控制形象，而要让它按照自己的方式发挥作用。确保所选的形象能引起读者的共鸣，而且对你而言，它在某一方面又具有重要的意义。相信这一形象，就像黑泽明在其导演生涯最后的那段时光中，用其无穷的智慧所做的那样。

观察而不判断 Joy Castro

Joy Castro，曾被 LatinoStories.com 提名为 2009 年度拉丁裔最佳新作家。她写的回忆录 *The Truth Book* 曾获得美国最佳书籍协会的业内最值得关注图书奖提名。她的小说、诗歌和非虚构文学作品被刊登在很多文学集和期刊上，如《第四类》（*The Fourth Genre*）和《纽约时报杂志》。Castro 在内布拉斯加大学林肯分校教英语与族裔研究课程，同时在波士顿松堡大学给创意写作硕士班的非住校生教授创意写作。

我们童年时光的一大乐趣是，可以不受社会规范制约而盯着一个人看。随着我们的长大，这种特权便不再有效。如果现在你再盯着一个成年人看上几秒钟，事情一定会变得很糟糕。但是对于非虚构文学创作的作者来说，能够近距离地进行观察，看出人和物最真实的状态，是一项关键的本领。练习这种本领的一个方法是，在自由写作之前，先做不加判断的轮廓描绘。

毫无顾忌的观察是一种乐趣，而这个练习的最大妙处在于不做任何内心的评判。既然不需要为这幅画的正确与否来承担责任，也就不必担心它到底是好是坏。在这个练习当中，你的整个注意力都被转移到了注视与记录的过程上。这种专心致志的状态是非虚构文学作者能够呈现的绝佳态度。

多年之后，我的学生跟我说，在自由写作之前进行不加判断的轮廓描绘，是他们做过的最有效的练习之一——它不仅允许作者可以长时间深入地观察一个人或大自然的一种生物，而且能够触碰到大脑的非语言区域，使作者内心的“评论家”不再喋喋不休。正如多萝西娅·布兰特[①]在她的

---

① 多萝西娅·布兰德（Dorothea Brande，1893—1948），美国著名作家、资深编辑。主要作品有《成为作家》，该书畅销美国 70 余年，已由中国人民大学出版社翻译出版。

《成为作家》里所提到的，我们内心的批评家经过不断的磨炼之后，在我们对作品进行修改时可以提出非常宝贵的意见；但是为了能够自由地创作出全新的内容，我们就必须让这位批评家好好安静一段时间。不加判断的轮廓描绘是一种快速、内在的方法，它可以触及另一层面的注意力，可以让内心的评判声暂时安静下来，还可以让我们说出观察到的结果。这一简单的观察与记录练习，既不评价被观察的对象，也不判断观察后的结果，从而让我们能够完整、全面、不受打扰地与观察对象同时存在。

练　习

如果你碰巧有一个写作搭档对这个练习也很感兴趣，那么你们可以互相配合。不过这也不是必需的。你可以选一个自己很感兴趣的物品。把这个练习应用于大自然描写的一个很好的方法，就是选一件户外的东西——松果、木头、石块、树叶、废弃的鸟巢——作为你的观察对象。我发现观察不规则、不对称的物品带来的效果最好。

找一大张白纸，在上面对你所选物品进行不加判断的轮廓描画；或者，你和你的搭档互相以对方为描绘对象。不加判断的轮廓描绘是指在你完成描绘之前，不要低头去看自己的画纸，让你的画笔顺着被描绘物的边缘和结构在纸上绘画，就好像你的笔真的碰到了它们——笔尖触碰到浮木、脸庞、头发、眼镜、短须、耳环……沿着它们的轮廓移动。将你眼睛所观察到的，通过自己的感觉，画在纸上。

不加判断的轮廓描绘需要 5～20 分钟的安静和专心——完全不被打扰地注视对方（和被注视，如果是和搭档配合来完成此练习的话），同时笔在纸上慢慢地勾勒。尽管刚开始时，这种注视的场面会显得很可笑，并且有点尴尬，但是最好能够在练习过程中避免发笑或交谈。安静可以帮助集中注意力。

绘画结束时间一到，就把纸翻过来，花同样多的时间来自由写作。（我喜欢在做这个步骤之前，先跟学生们一起分享娜塔莉·高柏[①]在《心灵

① 娜塔莉·高柏（Natalie Goldberg），美国当代作家。倡导健康食品、健康生活，认为写作可以从生活出发，坚持静坐、修禅。作品有《心灵写作》等。

写作》中提到的“找到第一个想法的规则”，她给我们提供了自由写作的入门知识。）

有些作者喜欢在这段时间直接用文字描述他们的注视对象。这很好，因为他们已经上升到全新水平，开始重视细节了。但有些作者需要用这段时间的写作来平复他们感受到的尴尬与沮丧。还有一些作者可能会直接拿出一张新纸，在上面奋笔疾书——被压抑的判断力总算获得自由，因而无比兴奋。如果你是和搭档共同来做这个练习的，那么在完成自由写作之后互换画纸，你们一定会捧腹大笑——原来每个人都是一个“毕加索”啊！这是一个需要反复探索且使你乐在其中的练习。

失与得：探索故事中的宝藏 Dianne Aprile

Dianne Aprile，著有四部非虚构文学作品，目前在斯伯丁大学教授短期创意写作硕士课程。她的散文 Count for Me 获手推车奖提名。她曾作为路易斯维尔《信使杂志》（*Courier-Journal*）记者团的成员之一，获得过普利策奖。她的文章和新闻报道被刊登或收录在多种文学刊物、报纸、杂志以及文选集中，包括 *Savory Memories* 以及 *Conversations with Kentucky Authors*。

本章练习意在强调冲突在非虚构文学作品，尤其是随笔和回忆录创作过程中的重要性。在写作过程中，你也许会听取劝告，注重叙述视角、场景和细节的描写，但却很容易忽略即使最好的叙事作品，如果没有冲突、摩擦、抗争，也会令读者觉得索然无味。

为强调冲突在非虚构文学作品中的重要作用，我编写了一个名为“失与得”的练习。练习的第一步是列出一些遗失重要东西的经历。第二步，想想这些经历中冲突的根源（即丢东西的具体细节）。第三步是找出由冲突产生的因遗失引发的能量，并观察这种能量（找回或挽回失去东西的强烈愿望）如何推动故事叙述的发展。

遗失即使不是全部，也是很多伟大的非虚构文学作品的核心，这种例子比比皆是。琼·迪迪翁的回忆录《奇想之年》[①] 是我最喜欢引用的、由遗失引发内外冲突的篇章。讨论中用到的其他的个人非虚构文学作品还包括芬顿·约翰逊[②]的回忆录《心灵地理》及安德鲁·杜伯斯[③]的

---

① 《奇想之年》（*The Year of Magical Thinking*），琼·迪迪翁（Joan Didion）2005 年创作的回忆录，记录了作家在丈夫去世后的一年里所发生的事情。这部作品赢得了 2005 年的美国国家图书奖。

② 芬顿·约翰逊（Fenton Johnson），美国作家。《心灵地理》（*The Geography of the Heart*）是芬顿·约翰逊于 1997 年出版的回忆录。

③ 安德鲁·杜伯斯（Andre Dubus，1936—1999），美国著名短篇小说家、散文家，被视为美国 20 世纪最著名的短篇小说家之一。《可移动椅子的沉思》是安德鲁·杜伯斯的个人随笔集，于 1998 年出版。

个人随笔集《可移动椅子的沉思》。这些作家并没有否认或粉饰生命中的冲突，而是采取了坦然接受的态度，从而创作出极具感染力的叙事作品。这个练习几乎总能成为灵感的源泉，经常会产生令作者和读者惊讶的效果。

简单来说，这个练习的关键就在于体悟怎样从“失”中复“得”，即使最后发现“得”仅仅意味着深层次的“失”。换句话说，就是要明白解决办法——一个“补救方案”或“圆满结局”——并非必不可少，也不见得合乎需要，重要的是叙述展开的过程。最后，叙述者甚至发现遗失并不如最初想象的那样关系重大，遗失这个主题的变体是无穷无尽的。

我祖母来自西西里岛，我曾就她在19世纪末20世纪初融入美国文化的经历写过一篇随笔，我现在以此为例来说明我的创作过程。我祖母幼时跟随她的母亲来到美国，很快就被送到天主教孤儿院以便学会快速流利地用英文交流。然而在那里她失去了与母亲用母语交流的能力，这是一个悲剧性的、改变命运的损失。在我祖母去世前不久我知道了这个故事，然而，直到数年后，我看到一个关于美国印第安人西方化的纪录片时才领会到这件事情在她生命中的意义。影片中老人的经历与我祖母的经历颇为相似：幼时即被送到政府管理的孤儿院，被迫放弃民族的一切传统转而学习美国的风土人情。最令人痛心疾首的是，其中也包括英语学习。在讲述这个故事时，老人无限悲伤地谈到自己仍记得当时回家时面临的窘境：他无法听懂家人的语言，家人也听不懂他说的话。他受到两股强大力量的前后夹击：既渴望融入更大的文化环境，又渴望用传统方式与家人保持亲密关系。

说来奇怪，直到我听到老人的故事，了解到他的窘境及他发现的这件事的深层意义之后，祖母的遗失经历才在我脑海中渐渐明朗起来。这个例子强有力地表明，非虚构文学作品，特别是回忆录，能够打开读者视野，启迪读者心灵，即使表面看来他的经历与作者的经历大相径庭，也能在深层意义上引起强烈共鸣。

练　习

下面是帮助你完成这个练习的具体步骤。

1. 想一下你曾失去的、对你来说十分重要、后来又失而复得的东西。记住，遗失有很多种形式：可以是失去工作、家庭、朋友；不可抗拒的有死亡；概念上的如信心的丧失。

2. 现在回忆一下你从失去中“得到”了什么。天马行空地敞开想象。当许多失与得的经历蜂拥而至时，让你的思想不断盘旋思考，直到一个令你有写作冲动的经历逐渐浮现，并且变得越来越清晰。

3. 试着回忆失去时的感受（与失去相关的感觉、感官细节及记忆）。

4. 再试着回忆失去引发的冲突，包括悲伤、失落等内心冲突，也包括弥补过程中面临的生理及社会挑战等外部冲突。

5. 找出最终“失而复得”的是什么。从积极方面说，不同的人在失去引发的冲突中会有不同的发现：有些人可能体悟到失去的意义并因此豁然开朗；有些人可能发现已经拥有的可以代替失去的；还有一些人认为失去可以引发促进个人成长的冲突。林林总总的“失而复得”的故事是很多优秀随笔和回忆录的核心。

6. 最后，当学生们选择好了故事并考虑了其中的得失，我就会敦促他们深入挖掘故事中的冲突，寻找隐含的宝藏。例如，在写到我祖母失去母语的经历及由此引发的母女隔阂时，我探讨了冲突对她的个性、她的孩子和她悲观的生活态度的长远影响。

遗失是一个具有普遍意义的主题，它也是我上中学时在学校的文学期刊发表的随笔的中心思想。那是我发表的第一篇文章。文中主要回忆了一个我和她发生过（并克服了）很多冲突的朋友。事实上，我们对自己消除差异并慢慢变强的能力引以为豪。然而她未跟我告别就搬走了，我必须独自面对失去朋友的痛苦。冲突是单方面的，至少在我看来是这样。这也留给我很多问题，对一个孩子（甚至对一个回顾往事的少年）来说，回答这些问题是很痛苦的。回想起来，我发现我中学时的那篇随笔并不成功，因为我并没有将故事的冲突明显地表现出来。相反，我以我称之为“回忆录柠檬水”的方式结了尾——从苦涩中挤出冷漠和痛苦的甜蜜而获得一个幸福的结局。

对个人随笔和回忆录而言，最重要的是真实性。真实性需要作者坦诚地处理冲突，挖掘所有意味深长的故事中埋藏的宝藏。这个“失与得”的练习旨在帮助你做到这一点。

回忆录：与时间相关 Marcie Hershman

Marcie Hershman，著有回忆录 *Speak to Me: Grief, Love and What Endures*，小说 *Tales of the Master Race* 和 *Safe in America*。她的散文和评论多次被刊登在《纽约时报杂志》、《波士顿环球报》（*Boston Globe*）、《阿格尼》（*Agni*）、《女士》、《犁头》（*Ploughshares*）、《梯坤》（*Tikkun*）以及《诗人与作家》（*Poets & Writers*）上。她在塔夫茨大学任教，同时还负责指导波士顿地区一个私人写作班。

时间是短暂的，它转瞬即逝；时间是缓慢的，它凝结不动；时间在我们身前身后无限地延伸开来。我们被卷进时间的网里，以至于某一个瞬间就能将我们所有人的命运牢牢地拴在一起。某一个小时的记忆可能会一直萦绕在我们的心头，某一个夜晚的回忆可能令人痴迷。

许多长篇小说和短篇小说就是从这样的时间困境中孕育而生的；同样，不少优秀的非虚构文学作品也是如此。但是当谈到回忆录创作时，这个重要的时间之谜——一分钟可以抵过十年——却从创作舞台的中心被推到了两侧。就回忆录创作而言，大多数的年轻作家会选择直线性的叙述方式。他们认为，只有拥有开头、中间和结尾的故事才算合适（这很有道理）；但是他们也相信，这种开头必须按照时间顺序自然地开始，然后按先后顺序有条不紊地向前推进。这种思路很容易误导学生，使他们形成要忠实于时间准确性的观念。在这样的误导下，学生开始仔细分析每分每秒。于是，这样的回忆录文章在创作之初就失去了生机。

练　习

这个练习一直是我在每个班级上课的第一天要做的第一件事情。因为我希望这个练习在学生们毫无准备的情况下不知不觉地进行，所以我故意晚一点才走进教室。此时，全班同学都精力充沛。然后，我小题大做了一番：抱怨了一下天气以及烦人的唠叨；我一定要一个学生把他的椅子让给我。之后，练习时间才真正开始。首先是自我介绍，然后是学生们称之为“名字游戏”的活动，我们还会讨论一下课程大纲。当一切都看似平常地进行下去的时候，我让每个学生拿出纸和笔，要求他们准确地记录下课堂前 15 分钟发生的事情。当大部分学生都差不多写了一页纸的时候，我让所有人立刻停笔。此时一些学生可能就要写完了，而有些还想着写下大写的“时间”这个单词，但都立即停笔了。

接下来，我让每个人都朗读一下自己的文章。在此过程中，我们探讨的第一个问题是：对作家来说，这 15 分钟从何时开始？是从他站在教室门口开始，从她横穿校园跑进教室开始，从老师走进教室开始，从安静地坐在满是陌生面孔的教室开始，还是从教授要求她让出自己的椅子时开始？带着“求知欲意味着什么”这个深刻的哲学问题，带着三年级时的幸福回忆，进行讨论。

每一篇被大声朗读的文章都会引发我们提出更多的问题，其中包括：即使是在随意的写作练习中，我们是否有意识地决定要驾驭时间？我们决定时间（我们的故事）从何开始了吗？时间是否具有延伸性？我们如何选择表达时间的方式？

几点意见：请在课堂进行了大约半个小时之后再要求学生开始写作。多年来，我一直不断改进这个练习。其间，也许有 10 个学生会瞄一眼自己的手表，留意从正式上课到要求开始写作之间过去了多长时间。同样地，少数学生会去看一眼教室墙上的挂钟。（如果教室里有钟，你自己要站在离它较远的地方——这是让学生愉快地把他的椅子让给你的另一个原因。）

我们的讨论说明，如果学生摆脱了时间的束缚，他们就获得了掌控某个特定故事时间的自主权。他们会发现，自己是通过不同的方式来界定时间的：有的通过具体的动作，有的通过思想，有的通过“主要人物”的登场，有的通过冲突，等等。他们还发现，无论好与坏，自己是如此自然地想要进入一个特定的时间框架（例如“17 分钟”），以至于常常忘了自己是从什么时候开始有意识地创作正式的回忆录。

我们的练习讨论既丰富多彩，又出人意料。但有一件事是肯定的：回忆录与时间相关。事实上，故事如何由此进行下去，是由我们自己决定的。

最初的记忆 Brenda Miller

Brenda Miller，著有 *Season of the Body* 和 *Blessing of the Animals*。此外，她还与他人合作完成 *Tell It Slant：Writing and Shaping Creative Nonfiction*。她的作品曾五次获得美国手推车奖。她还是《贝灵汉评论》（*The Bellingham Review*）的主编。

久远的记忆，那些意识的最初闪光，是我们表达自我意识的起点。约翰·柯垂[①]写道："最初的记忆是我们最为重要的神话。我们最初的记忆如同创世的故事，那些被人们不断讲述的有关地球起源的故事……同样，每个了解故事起源的人也选择用最初的记忆来证明'这就是我，因为这是我生命的起源。'"

作为作家，我们自然会不断重温并细细回味这些最初的记忆。注意这些记忆中那些不合逻辑、出乎意料的细节，我们也许会发现一些古怪却又清晰的形象。这些形象赋予生命以意义，至少让我们的生命因为作家这个理想而呈现出自身的价值。我反复地和本科生、研究生一起完成下面的练习，有时也和作家们一起进行，意想不到的形象或主题总能层出不穷，激发我们创作出富有新意、生机勃勃的作品。

练　习

1. 用第一人称，并以现在时为描写时态写一个久远而生动的场景。尽可能调动你所有的感官——视觉、嗅觉、触觉、味觉和听觉——即使你觉得自己只是在虚构这段经历。如果你一时被难住而写不下去，就不断地写

① 约翰·柯垂（John Kitre），美国作家，著有《创造黄金人生》等作品。

以“我记得”这个短语开头的句子，让这样的节奏指引你继续写下去。

2. 通读一遍文章，看看哪里还需要进一步修订，哪些细节显得古怪、与文章格格不入。针对这些细节进行扩充。

3. 问问自己：我为什么会记住这段回忆？这段记忆中隐藏着自己怎样的感情暗流？推测一下这个问题，把可能的答案写下来。

4. 列出生活中此后发生的一些承载了和这段回忆一样的情感主题的事件。

5. 现在你拥有了一篇文章的素材，这篇文章可以精确地描述出在你的一生当中产生过重要影响的核心主题、思想或情感。

变化一：你是否拥有一段完美的“最初记忆”？把它写下来。注意想象和记忆之间有什么异同？在回忆的过程中，有没有酝酿出一篇文章？

变化二：与你的家人聊天，谈谈他们对你的“最初记忆”的回忆。这些回忆如何证实或否定了你的记忆？你如何创造出一个“合作回忆”，以融入家人对那些事件的描述？这段记忆将如何呈现一个家庭“神话”？是否能得到一篇文章的素材，来记述这些交织在一起的分歧？

（本文选自 Brenda Miller 和 Suzanne Paola 合著的 *Tell It Slant：Writing and Shaping Creative Nonfiction*。）

人物刻画

作者作为叙述性非虚构作品中的人物 Tilar J. Mazzeo

Tilar J. Mazzeo，文化历史学家，传记作家。她的传记作品 *The Widow Clicquot：The Story of a Champagne Empire and the Woman Who Ruled It* 是《纽约时报》的最畅销书籍之一，同时获得 2008 年美食家大赛（Gourmand Award）最佳酒文化作品奖。即将出版一部新的作品 *The Secret of Chanel No. 5*。她的关于酒和旅行的著作被刊登在很多出版物上，如《美食美酒》（*Food & Wine*）。她还写过很多导游书，包括 *Back-Lane Wineries of Sonoma*，*Back-Lane Wineries of Napa*。目前她在缅因州的科尔比大学教英语，并同时往返于新英格兰、加利福尼亚酒庄和纽约等地。

对于我来说，运用第三人称视角进行讲述的叙述性非虚构作品通常最棘手的问题在于，如何把第一人称的作者本人转换为作品中的一个人物。不同身份之间的转换需要谨慎和技巧，处理不好可能会使问题变得十分复杂。因为我一直强烈地感觉到，一旦你介绍了作者的身份，你就有义务将作者发展成为一个人物——一个在作品中有动机、有冲突，并能真诚地自我启示和反省的人物。

不是所有的非虚构文学作品都适用将作者变成人物的方法，但是在传记中（这是我比较偏爱的体裁），这种方法能成为非常有力且有效的工具，使读者能接近那些历史久远的人物和地点，并与他们产生关联。我认为，汤亭亭是熟练掌握这一技巧的大师之一。在回忆体作品《女勇士》中，她能够毫不费力地自由转换于作者和人物之间：既能作为作者，吸引读者进入她对故事中所有女性的叙述，并使他们了解她在写作方式上投入的精力；又能作为书中的人物，去讲述其他女性的故事。如果能够灵活自如地运用这一方法，就能发挥它的优势，将回忆录特有的亲密感和小说特有的动力因素结合在一起，用于传记的创作之中，从而避免将传记写成严格按照时间顺序的琐碎记叙文。

当我在写作《凯歌香槟》时，我发现这一练习尤其有用。后来有人把这种将第一人称作者引入叙述中的方式形象地描述为，在作品中设置了一个无处不在的“配角”，把作者看做一个更大叙述架构中的小人物——这种想法正是我希望以下练习能够体现的。

练 习

首先，想一个你认识的人，想想他或她一生中某个很特别的时刻。在纸上写下关于这个人的10件事，以及他或她一生的经历。在这一步，你只是在记载一些简单的事实——关于在哪里、做什么、怎么做、谁做的等等一些细节。所有的事情都必须来自于你知道的这个人，而不是你自己。这个练习还有一个目的，即了解你如何花精力去写别人的故事。

练习的第二步，围绕你列出的10件事中的3件，写出具体细节。例如，你要具体写某件事发生的地点，你可以运用一些能够在你的文章中制造出视觉图像的细节。如果各细节之间没有什么联系，这也没关系。这是传记作品一直在处理的问题。把它作为一个简单的草稿练习，用第三人称，在10～15分钟内快速写下你要叙述的事件，里面要包含所有你已经写出的关于这一事件的具体细节。

回过头去看看你的传记草稿，问自己下面这些问题：

1. 这个人或这件事到底有什么特别的地方，以至于让我选它而不选别的？要弄清楚这个故事吸引你的具体原因，有可能这些原因也同样会吸引你的读者。

2. 在这个叙述中哪些是首要的，哪些是次要的？要注意那些首要因素的位置：它们是在段落的开头、结尾，还是被隐藏在段落中间了？它们可以构建你整个故事的框架吗？如果不能，那就要考虑再作一些修改。

3. 为什么这些事情是首要的？一段叙述中的首要因素应该增加文章的分量，或者是发挥基本纪实之外的作用。例如，能够反映人物的细节，或制造叙述张力的场景设置等，都可作为首要因素。

既然你已经发现了你写作练习中的中心张力，把它写下来吧。它可能是人物之间的矛盾冲突，可能是写作对象内心的紧张情绪，也可能是戏剧性的事件。不管是什么，只要它引人注目、不可或缺、意义非凡，那它就是故事的重心所在。

现在看着你对故事中心张力的描述，问自己下面这些问题：

1. 有没有漏掉什么信息，或者忘了加上一两个细节？如果补上那些信息，或是加上那些细节，是不是就会让这个叙述的中心张力完全变样？作为一个读者，有没有什么是我想知道却没有呈现出来的答案，或是期盼见到却不见踪影的内容？

2. 不加任何虚构的内容，或是不添任何多余的细节（因为毕竟这是一个非虚构文学创作的写作练习），我如何才能利用自己作为作者或研究者的亲身经历，来补充上面提到的那些漏掉的内容呢？

这个练习的最后一步就是修改你的作品。方法是通过加入第一人称的作者来推进叙述的中心张力，给故事的发展提供一些关键性的细节。用 15～20 分钟来完成修改。

将人物形象化 Kathryn Watterson

Kathryn Watterson，目前在宾夕法尼亚大学教创意写作，同时还是 PLP the Unity（乐队名）的非洲鼓鼓手。主要从事短篇小说和散文的创作；出版过八本书，其中包括探讨人类境况的三部获奖作品：*Not by the Sword*，*You Must Be Dreaming*，以及 *Women in Prison：Inside the Concrete Womb*。

不管我认为自己多么理解正在塑造的人物，还是忍不住想要进一步打开视野，深化情感。比如，我的一部短篇小说写到一个刚刚刑满释放的囚犯，为了能在监狱之外的喧嚣社会中生存下去，他在做每一个决定时都畏首畏尾、惶恐不安。写作过程中，我不得不使自己陷入他的恐惧之中，亲身体会他的感受。再比如，在我的一部非虚构文学作品中，一个犹太教教堂唱诗班的领唱者，用他的爱感化了一个尊奉白人至上主义的“3K 党”头目。当我在写这个故事时，我就必须撇开自己对“3K 党”的愤怒，转而去倾听这个头目的故事——他在性别认同上的困惑、内心深处的不安、童年时被虐待的心理阴影等。

任何一个人物都不是简单唯一的。我们所有人都变幻莫测、难以捉摸，而我们的人物也正和我们自己一样，有回忆、历史，以及时时刻刻对未来命运的不确定感。作为作者，我们必须慢慢进入他们的头脑和内心，去了解他们、认识他们。将人物形象化便是一种方法，它是一次走进人物内心的旅行。

现在，想出一个你愿意进一步了解的人物，虚构的或真实的都可以。集中精力去想象这个人物。下面的练习就为你营造了一个可以独处的想象空间。每读完一个问题，都要闭上眼睛去想象你内心的经历。更好的办法是，把所有的问题指令都作个录音，每个问题之间隔 40～60 秒。当你听完所有的问题后，紧闭双眼，在脑中思考哪些是你想要记住的。然后睁开眼睛开始写，让事情历历在目。在写的时候，你就好像自己亲身经历过一样，而不是努力地用其他方式组织或调整它的结构。

练 习

准备好稿纸或电脑，以便你完成练习后可以随时进行写作。双手摊平，置于膝盖上。闭上眼睛。现在深吸一口气，呼气，吸气，放松。

现在，你作为作者，正在散步，突然遇到了你的人物。注意一下你们现在的位置，是在室内还是室外？有光亮吗，还是漆黑一片？你穿着什么？你身上有味道吗？观察你的人物，他脸上有什么表情？他的身体做出了什么姿势吗？你看了他之后有什么印象？

当你看到这个人时，你心里有什么感觉？你为什么会有这种感觉？深入体会自己的这种感觉。在这个场景之下，你的人物给你最大的触动是什么？关注一下细节。现在，走进你的人物。想象你与人物融合在一起。

现在，与人物结合，进入他的大脑。你们共用一个大脑思考。它是你人物的大脑。现在你就是这个人物。体验你作为人物的感受。你能体会到什么感情呢？强烈地体会这种感情。找出它背后的原因，完全彻底地理解它。不要与你的人物分离。

作为人物，如果要将你生命中最深层次的矛盾的绝对真相说出来，你会说什么？现在就把它说出来。你会把这些感受和想法告诉谁？又会瞒着谁？为什么？

作为人物，想象一下，如果你可以做任何你想做的事，你会做什么？为什么要做这件事？是什么阻止你一直没有做成？

现在，作为人物，去体会作者大脑里的想法。有没有关于你自己的一些信息是你希望读者知道的？之后，你可以和作者在任何时候进行交流。只要集中你所需要的那部分注意力就可以了。

现在，作为作者，你可以和人物分离了。

你现在只是作者。深深地看一眼你的人物。在脑中思考，这段经历中哪些是你想要记住的？多花点时间去思考。

记住，之后当你在别的地方遇到这个人物时，你可以随意地和他交流，或是观察他。

当你完成了所有的观察，关注了所有你在意的地方，你就可以睁开眼睛，开始写作。不要说话，只要写下这次跟你的人物见面时的体验即可。对于在如此短的时间内发生的事情，你一定会感到惊讶。

接下来，你可以从人物的角度写一个以第一第三人称叙述的内心独白；从作者角度写一个第一人称的叙述；和（或者）从一个全知的叙述者角度叙述故事的发生。要特别注意表面的行为之后隐藏着的思想动机。

"我包罗万象"练习 Samantha Dunn

Samantha Dunn，写过 *Not by Accident*: *Reconstructing a Careless Life* 等书。她的作品曾在《奥普拉杂志》和《洛杉矶时报》上做过特别报道。已婚，并有一个儿子。

我的经验是，人们在谈到回忆录写作时，普遍认为这很容易——你知道发生了什么事，你不需要虚构人物或是创造地点。结论就是，写回忆录只是说出你自己一生的故事，这有什么难的？我的回答是，很难。

我经常引用维维安·戈尼克[①]的话来回答这个问题——"要看穿我们熟悉的东西是一件很难很难的事。"不管过去的事情多么独一无二、危机重重、鼓舞人心、魅力十足，或历史意义重大，回忆录绝不仅仅是这些事情的简单罗列。回忆录不是新闻报道，它是一种独特的文学形式，需要作者把自己作为作品的终极对象去探索和发现。可能你在读自己的作品时，会有这样的反应："我不想这样做，它让我觉得不舒服。"没问题，那就别这样做。事实上，我完全理解这种反应。去写诗歌，写小说，像汤姆·沃尔夫[②]或卡波特[③]那样去写精彩的报告文学吧，但是不要写回忆录。

作为艺术家，我们可以自由选择媒介形式。一旦你选择了回忆录这种媒介形式，你就是脱离了当下的写作大师，选择了圣奥古斯丁[④]、蒙田、

① 维维安·戈尼克（Vivian Gornick），美国批评家、散文家，著有《热烈的爱情》、《爱情小说的结尾》以及新著《我生活中的男人》。

② 汤姆·沃尔夫（Tom Wolf），美国记者、作家，新新闻主义的鼻祖。著有《正确的素材》和小说《虚荣的篝火》，散文集《康提科洛舞薄橘型婴孩》、《水泵房帮》等。

③ 杜鲁门·卡彼特（Truman Capote，1924—1984），美国作者，著有多部经典文学作品，包括中篇小说《第凡内早餐》与《冷血》。

④ 圣奥古斯丁（St. Augustine，354—430），古罗马帝国时期基督教思想家，欧洲中世纪基督教神学、教父哲学的重要代表人物。

卢梭[①]式的传统艺术形式。这些作家正是通过回忆录这一特别的艺术形式，探讨了一些重大的问题："从我的经历中我明白了什么意义？而这种意义对于做人又有什么启发？"但是要探讨"是什么让我们生存下去"这一实质性问题，并不是很容易的事；甚至对于那些已经准备去探讨这个问题的人来说，答案也不是一蹴而就的。对于仔细审视我们为什么会这样或那样的种种原因，我们似乎天生就很抵触；我们不愿看到自身的矛盾，那是我们无法理解的。然而，这正是我们需要挖掘的，只有通过写出这些矛盾，我们才能得以顿悟，变得豁然开朗。

我们每个人都是自相矛盾的，我们身上同时存在着美好与丑恶，智慧与愚笨，同情与残忍。要很好地表达这个观点，我总会想到沃尔特·惠特曼[②]的话："我自相矛盾吗？我无所不容。"回忆录必须将深刻的见解传递给人们，否则，它就没有实现最终的目的。从我个人的经验来看，我们是带着一定的自我见解开始写作的，但是，经过写作、探索的过程，你会发现，你最终获得的见识要比你想象的多很多。这同样也是关于能否把故事讲好的问题。这一点我是从我的写作老师菲利普·洛帕特那里学来的："如果你在整个写作过程中，总是停留在同一个理解层面，你的作品可能会令人愉悦，或幽默滑稽，或稍有趣味，但是你的叙述一定会缺乏顿悟时的激动，无法给你的读者一个让人信服的理由继续读下去。如果在写作过程中，你自己能有更深刻的理解，那我们，即其他作者和所有读者，最终都会在思想上得到升华。"

练 习

为了在写作过程中有所帮助，我让加利福尼亚大学洛杉矶分校写作班的学生把这个作为起步练习：用下面的结构写出 15 句话，越快越好——"我是这样的一个人，我——但是我——"例如："我是这样的一个人，我

---

① 让·雅克·卢梭（Jean-Jacques Rousseau，1712—1778），法国著名的启蒙思想家、哲学家。主要著作有《论人类不平等的起源和基础》、《社会契约论》、《爱弥儿》、《新爱洛伊丝》、《忏悔录》等。

② 沃尔特·惠特曼（Walt Whitman，1810—1892），美国著名诗人，代表作品是诗集《草叶集》。

会投民主党的票，但是我却痛恨纳税。”首先要想的是你在这个世界上做的一些事，而不是想法或是信仰等，要写具体的事情，而不是抽象的概念。

当他们写完这15句话后，我要求他们仔细看一下自己写的句子，认真思考，然后选出其中的一句，花20分钟扩充它。句子的结构通常像一个老式的脚手架，结尾是开放型的，向外扩张。而在这之后写出来的就是一个故事，一篇文章，一段让他们的叙述布局更合理、意义更深刻的文字。做这个练习时，你并不需要、也不可能回答所有的问题（诸如“你是谁？这到底是怎么回事？”等），这个练习只是帮助你通向智慧之门，这才是最重要的。

人物的动机与“窗户” Gwendolyn Bounds

Gwendolyn Bounds，《华尔街日报》（*The Wall Street*）专栏作家。写过两本非虚构文学作品，包括最近刚完成的 *Little Chapel on the River：A Pub，a Town and the Search for What Matters Most*。

尽管有些回忆录是写关于人物一生的故事，有些则是写在一个有限的时间框架（某个可以提升故事基本情节的时间框架）内发生的事；然而，不管采取哪一种表现形式，对于读者来说，要完全接受、理解、同情这个他们根本不认识的人，都是很困难的。无论故事的主要情节是什么，这个人物的一生中肯定有别的事情会影响到他或她在这个主要情节中的行为。她谈恋爱了吗？他的家境是富裕还是贫穷？她曾经被自己的父母背叛过吗？或者她曾经受到过什么伤害吗？

这些都是能帮助你促进故事发展的“窗户”，但前提是它们不能妨碍或是分散故事本身。要创造一个全面立体的人物，关键在于写故事的时候选用什么细节、不用什么细节。一旦经过筛选和整理，这些“窗户”就能成为照亮主人公灵魂的聚光灯，而其他人物各自的“窗户”也能向读者敞开，让他们看到人物的动机和行为。

但是如何做出选择呢？细节就像是一幅完整拼图的各个小块。有些细节是相互之间符合，有些细节符合主要情节，还有些细节更符合在另一个时空内的故事。当你收集到了足够多的有可能成为“窗户”的细小部分，你的主要情节就有血有肉了，哪些“窗户”应该被纳入进来，哪些“窗户”应该被摒弃，这些都会逐渐清晰。

下面这个练习（开始时只是无意的一次尝试，到后来才演化为有意识的设计）是我在自己写回忆录时用到的，它帮助我从喧闹声中找到了那些“窗户”，既符合我对复杂事件的探索，又能进一步推动主要情节。

练　习

第一部分：初级阶段

1. 选出一件刚发生不久，或是发生在你人生转折点上的事情，它必须是让你在一段时间内费尽时间、精力和心思的事情。如果其中还包含冲突，那就更有用了。那段时间应该让你印象深刻，那件事让别人对你有了更深的了解。如果是这样，这件事情就可以成为你的主要情节。用500～1 000字将这件事情写下来，这样，你就能够了解整个故事的脉络，而且它在你头脑中的印象也会越加清晰。

2. 接下来的1～2个星期内，在你的记忆中搜寻一些重要时刻的片段。这些重要时刻是指在很久以前或是刚过去不久的非常突出的时刻：一个葬礼，夏天雾气笼罩着山峦的样子，祖父教你怎么装鱼饵的那一天，你比赛获胜的瞬间，朋友令你失望的那一刻，母亲的头发总散发出香味的童年时光，等等。当这些记忆出现在脑海中时，把它们写在电子邮件或短信里发给自己，或是在笔记本上简单地记下来。记住这些回忆带给你的感受。但是不要试着去理解它们的内在含义，至少现在先别去理解。

3. 把你搜集到的重要时刻都放到一起，然后从故事的主要情节出发，去整理这些时刻。不管它们是否与主题相关，只要判断：哪些时刻是对故事有影响的？你在那个时刻做了些什么？其中哪些时刻与你的主要故事情节有一定联系，从而促使你做出那件事，或是引导你去见故事中的某个人，或是带着你到达故事中的某个地方？……这些时刻都能帮助你找到值得开发的“窗户”。

4. 选出一个时刻，把它扩写成一个完整的场景，作为放在故事末尾或是开头的一段回忆。读完整个故事后，思考一下：这扇“窗户”能照亮主要情节吗？你作为故事中的人物有没有因此而变得更清晰、更完整？

第二部分：高级阶段

5. 重复这个练习，但是人物换成故事中的其他人。你可能需要根据自己对人物的了解做一些采访，目的是搞清楚他们行为的动机是什么。这些人物越是栩栩如生，你的整个回忆录就能变得越丰富、越微妙。生活通常都是灰色的，既不是全黑，也不是全白。就像当你从一个视角出发，打开生命中的一些“窗户”，而进入某个处境时一样，其他的人物，基于与你完全不同的经验和动机，也正在向这一处境慢慢靠近。

要将“窗户”融入故事当中，并没有唯一的绝佳方法。作者可以将不同的“窗户”随意放置在故事的整个进展框架内，或是把它们放到故事中作为一段插曲，其他的人物则可以相互之间提供关于对方的具体细节。我的处理方法是，将“窗户”作为一种斜体字的倒叙，放在每一章的末尾，就像是次要情节一样。不管你怎么处理，最终的目的是让你的读者对人物的理解更丰富，与人物的关系更密切，同时还要促进主要情节的向前发展。

学会谦虚 Leah Hager Cohen

Leah Hager Cohen，出版过四部非虚构文学作品和三部小说。作品曾多次获奖，包括《纽约时报》评出的最佳书籍（四次）、美国图书馆协会评选的年度十本最佳书籍之一、《多伦多环球邮报》（*Toronto Globe and Mail*）评选的年度十本最佳书籍之一、美国独立书商选书 76 本之一。她是莱斯利大学创意写作硕士（非住校生）的创意写作课教师，并且在波士顿大学给大一的学生教写作。

我的朋友玛丽说："人们应该讲自己的故事。"

这话很有道理。做自己生活的记录者，自己故事的讲述者，这是自我的根本所在。作为作者，作为用文字进行创作的人，我们有什么理由反对这一观点呢？更别说文学艺术本身就是一件很神圣的事。

但非虚构文学作者的处境却有点困难。就算是那些传记作者，乍一看他们似乎可以免受这种窘境的困扰，但其实他们也有很多问题需要应付。因为，除非我们是狼孩，或是过着隐士的生活，不然，我们不可能在讲自己的故事时不触及别人的故事。

我们最初想成为作家的原因是对这个世界和他人的好奇。试问，如果我们不对其进行探索，我们将如何表达对这个世界和他人的尊重呢？

当我还在新闻学院学习时，老师教导我们："永远不要在发表之前，就让报道对象读到我们写的文章。"这么做有实际的原因，也有职业道德的因素在里面（记者有言论自由的权利，而且有必要不偏不倚地公正报道，不能在外界压力下歪曲事实）。但是，真正操作起来还是面临一些问题：事实中到处存在着大量不可避免的错误，这些错误亟待改正；还有作者对于呈现别人的故事总带有不断膨胀的控制欲望。

因此，我把这个练习叫做"学会谦虚"。

练 习

采访一个自愿和你合作的人。他可以是你的一位作家朋友，或是你的同学，任何人都可以，只要他愿意接受你的采访。毕竟，讲故事不只是某些指定作者的专属或私有物，它属于每一个人。你可以考虑写你的父亲、母亲、邻居、理发师、孩子。跟他们交谈 15 分钟，提问题，并记录答案。不要只记录采访对象说的话，还要注意他或她的表情、手势、步态、声音特征等所有你在听对方说话时接收到的非语言信号。最好准备一个录音机，这样你就能更好地接收各个层面的信息。

然后交换角色。由你的合作者来采访你。同样花 15 分钟，让他或她完成你刚才做的事。

然后两人分开，各自开始写 2～3 页的人物速写，简短介绍对方。

然后交换各自写的东西。让他读你对他的描述，而你读他对你的描述。

然后分享读后的感受。事实有误吗？观点阐述有误吗？自己的哪些特性让对方察觉到了？看到自己在别人文章中的形象，你有什么体会？你的合作者在读了你的文字后有什么感觉？在听了对方的反应后，你会对原来的文字做什么样的修改？知道了你的写作对象会看到你写的东西，这对于你的创作过程有什么影响？你会因此受到限制或是被束缚吗？你觉得是必须努力地把文章写准确，还是更应该带有怜悯之心？你觉得这样做是提高你文章的文学价值，还是降低了它的价值？那社会价值呢？你为什么写作？

特征与人物 Hope Edelman

Hope Edelman，住在洛杉矶，写过五本非虚构文学作品，包括最佳畅销书 *Motherless Daughters* 和 *Motherless Mothers*。她的小品文、散文、评论被刊登在各种杂志、报纸和文选集上，包括 *The Bitch in the House*，*Blindsided by a Diaper*，*Behind the Bedroom Door*。她毕业于艾奥瓦大学的非虚构文学创作班，从 1995 年就开始在写作工作室执教。

我对于将一些独特的见解和特别的细节融入写作中的做法一直很着迷，尤其是在人物发展上更是如此。有太多刚起步的作者，把这个“向人物介绍我们自己”的练习理解为写一段枯燥乏味的外表描述（“他 6 英尺高，棕色的头发，深蓝色的眼睛”），或是罗列出模糊又无趣的性格特征（“她喜欢在厨房待着”或者是“他通常和朋友一起去钓鱼”）。

对于一个厨房中的平凡女子，我们很难在大脑里留下什么深刻的印象，只能得出一个很普通的人物形象——一个站在水池边、中等年纪、系着围裙的贝阿姨①式的人物。但是当我们读到“这位年轻的母亲已经坐在那把古董木椅上好几个小时了，她呆呆地盯着墙上的挂钟，不时裹紧身上那件她死去丈夫留下的猎装，似乎 7 月中旬的天气仍让她觉得心有寒意”这样的语句时，就会立刻感受到什么才是真正的故事。这就是细节的力量。

几年前，我想出下面这个练习，帮助学生给人物增加细节和特征描写。我们从讨论“有效细节”的重要性开始着手。“有效细节”是指可以让你看到人物本质的一个事实或行为。例如，安娜·昆德兰②的散文《我

① 贝阿姨（Aunt Bea），是 20 世纪 60 年代美国电视剧 *The Andy Griffith Show* 中的一个人物，全名为 Beatrice Taylor。在剧中，她经常为社区和教堂准备食物，还给当地的监狱囚犯送食物。她在厨房中系着围裙忙碌的形象深入人心。

② 安娜·昆德兰（Anna Quindlen），《纽约时报》专栏作家，著有三本畅销小说《亲情无价》、《主要课程》和《黑与蓝》。

的祖母》中有这样一句话："她总是把她曼哈顿鸡尾酒里的樱桃挑给我吃。"这句话里就有"有效细节"——读者可以感受到祖母的大方和热情，而且从作者写得如此轻松的方式来看，读者还能感受到作者和祖母之间亲密无间的关系。

我们练习的目标就是教会你如何能用一两句话就提供尽可能多的信息。

练 习

第一部分

以下面的句式作为开头：____是个____的人，他或她______________。

花 10 分钟完成上面的空格部分。第一个空格是用来确定人物身份的（例如，我高中的生物老师，邦克斯·奥尔西尼先生，墨丘里小姐）；第二个空格缩小范围，只写人物的某一方面（例如，"我高中的生物老师是个有点专横独断的人"，"邦克斯·奥尔西尼先生是个很落伍的人"，"墨丘里小姐是个总称自己有千里眼的人"）；第三个空格是用来揭示人物的某个独特的、值得注意的行为或角度（例如，"邦克斯·奥尔西尼先生是个很落伍的人，即使到了 21 世纪，他的言谈衣着也仍然和 1967 年时一样。"）。

第二部分

当人物有了自己的特征，对他们的描述便会反映出更多的内容。所以，现在把你第一部分中的句子扩展成一个段落，里面要包含一个或更多具体的例子。例如，"邦克斯·奥尔西尼先生是个很落伍的人，即使到了 21 世纪，他的言谈衣着也仍然和 1967 年时一样。他在镇上随意漫步，脖子上绕了一根生牛皮带，上面还挂着一个两磅重的和平勋章。他说的每一句话几乎都要加上'绝妙'和'真棒'这样的字眼。"理想情况是，你在结尾处用两三句话，对这个人物进行一个概括性却不乏新意的评价，然后用独特和生动的例子来证明你的评价。

对于高年级的学生，这个练习也可以用来证明，在非虚构文学创作中，平衡好直接叙述和间接表达是非常重要的。一部好的回忆录，写到最后时，作者应该知道如何才能在故事和分析之间、在故事情节的进入和跳出之间做到灵活转换。

好的回忆录可以提高讲故事的技巧。而要写出好的回忆录，作者应该有能力知道要在何时中止某一行为，插入一段说明来解释、描述、分析前面发生的这个行为。这是将事实升华为艺术的重要能力。

从生活到叙述：以第三人称探索人物与故事 Jocelyn Bartkevicius

Jocelyn Bartkevicius，《佛罗里达评论》（*Florida Review*）的编辑，美国中佛罗里达大学创意写作硕士负责人。她的作品被编入多种文选集或刊登在期刊上，如《哈德逊评论》（*The Hudson Review*）、《密苏里评论》（*The Missouri Review*）、《第四类》和《贝灵汉评论》。她获得的奖项包括安妮·狄勒德散文奖（Annie Dillard Award in the Essay），密苏里评论大奖（The Missouri Review Prize）、艾奥瓦女性散文奖（Iowa Woman Essay Award）、目前，她正在写一部关于在一个滑稽歌舞杂剧俱乐部的成长经历的回忆录 *The Emerald Room*。

要写出非虚构文学作品，你必须了解自己的内心，从自身的角度认真回忆过去；但同时，你还要尽可能地头脑清醒，与自我保持距离，客观地对待自己，这看起来似乎是矛盾的。

或者，转述弗吉尼亚·伍尔夫关于散文的经验之谈——诀窍在于，要一直做你自己，但又永远不是你自己。要让非虚构文学创作变得巧妙——而不是像一篇博客或日记那样——必须将里面写到的自己处理成一个人物。但要做到这一点并不简单。

以我的一个困扰为例。我必须承认，有很长一段时间我一直无法将我人生中一个关键的时刻写得生动活泼、意义深远且赋予人物很强的故事性，仿佛那个时刻被冷冻起来，锁在了我的心底。下面是我对那个时刻的简单概述：

兄弟俩是生意伙伴，他们正在一个 6 英尺深的下水道出口处，用钻孔机钻游泳池的滤水管道，想清除里面的堵塞物。轮到哥哥站在水里时，终于把管道钻开了，他却因触电倒下了。电流传遍他的全身，他的心脏停止了跳动，就这样死在了弟弟的怀里。临死之前，他只轻轻地说了一句："库尔特，总算钻开了。"

那个幸存者库尔特是我的继父。事故发生的那天，我刚好九岁，当时正迫不及待地想跳到游泳池里游泳。我的母亲和两个姑姑正在遮阳伞下悠闲地躺着，小口地抿着酒吧招待送来的鸡尾酒。我在池边，听到了继父的呼救声，急忙朝下水道出口处张望，看到吉诺伯父（鲜艳的绿色印在他的身上，那或者是出口孔在灯的照射下投出的影子）正躺在我继父的怀里。

这场变故给我们造成了巨大的损失，导致我的家庭和家族生意都走向衰落。而对于这次事件的叙述，我在最开始时就跟上面的概述一样简单。后来，一位写作导师鼓励我绕开老一套的讲述方式，隔绝感情，紧跟家族故事的主线。于是，我以我自己、母亲、姑姑、继父、伯父，甚至是管道的多重视角描写那一时刻。

我从母亲的视角开始写起，将母亲、姑姑、伯父、继父和管道分别作为第三人称叙述者，一直写下来，最后写到我的视角时，我仍然沿用第三人称叙述的方式。这样我就与自己产生了距离，这个距离产生的效果令我感到震惊，它使我有了许多新的观点和发现。

用代词“我”来写故事梗概，想象力只能局限在自己的回忆之中，并会受到作者自己未经检验的情感、怨恨、浪漫想法的影响。但是，从第三人称出发，用“他”或者“她”来写，很多作者就可以超越有限的自我。就好像脱离了记忆的束缚，突然一跃而出，从外部的某个角度看待过去的事情一样。

在上面那个例子中，我看着“她”——一个九岁的小女孩，朝泳池走去。我看着她，正如我现在作为一个成人、一名作者、一个与小女孩没有多少关系的人，正面看着她一样。而且我在讲故事的时候，语气更为严厉，没有保护她、隐藏她，或是给她任何慰藉，我已经忽略了她的“孩子”身份。而当我再去看故事中其他人物的时候——尤其是那位结婚没多久，刚生了第二个女儿的年轻母亲，我不再从一个九岁女孩的角度去看她。因为尽管这个女孩很聪明、观察很细微，但是她不能看到足够深的层面，不能知道年轻母亲内心的需要和渴望。但是由现在的我，一个比当时的母亲大了几十岁的中年女性来观察她，我就能理解她的内心想法。我逐渐看到了整个故事，了解了所有的真相。

这与库切[1]在他的第一本回忆录《少年时》结尾处提到的话很相似：在描述童年的自己、父母还有家乡时，他就好像是在遥远的天边看着所有的一切。我认为，库切也运用了上述写作方式，用第三人称，用自己小说家的眼光、声音、视角和距离感成功地描写出自己童年的故事，这实非巧合。

练　习

从你过去的回忆中选一个关键时刻，可以是你一直都无法生动地、用一个更大的视角去描述的时刻。不要去看过去写过的草稿，用第三人称重新去写。当你回过头去看当时的自己、当时相识的人、当时住的地方时，把所有你看到的、感觉到的、听到的、闻到的和想到的都写下来——就好像是现在的你在回望过去一样。

然后从故事中其他人物的角度来写（还是用第三人称）。在这部分中，其他人的角度可以根据不同的情况、不同的故事甚至是作者不同的眼光而变化，而不再是采用单一的亲身经历的角度。

如果你想挑战一下自己，那么就始终用第三人称叙述这个时刻。但是首先你要把这个时刻用第一人称讲一遍，看看你可能会有什么发现，或是会遇到什么不协调的地方。

---

① J. M. 库切（John Maxwell Coetzee），南非作家，2003 年诺贝尔文学奖得主。著有作品《等待野蛮人》、《少年时》等，曾两次获布克小说奖。

回忆过去的画像 Brandon R. Schrand

Brandon R. Schrand，写过 *The Enders Hotel*：*A Memoir*，2007 年获得 *River Teeth* 非虚构文学奖，2008 年获巴恩斯—诺贝尔“发现新人奖”（Barnes & Nobel Discover Great Writers）。他的作品被刊登在《达拉斯新闻早报》（*The Dallas Morning News*）、《优涅读者》（*The Utne Reader*）、《罐头屋杂志》（*Tin House*）、《谢南多厄》、《密苏里评论》、《手推车奖获奖文集》（*Pushcart Prize Anthology*）和其他各种出版物上。他和妻子、两个孩子住在爱达荷州的莫斯科市，并在爱达荷大学教授创意写作硕士课程。

在我的非虚构文学创作课上，我最喜欢给学生们做的练习就是家庭照片写作。这个练习的一个典型例子就是玛丽·克利尔曼·布卢在《不是华尔兹》里写的那篇令人惊叹的文章《阅读亚伯拉罕》。在文章中，她对着祖父母的一张 19 世纪的照片进行审视。她拿着照片，一遍一遍地看，苦苦思索照片是在什么情况下拍的（说得更准确一点，她的祖父母当时是一种什么样的情况）？她该从哪里开始回忆？不如不断向照片提问。她拒绝任何简单的答案或观点；相反，她总是进入更复杂的层面去寻找答案。布卢的散文大都是描写照片中的某个一丝不苟、严肃稳重的人，但同时也在探索和发现她和她自己的身份。而作为读者，我们在读她的文章时，也会不自觉地跟着她加入这一神奇的发现之旅。

读完布卢的文章后，我会把我曾祖父的照片拿出来打到投影屏幕上，这是我仅有的一张关于他的照片。这时，学生们立刻明白了我的用意。这张照片是在 20 世纪 20 年代初期拍摄的。照片中，大蒂顿山的旷野一望无际，卵石遍布，我的曾祖父正弯腰蹲在那儿。似乎正是中午时分，因为正午的阳光直射而下，曾祖父的牛仔帽投射的影子完全遮挡了他的脸，所以我们无法从他被遮暗的脸上看到什么表情。他就在那儿，但他又不在那儿。他的身体在，可是却无法辨认他的脸。这张照片正符合他留给我们全家人的印象——一个稍纵即逝的人；而这张照片，再加上一些令人不快的往事，就是我们家对曾祖父的全部了解。

我告诉我的学生，照片可以作为非虚构文学创作的一个非常有力的起点。作为艺术品，照片既能证明事实又能逃避事实。它们是自相矛盾的，又是无限永恒的。毫无疑问，这样的讨论进行了一段时间后，学生们就会开始谈论自己的家庭照片。

练　习

1. 回家翻出一张你感兴趣的老照片。你可能在情感上与它有联系，或是照片上有你从来没见过的家庭成员。不管怎么样，一定要选一张对你很有吸引力的照片。

2. 开始对照片做最基本的描述。设置一个场景：我们在哪儿？是在屋前的草坪上，还是在船上？是在郊外徒步旅行，还是在餐桌旁？现在大概是什么时候？照片里有多少人？他们是在看着相机镜头，还是看着别处？是在照相馆里拍摄的，还是实景拍摄？你觉得照片是谁拍的？摄影师把自己也拍进去了吗？还有，这是一张什么样的照片？是宝丽来的立拍得，还是老式的银版照片？照片是彩色的还是黑白的？照片的背面有字吗？如果没有字，那有没有别的什么线索？

3. 接下来，试着跳出照片的框架，想想照片之外的东西，也许它们会比实物更有故事可讲。这可能需要做一些较为细致的观察和推理工作。例如在我曾祖父的那张照片上，我了解了 20 世纪 20 年代初期怀俄明州的杰克逊城当时的情形。从照片上看，除了我曾祖父的小木屋，你看不到电线在天空中纵横交错，也看不到明显的道路、建筑物，或是机场。换句话说，那儿完全是另一个世界。你可以试着用否定句来写，以此来填补照片的空白："我在照片上看不到……"或者"那天应该出现但没有出现的人是……"接着你就可以对那些缺失的人或物进行提问："那天野餐她为什么没有出现？她可能去哪儿了？"

4. 粗略地想一下你和照片之间有什么联系，尤其是和照片中的人物有什么联系。换句话说，你为什么选这张而不是其他的照片作为自己的写作对象？这张照片最吸引你的是什么地方？

只要我让学生做这个练习，他们所描述的照片就总能让我印象深刻、惊讶不已。如果可以的话，我也会让他们把照片带来和大家一起分享。一个学生曾带来一张在圣诞节拍的全家福，那时她的父母还没有离婚。这张照片是她外婆的，而外婆自己也在照片上面。但是那个女孩的父母刚一离婚，外婆就用剪刀把女孩的父亲从照片上剪掉，再把剩下的部分重新贴成一张完好的照片，就像女孩的父亲从来没出现在照片上一样。这是一张很有吸引力的照片，而且可以将它写成一个深刻有力且略带辛酸的故事。

地　点

亲自走一走 Lia Purpura

Lia Purpura，其散文集 *On Looking* 于 2007 年获国家书评界奖提名。她的诗歌集 *King Baby* 于 2008 年获得由爱丽丝·詹姆斯图书（Alice James Book）评选的比阿特里斯·霍利奖（Beatrice Hawley Award）。现为位于马里兰州巴尔的摩的洛约拉大学写作班的住校作家。

我想用威廉·卡洛斯·威廉斯所倡导的诗歌理论来介绍我的这个练习——“凡理皆寓于物”；我将其稍作改变，这句话即为“理附于物”。对于一些作者而言，最头疼的时刻便是搜集到了一篇文章的所有素材的时候。这时往往会出现以下问题：要么各个素材分量不相上下，却因带有不同的可能性而产生矛盾；要么所有素材都深藏不露，让作者找不到满意的切入点。这个名为“亲自走一走”的练习可以帮助学生跨越这样一个无法避免的无趣时刻。对于喜欢罗列各种各样清单的人来说（大多数作者都着迷于罗列清单），这个练习也大有裨益，而且，它还能为如何追忆往事提供很多具体的方法。

在房地产业，“亲自走一走”是指买主最后再仔细查看一下要买的房子——逐一查看房间、逐件调试设备。从关注点来看，这与买主最开始选房子时所看到的“展示”不同，那只是卖主将房子的格局、设计等展示给买主而已。

每天，我们都可以“亲自走一走”，用这种有迹可循并且集中有效的方法来重新审视我们的环境。

练　习

我建议作者在开始练习时，按如下要求进行：以回忆的方式，从你熟悉的入口处，走进你童年时某个熟悉的房间。有时回忆，或是努力地想要记住某事，会正好把我们带入某个地点或环境的中心；我们必须从一种模糊且不固定的角度将这一场景拼接在一起。

比如，你从前门进去，穿过房间，边走边看，由自己来控制看到的场景，就像是拿着摄像机在拍摄一样。慢慢往前走，你会在这个过程中回忆起实实在在的东西，渐渐脱离脑中仅有的整体印象。随着你脚步的移动，还要时不时地扭转头，看看前后左右各式各样的东西，看看这些东西上面有没有什么别的东西（咖啡桌上的花瓶、玻璃杯留下的圆形印痕等，当你还是孩子时，你的视线只能触及咖啡桌这样的高度）。仔细地看，朝里面看，爬到下面去看，把枕头翻过来看，将沙发坐垫拿起来看（就像你过去常常做的那样）。注意地毯、壁纸和窗帘的颜色。

我相信，“亲自走一走”的结果会令你大吃一惊。你会发现脑子里居然有那么多的实物存在，有那么多的实物可以被明确地回忆出来。不要对一些看似“不重要”的物品视而不见，它们往往是非常关键的——每一件物品都不是单独存在的，它会提示另一件事。尽管在更大的格局之下，这些物品显得很不重要，但是记住，每一件物品都是一座桥，可以帮助你继续前行。

当你看完一个房间后（在你完全看完之前，偶尔还需要坐下来静静地观察），你可以往回走，把所有相关的信息搜集起来（“尘土飞扬或是一尘不染，从蓝色窗帘后透出来的阳光，咖啡桌上那个擦不去的杯印到底是怎么弄上去的?”）。我觉得这个练习很自由，因为它颠覆了“写作一开始就要有想法”的理念。这个练习更像是当你有所领悟或想到什么的时候，突然产生某种创作的灵感；或者说，这个练习可以引起你对过去的遐想。“亲自走一走”，你会在自己的回忆中找到很多这样的地方——里面到处是令人吃惊的发现。

你可以把这个练习改变成各种模式。比如，你可以到以前的壁橱里“走一走”，观察并记录下你在那里的发现：不同时期的衣服，被藏在隐秘地方的物品——所有这些放在壁橱（或房间、车子，任何你“走”到的地方）里的东西将为你展开一个有待探索的丰富世界。同样，你可能想把目光停留在某些物品上多看一会儿，这是一些有故事却因为某种原因始终被忽略的物品。看看接下来会发生什么。我自己已经有了一些激动不已的发现：那些长期陪伴在我身边却被我有意忽略的物品，依旧完整无缺，耐心地等待我去回忆，然后将它们的故事细细地讲给读者听。

了解我们的地点 David Gessner

David Gessner，出版过六本非虚构文学作品，包括 *Sick of Nature*，*Return of the Osprey* 和 *Soaring with Fidel*。他近期的一些作品刊登在《纽约时报杂志》、《美国最佳非必读阅读文选》、《手推车奖获奖文集》和美国国家公共电台的“This I Believe”节目中。他是哈佛大学布里格斯·科普兰讲座的讲师，主讲环境写作；同时，他还是威明顿北卡罗来纳大学的教授，负责文学杂志 *Ecotone* 的编辑工作。

对于那些被一个主题困扰的作者而言，地点描写经常会引出其他话题和更深层的意义。地点和语言总是交织在一起的；而且有些作者非常喜欢或是关注某些地点，如家里的房子、树林、海滩等，当他们把注意力转移到这些地点时，一定会突然感到缪斯的降临。

但同时，写一些我们非常了解的地点，会让我们觉得不可思议，甚至有点愚蠢。正如阿拉斯加作者约翰·海恩斯[①]所说：“要在艺术作品中描写地点，我们需要一定的冒险精神……需要有胆识和不畏艰险的另类代名词：屈从和放弃。”或者像巴里·洛佩斯[②]说的，我们需要“变得对地点敏感”。

下面这个练习的目的在于，提取我们对于某些地点的深层情感，然后以这些情感为基础来写作。这个练习可以作为许多文章的一个模板：作者走进某个地点，这个地点激起了对过去的回忆或创作灵感，作者突然转向，回到出发点，然后离开这个地点。

在这个练习开始之前，你必须选一个对你来说非常重要的地方。它不一定要有宁静的田园风光，最好是你个人很有感触的地方。选择地点的唯一要求是，它必须能引发你产生几种不同的回忆。

---

① 约翰·海恩斯（John Haines），美国当代诗人。

② 巴里·洛佩斯（Barry Lopez），美国小说家、散文家。其作品因关注环境和社会问题而著名。

练　习

第一步：地点的细节描述

这个练习的第一步是想象与这个具体地点相关的情形。挖掘细节，越具体越好。不需要开始就用长句子写，简单的词汇、原始的风格就足够了。用这种方式将你所关注地点的具体细节简述出来。

第二步：将回忆作为场景

接着，尝试将你觉得重要的回忆写成场景，这段回忆必须跟上一步提到的地点有关。它可以是你人生中的某一情感事件，或者是你在心里始终放不下的事情。你在写的时候，必须诚实、简要，尽量把回忆写成小说中的场景。不要担心写得是否精确，相反，你必须把注意力融入写作过程中。记住，在这一过程中，可以运用一些小说场景描写时运用的写作技巧，例如句型变化、对话、主动语态等。

第三步：前两步的结合

现在回到第一步，运用你找出的关于一个具体地点的细节来帮助你的第一人称叙述者——即你自己——走进这个地点，然后使你产生第二步所写的回忆。重要的是，你在走进这个地点的时候，要用现在时态；当你开始回忆的时候，要用一般过去时。最后，文章的结尾应该使你的思绪又回到起点，同时你运用的时态也回到一般现在时。最初，这样做可能会显得有点笨拙或不自然，但是随着写作的进行，这种感觉会逐渐消失。可以尝试V形写作方法（即出发点和结束点都用一般现在时，中间的回忆用一般过去时），想想如何在即使有明显的人为雕琢的情况下，也能够使文章读起来自然。

刚开始，这个练习的成效可能并不大，写出的故事有时会让人觉得拙劣、不自然。但是它拥有两个方面的潜在收获：第一，你会开始去注意地点是如何提供有形的东西的（通常是让你意想不到的东西）；第二，你还会注意到一篇文章的关键性结构，注意到具体的世界如何引起回忆，有机的现实又是如何反映在艺术形式之中。

风景与回忆 Natalia Rachel Singer

Natalia Rachel Singer，在圣劳伦斯大学教授创意写作和环境文学。她写过回忆录 *Scraping by in the Big Eighties*，合编有文集 *Living North Country：Essays on Life and Landscapes in Northern New York*。目前，她正在完成一部小说和一本游记合集。

虽然我设计这个自然写作练习是给本科生用的，但是我也用它来帮助各个年龄层的作者，使他们不把自然看做某种崇高的抽象概念，而是可以运用他们自己独特的视角去切实地观察自然。将话题从自身转换到非城市的自然风光上，这对于习惯了写优雅、风趣散文的传记作者来说，并不是一件容易的事。刚开始时，她会觉得写出来的作品很生硬或带有不恰当的敬畏感，部分原因在于他在写作要素和体裁方面考虑得太多，也可能是因为他对自然的理解过于艰深，以至于他相信人类可能是这个地球上唯一的入侵者。就连那些很有成就的作者在描写自然风景，尤其是在描写自己不熟悉的地点时，也会依赖那些老套的比喻或是太过笼统的观察。

我理解这些作者不舒服的感觉。因为我是在 20 世纪 60 年代的俄亥俄州克利夫兰市度过的童年，当时我们的河流都遭到了严重的污染，甚至有些因为化学物质严重超标而发生了自燃。我对自然界的初步了解是在离开家乡很久之后才开始的。对我来说，描写自然的作者必须像其他人一样去做调查研究，边走边观察。安妮·狄勒德在写《溪畔天问》时，曾一连数日住在弗吉尼亚州的乡下，走走停停，一边观察一边做笔记。一到晚上，她就躲到图书馆去翻阅资料。不管她描述什么，桑橙树、青蛙、黄鼠狼或日食，她总是对自己个人故事的回忆进行挖掘，这样，她就能使文章显得独一无二，专属她自己。

无论作者什么水平，性格特征如何；无论他们是否有创作灵感，注意力是否集中，这个练习都能让他们安静地坐下来，观察周围的一切，描写所有的细节，处理浮现在脑海中的往事，且所有的这些都应该被糅合在一起，融入文章中，而不是被排斥在外。如果写出的文章很难归类——这是一篇描写自然的作品、回忆录、个人沉思，还是包含上述所有一切的作品——你也不用感到奇怪，这个练习的目标只是让作者可以自由地写作、观察和回忆。

练　习

到大自然中走一走，找一个让你舒服的地方。天气允许的话，试着在那儿独自待上一个小时（至少一个小时）。在你动笔之前，花些时间去了解周围的环境。当你坐定后，可能一开始，你只会在意那些一路跟随你的思绪和担忧，而不是眼前的景色。你可能想闭会儿眼睛，听一听周围的各种声音，包括自己的呼吸声、心跳声，还有鸟鸣声、风声、水流声。呼吸一下充满花草流水芬芳的空气，然后睁开眼睛，看看缤纷的颜色，感受一下沙土、树木、鸟类、石头、动物和人类的足迹。在你开始创作之前，自然界中有太多的生命需要你去体会。

现在，把你周围的景色画成一幅草图。你也许会从两个有利的角度来画两幅草图：一张是你正在面对的宏观景致，还有一张是你脚下的微观世界（在这样一个微观世界中，你就是一个巨人）。即使你以前从来没有画过画，这样的草图也可以让你意识到自己在风景之中所处的位置，以及其他要素之间的联系。

当你准备开始写时，你可能会把耳闻目见的记录作为文章的开头。如果你知道事物的名称，把它们写下来，要写得具体。抓住你闭上眼睛时和你现在所听到的声音，如波涛声、鸟鸣声、风声、树枝吱嘎作响声、脚下树叶的沙沙声。记录下可以帮你回忆起这一场景的细节，但不要觉得是在完成任务，只要用完整的句子、关键的字词和描述性的短语就可以。图画中有什么？如果把你的草图比作一幅地图，那么它的标志物是什么？

当你写满了一页生动的短语和关键的字词作为一种“意象库”之后，再拿出一张纸开始写草稿。现在，试着用一幅简单的定位图作为开头，告诉读者你的确切位置。要为那些在你的地理世界之外的读者着想。例如，

"我正坐在纽约北部河岸边的一棵柳树下，看着河对岸一大片蓝苍鹭的栖息地"。看着你的"意象库"和草图，用这些素材开始写作。这样写上至少半个小时，不要做任何修改。如果回忆起什么事情，如不寻常的联想、抽象的概念或个人的感觉，不要有顾忌，把最让你难以忘怀的内容写下来。不管你多么努力想停留在此时此刻，你的思绪还是会四处游荡，不要阻止它，你跟随着它就行了。时不时地回到现实中，把此时此刻你看到的情景记录下来。

如果有很多回忆浮现在你的脑海中，那就从情景本身找一个能够引发你探索其中一个比较详细的记忆的场景。你可以用过去时态将那个详尽的回忆写成一个小的场景。例如：当我看着蓝苍鹭向下飞落时，我想到了洛兰纳教我跳探戈舞的场景。那时，我们刚吃完饭回来……那个回忆可以是关于自然的或是其他的故事，也可以是你生活中的一个场景。

当你快写完的时候，找一个回到现实场景的连接点，用当下发生的一件事——你与自然世界的现实接触，作为你草稿的结尾。

当你写完草稿后，在室内找一个安静的地方。将所有的材料——草图、随意的记录、意识流的写作、回忆，以及最后写成的草稿——整合写成一篇短文。作为你的第一篇描写自然的作品，你可能需要一本自然指南作为参考。看看你草图里的树木、花草和其他植物，或者是雪地里动物的脚印，试着把你不知道的东西在这本指南中找到对应物，这样一来，你的文章就不会太过笼统。与"柳树"和"蓝苍鹭"相比，"树"和"鸟"就无法给读者具体的画面效果。当你重新获得更多这样的具体细节时，还要注意读出来的语感。把你写好的文章大声读出来，注意哪一部分听起来最悦耳，哪一部分就最能表达你的意思。现在你可以提炼、发展文章中的精华，使其成型。当你坐在外面进行创作时，可能会同时出现很多不一致的感官印象和回忆。因此在你回到室内进行修改的时候，你大概需要删去一些内容，而扩充另一些内容，这样整篇文章就会显得很紧凑。今天，你看到了什么（可能是你第一次看到的）？在你自己、你的过去和你切身体会到的东西之间，你发现了什么隐秘的联系？

创造一个有意图的世界：非虚构文学中地点的运用 Eric Maisel

Eric Maisel，写过 30 多本书，其中包括 *Fearless Creating*，*Creativity for Life*，*Coaching the Artist Within* 和 *The Van Gogh Blues*。Maisel 是一位创意写作教师，在世界各地指导创意写作。

我在布鲁克林区长大，因此，毫无疑问，我对于童年时期和青年时期的布鲁克林，可以描绘得逼真生动；而对于一些我从来没去过的地方，我同样可以很清楚地描绘出来：阿尔贝·加缪[①]在《最后一个人》中所描写的他童年记忆里的阿尔及利亚，托马斯·哈代[②]的英国田园风光，赫尔曼·梅尔维尔[③]的新英格兰捕鲸世界，哈珀·李[④]在《杀死一只知更鸟》中所描写的南方小镇。这些丰富的背景形象，对于读者而言是宝贵的礼物。读到这些描述，我们不仅可以通过想象来亲身游历这些地方（这并不是一件容易做到的事），而且还能了解到我们对生命意义的期望。

在作家笔下的圣彼得堡、巴黎或是萨凡纳呆上几个小时，我们就会改写自己对世界的理解。看着茶水从银质茶壶中缓缓倒出来，我们会增加对阶级和特权的理解；和某个人物同住一个屋檐下，我们会改变对个人所需空间的想法；参加某个只许白人入内的私人午餐会，而里面的服务员全是

---

① 阿尔贝·加缪（Albert Camus，1913—1960），法国小说家、哲学家、戏剧家、评论家，存在主义文学代表人物。他于 1957 年获得诺贝尔文学奖。著作有《局外人》、《误会》、《卡利古拉》、《戒严》、《正义》等。

② 托马斯·哈代（Thomas Hardy，1840—1928），英国诗人、小说家。主要作品有《远离尘嚣》、《还乡》、《卡斯特桥市长》、《德伯家的苔丝》等。

③ 赫尔曼·梅尔维尔（Herman Melville，1819—1891），美国小说家，代表作为《白鲸》。

④ 哈珀·李（Harper Lee），美国当代小说家。代表作是 1960 年出版的《杀死一只知更鸟》。

黑人，我们会调整对种族关系的观念。我们并不是真的身处圣彼得堡、巴黎或是萨凡纳，我们只是在作者虚构出的这些地方，去了解作者有意使我们了解的东西。

背景不仅仅指地点、时间，它还包括作者的思想、感情和意图。一部作品，不管是虚构的还是非虚构的，是诗歌还是散文，其背景都不可能只是某个地方的两张快照，因为没有这样的快照存在。即便你非常精确地描述一个城市——每个小屋、每栋大厦、每座教堂、每家商店、每座桥、每栋政府大楼——然后继续描写衣物的每一个针脚、每一件家具、每一个习惯、每一顿饭、每一次旅行，你还是无法领悟生活的精髓。例如，我们还是无法知道在20世纪40年代的格林威治村做一名抽象派画家是什么感觉；或者在文艺复兴时期的哈莱姆区，一个小女孩儿的生活是什么样子的。

作为一名年轻的读者，地点就能吸引你的注意力：在充满想象的美国，沿着密西西比河，你和哈克、吉姆还有马克·吐温一起顺流而下；在郁郁葱葱、梦幻般的树上，你和睡意蒙眬的爱丽丝一起坐着，看到白兔子飞驰而过的时候，你和爱丽丝都会感到震惊；也可能是在马德琳的巴黎、德拉库拉的特兰西瓦尼亚高原、亚伯拉罕·林肯年轻时期的伊利诺伊，或是在太空探索的月球。因为作者用文字带领着你到达某个地方，你在旅行的过程中，紧张和激动都感同身受。现在你也可以带你的读者到某个地方。不管男女老少，你都可以带着他们去你作品中所创造的世界。而且，当你这样做的时候，你也会被带进去！这是地点描写的巨大乐趣。每一个你创造的世界都是你自己居住并热爱的地方。

练　习

在头脑中想出一个要写的地方：巴黎、旧金山、贝鲁特、美国中西部小镇、卡斯基尔的避暑胜地、沙漠中的绿洲。然后问自己："我写这个地方的意图是什么？"你可能会用以下五种方式中的一种来回答这个问题。

1. 我想通过描写这个地方如何发生了改变，领会世界变化的方式。

2. 我想通过描写这个地方如何保持一成不变，领会世界一成不变的方式。

3. 我想知道当我在这个地方的时候，为什么我会觉得幸福、难过、激动、无聊、不安、恐惧、绝望或狂喜。

4. 我想利用这个地方作为背景、比喻或载体，弄清楚并传达自己对当前政治、文化、精神、历史、自己的家庭和童年等的见解。

5. 我想祝贺、批评、赞美、谴责住在这个地方的人们。

看看你能否清楚你写这个地方的意图。说不清楚也没有关系，但是如果你清楚，看看会怎样。如果你有了写作意图，就写一篇符合该意图的文字描述，字数为500～1 500字。（注意：你可能要到写完之后才明白自己的意图是什么!）

方位感 Suzanne Strempek Shea

Suzanne Strempek Shea，出版过五本小说和三本非虚构文学作品，其中最近的一本是 *Sundays in America：A Yearlong Road Trip in Search of Christian Faith*。她是 2000 年新英格兰图书奖获得者。此前她还担任《美国佬》（*Yankee*）、《喊叫》（*Bark*）等杂志，以及网站 www. obit. com 的自由撰稿人。Suzanne 是南缅因大学 Stonecoast 创意写作硕士教师，现住在马萨诸塞州西部地区。

"带我去巴里镇。"

在 20 世纪 80 年代末到 90 年代初，几乎每一个到都柏林的游客都会对出租车司机这样说。

据说，这些司机在听到这样的要求后，都非常乐意驱车前行，把车费提得很高，然后一圈又一圈绕着市里的环线路，告诉游客"这儿是巴里镇的哪里……"

但事实是，根本没有巴里镇——除了在爱尔兰作家罗迪·道伊尔①的小说中。道伊尔在巴里镇三部曲中，仿照自己童年时期都柏林的郊外描述了小说的背景。这三部曲分别是 1988 年的《承诺》、1990 年的《那个喋喋不休的家伙》和 1991 年的《货车》。

这应该是每一位作者的写作目标——使虚构的背景可以像人物一样，激发读者到现实世界中去找寻那个地方。在道伊尔的三部曲中，一群工人将一片农田开发成自己的家园，一排排房屋秩序井然，每家每户都有小花园。虽然这些工人说话粗鲁，为人固执，但是都梦想把自己的家园变大，或者只是想有个家的愿望使每一个家庭都充满温情。

---

① 罗迪·道伊尔（Roddy Doyle），爱尔兰作家，著有《巴里镇三部曲》、《帕迪·克拉拉，哈哈哈》、《撞上门的女人》等，曾获布克奖。

在《货车》中，大吉米·拉比特看着房子前面的花园似乎非常满意，在故事开头，那个花园是他疲惫生活的写照："他总是想把花园弄得再好点，但是草坪几乎都没了，因为他修剪得太频繁了。当时正值11月，他拿着割草机在光秃秃的花园里到处走，像个十足的傻子。篱笆下面还有一些杂草，但是可以留着它们。不管怎么说，他喜欢这些杂草，因为这让花园看起来更加自然。几个月前，他已经粉刷了门和围栏，把它们刷成了红色，带一点点白，就像利物浦球队的颜色。但是他的儿子达伦跟他不一样，达伦根本不在乎这些事。"

从我开始记事起，我最喜欢的就是那些能让我"看到"事件发生地的故事。作者一般把这称为方位感，但我所知道的是，它意味着鲍勃西双胞胎（Bobbsey Twins）不是在空中随意飘浮，他们是乘坐一个船顺流而下的，而我就在甲板上紧挨着他们；特里克西·贝尔登试图解决的那些神秘事件，在我看来尤其可怕，因为我可以亲眼目睹那栋闹鬼的老房子；我站在威拉·凯瑟[①] 1918年写的小说《我的安东尼》（*My Antonia*）里的那片大草坪上，看着眼前的景色，敬畏之感油然而生，就像故事的叙述者一样，"想一直穿过这片红色草地，似乎不需要走很远的路，就能到达世界的尽头。"

在我最近读到的作品中，我同样能体会到这种方位感。我站在亨利·佩罗恩位于伦敦的家中，周围一片安静，可是几个小时后就似乎看到了伊恩·麦克尤恩[②] 2005年的作品《星期六》中的一幕："他站在二楼，独自一人对着屋内的黑暗；屋外，整个城市被晶莹剔透的白雪映亮。广场上的树光秃秃的。30英尺的楼下，黑色的箭头状围栏像一排长矛竖在那儿。"

特雷西·基德尔[③]在他1993的小说《老朋友》中记录了两个同住一个疗养院的老人之间的亲密友情。这个疗养院名叫琳达庄园，位于马萨诸塞州的诺思安普敦。通过基德尔对琳达庄园入口处的描述，我们可以看到、听到这个入口，而且明白它不仅仅是个入口："定期都会有轮椅专用车、

① 威拉·凯瑟（Willa Cather，1873—1947），美国小说家。

② 伊恩·麦克尤恩（Ian McEwan），英国文坛当前最具影响力的作家之一。其代表作品有《先爱后礼》、《床笫之间》、《水泥花园》、《陌生人的慰藉》等。亨利·佩罗恩是其小说《星期六》中的主人公。

③ 特雷西·基德尔（Tracy Kidder），美国作家，曾获普利策奖。著有小说《老朋友》等，非虚构文学作品《新机器的灵魂》、《遗骨的力量》等。

救护车或是私家车停在门廊的外面，新的老人被送进来，其中一些是自己走进来的，一些是坐轮椅进来的，还有一些是用轮床推进来的……有一些是直接从自己或孩子的家中送来的，对他们而言，过渡期是很痛苦难熬的。还有一些完全是被亲戚哄骗进来的。”

当我在写《书架人生》时，我想把第一年的工作精力都放在位于马萨诸塞州一个小镇商业区的爱德华书店上。当时我以为人物是重点，因为店内的员工和顾客都是人物的写照。但是随着写作过程的继续，我意识到，就像基德尔的琳达庄园一样，商店本身就是另一个“人物”。我在那里工作得越久，我就越能看到、感觉到、听到这个地方，也更理解它是一个联合体，里面包括小镇广场、意见讲坛、信息台、供员工和顾客休息的场所。

这本书出版后，有没有人也坐出租车去找书里写的这个地方？我不确定。但是确实有一些旅游者是在读了这本书后慕名而来的。其中有一位女性从波士顿开车过来，路上开了两个小时；离开之前还问，员工的糖果抽屉有什么用处。这是我在书中提到的一个细节，想以此来暗示这是个什么风格的书店。

如果读者看到书中某个地方说有个可以取巧克力吃的抽屉时觉得很新奇，因此特意驱车两个小时来一瞧究竟，那么作者就会认为自己的工作完成得很漂亮。整个过程都非常甜蜜。

练　习

用你的感觉来布置故事中的背景，坐下来对你的背景做个采访：

你看起来怎么样？——是农舍的乡村？钢筋混凝土的城市？还是屋前花园衰败的都柏林庄园？

听起来怎么样？——鸟鸣？汽车鸣笛？还是一些人在回忆往事时叙述故事？

闻起来怎么样？——刚修剪过的草坪？高档服装店敞开的大门内飘出的香水味？还是泥泞不堪的河岸？

尝起来怎么样？——刚出炉的甜派？街角小店的烤坚果？还是做成了一笔来之不易的生意？

感觉怎么样？——舒服而且轻松？兴奋不已？还是一望无际的红色大草原？

就像采访人物（虚构的或非虚构的）一样，写几段人物概述可以让你对该人物有更深刻的见解。还可以问一些具体的问题，然后用一两段话来回答这些问题。这样一来，你就有了一份清单——人物的多种性格和具体实例，你可以把它们加到自己作品的某个地方，或是放到文中不断重复，或是把它们变为延伸的主题。当然，你在写的时候，可能会有新的事实出现，但是手上的那份细节清单给你和你的故事所带来的启发会是最大的。毕竟，你的地点是一个人物，它应该与置身其中的人物一样，得到生动详尽的描述。

记忆地图 Cecile Goding

Cecile Goding，南卡罗来纳州作家，曾连续数年致力于当地的社区文化教育活动。目前，她在艾奥瓦城区的大学和社区中心教写作和文学。她的散文、故事和诗歌在多处发表。最近的几篇刊登在《佐治亚评论》(*The Georgia Review*)、《艾奥瓦评论》(*The Iowa Review*) 和《创意写作：四种体裁简述》(*Creative Writing: Four Genres in Brief*) 上。

“你不可能写一个没有在任何地方发生过的事情。”这是尤多拉·韦尔蒂[①]在《一个作家的开始》中所写的。好吧，那就给事情一个发生的地点。尽管当我们进入非虚构文学创作世界时，事件发生的地点和时间通常是特定的。这是个真实的地方——不管是叙述者在回忆自己的故乡，还是旅行时偶然一瞥看到的风景。

我来自南卡罗来纳州的弗洛伦斯县。我过去来自那儿，将来还是来自那儿。童年时乡间的交叉路形成了我记忆的棋盘。我从装有墙板的房子出发，打开下一扇门，就是母亲工作的小邮局，接着穿过柏油马路到了农用商品店，对面是废弃的火车站和双轨铁道。所有的东西都来自这个地方。每隔几年，我就喜欢拿出一大张新闻纸，把这幅地图画上去。每次这样做，我都会在上面加上更多的道路，以便引出自己更多对昔日时光的追忆。

我画沙特阿拉伯住宅群的地图（我和丈夫曾在那儿住过一段时间）；画硅谷的郊外（地震前后的都画上）；还画一家大型医院里的各种配楼（在那儿过了几年后，我和丈夫对那家医院都变得非常熟悉）。作为旧书的

---

① 尤多拉·韦尔蒂（Eudora Welty），美国著名女作家。她以描写美国南方生活见长，主要作品包括小说《乐天者的女儿》、《失败的战争》，短篇小说集《金苹果》等。曾获得普利策奖、美国国家图书奖等重要荣誉。

卷首插画页，所有的人物和他们的故事都会出现在上面，填满、淹没每一寸地方。其中每一寸地方都有故事、面庞、声音、温度和气味。

练　习

在这个练习中，首先要罗列出你记得最清楚的五个地方。其中一个是你童年时的家。

从这五个地方中选一个，开始绘出地图（传统的那种鸟瞰图），其中要包括1～2个城市街区。如果你选的是童年时的某个地点，你可能一开始要做的是把自己的房子画在地图上，以确定自己的位置，然后再从那里出发画出别的部分。可以在地图上加上自己最喜欢的树木、爸爸的工作室、乡间的仓库，然后画出加油站、上学的路、去邻居家玩的小道。

如果选的是旅游过的地方，你可能一开始要画出入口——澳大利亚的一个汽车站，佛罗里达州边界的停车场，夜间的孟买机场——然后再添上你记得的所有人和事。

接着，从地图上选一个区域，把注意力集中在这个区域里一个更小的点上。它可以是一个房间、一个花园、一个人或是一件物品。然后围绕这个点写上20分钟。例如，在长途野营途中的帐篷里，这个点可以是你的背包，也可以是篝火，或是一个户外厕所。

选一个小的地方，回忆那些对现在的你依然非常重要的事情。画一幅地图来帮助你确定自己的位置。你可以连着几个月都用同一幅图，在上面不断加上新的东西。

东奔西走：探索地点 Lynne Barrett

Lynne Barrett，出版有作品 *The Secret Names of Women* 与 *The Land of Go*，合编有 *Birth：A Literary Companion*。她的小说和非虚构文学作品最近主要刊登在 *Delta Blues*，*One Year to a Writing Life*，*A Dixie Christmas*，*Miami Noir*，*Willows Wept Review*，以及《太阳先驱报》（*Sun-Sentinel*）上。她在佛罗里达国际大学给创意写作硕士生上课，同时担任《佛罗里达书评》（*The Florida Book Review*）的编辑。

教学生非虚构文学创作时，我总是要求他们去探索这个世界，学会如何在不同的地方寻找故事和意义；帮助他们练习观察和提问的技巧，去发现开启或深化某个主题的角度。他们通过这个练习学会了如何创作非虚构文学作品所依靠的各种体验，这些非虚构文学作品可以是散文、回忆录，也可以是纪实、游记等。

学生们写的文章展示了平淡无奇的表象下隐藏着的巨大魅力。与守桥人聊上一天就知道沿海航道其实就是小船的高速公路；在当地的捷克裔美国人俱乐部不仅能吃到怀旧的食物，还能听到移民和社区故事；空地上矗立着造了一半的公寓楼，反映了佛罗里达南部犯罪和梦想并存的现象。通常，一个故事可以促使我们更深入地探索写作之旅，进行更深刻的研究，从而完成篇幅更长的作品。但是，短篇的地点描述也完全站得住脚，而且我也读到很多已出版的此类作品。

练　习

第一步

选一个你很好奇的地方去看看。它可以是你每天都会路过的一个地方，但是你从来都没有时间或是勇气进去看一看。它不应该是一个你已经非常熟悉的地方，除非你已经离开了很多年。这个地方应该是人们居住、供参观或正在使用的。考虑一下你什么时候去，可以选一个很奇怪的时间，例如，可以在凌晨的时候去跑道看一看，或是在生意最热闹的时候去参观跳蚤市场。

第二步

在你出发之前，简要写下你的期望和偏见，你听到的传闻或看过的形象。如果这个地方你曾经去过，或者对这个地方你有所了解，在出发之前要快速记下你对它的回忆。（这一步对于回忆录写作非常有帮助——如果你一直回忆起 9 年级的时光，那就去参观某个中学或是学生们常去的大商场；如果你正在写自己宗教观的形成过程，那就去观察其他宗教信仰的仪式。）

第三步

带上笔记本或是便笺本（最好是小到不会引起别人注意的），以及多支钢笔或铅笔。相机可有可无。

第四步

准备出发。在这个练习中，你是一个询问者、观察者、探索者。让自己去大胆地探索。如果需要旅行一趟，那就去旅行；如果有东西需要品尝，那就试着尝一下。如果你需要获取别人的同意才能去参观，那就去找相关负责人；不管这个负责人是谁，都要问问他怎么会在这里工作——人们一般都喜欢讲自己的故事。

你自己首先要敞开心扉，注意所有给你留下印象的事物，尽量不要提前去判断哪些是重要的，而是把精力放在去看、听、闻、品尝和触摸存在的东西以及那些你想要捕捉的让你印象深刻和感兴趣的东西上。要诚实地对待自己的惊讶、发现和与众不同的兴趣。注意这些地方能引起你什么样的回忆。

然后观察周围的人，观察他们的穿着、举止、言谈（如果可以，把他们的对话记录下来）、习惯，以及如何相互交往。随意问些问题，要爱打听。至少要知道属于这个地方的三个词，物品的名称、行话，或俚语。你就像一个记者，要发现任何你能够发现的东西。做大量的笔记，而且要当时就做；或是在过后立刻坐下来，把你能想到的都写下来。

第五步

第二天。不要看此前写的便条，看看你能记住多少。把你的主要印象写成几段文字。你要把所有的信息整合起来，而不是非常详尽地加以叙述。让你的回忆去筛选，帮助你找到主题、对象和角度。

第六步

读你写好的文字。你的回忆怎么样？你脑中印象最深刻的是什么？人物还是形象？一系列对话，一件巧合的事，一个反差还是一件怪事？用这些，再加上你最开始写的便条，写成一篇500～750字的文章，让读者了解这个地方，了解你。

第七步

现在你最感兴趣的是什么？还有其他想去参观的地方、想交谈的对象吗？有没有需要做的调查研究可以补充你所知道的，从而让你讲述一个更完整的故事或挖掘出更吸引人的魅力？出去走走吧，多做些“东奔西走”的练习。

声音、对话和声响

工作中
加点儿文字小游戏 Marilyn Abildskov

Marilyn Abildskov，著有 *The Men in My Country*，这是一部以日本为背景的回忆录。她在艾奥瓦大学获得创意写作硕士学位，曾在《南方评论》（*Southern Review*）、《索诺拉评论》（*Sonora Review*）、*River Teeth* 和《攀登杂志》（*Ascent*）上发表过小说、散文和诗歌。她住在旧金山湾区，执教于加利福尼亚的圣玛丽学院。

毋庸置疑，不管是温情脉脉的家庭剧，还是或充满浪漫与辛酸，或交织着琐碎的猜忌和微小的背叛，或洋溢着幸福，或饱含痛苦和绝望的故事，都值得给予一定的文学空间。而且，不管你是送报员，还是保险精算师、森林管理员或是大学教授；不管你的生命是在原始红树林度过，还是在回形针中溜走，每个人都会有来自不同背景、情节各异的故事要讲。

练　习

可以试试这个练习。写一个关于工作场所的戏剧，使主要情节都发生在同一天。先写出一个独幕剧，然后用完全不同的声音改写这一幕：首先用压抑或饱满的声音来写，其次用客观现实主义或主观浪漫主义的声音来写。

基于现实主义的理论，压抑的声音可以将故事描述得简单平实，即将生活刻画成普通人的经历。并不是说写压抑的声音，作者就不能偶尔运用多音节的词；但是一般而言，压抑的声音里有一种彻头彻尾、毫无保留的特质。要想知道这种声音，可以回想一下瓦莱丽·马丁[①]的《爱》（关于一个

① 瓦莱丽·马丁（Valerie Martin），美国当代作家。现在马萨诸塞州大学教授写作课程。

社会工作者和她的客户之间的故事）里开篇的第一句话："正在跟我说话的这个男人想杀了我。"或者是马丁故事中对房间的清晰简明的描写（根本无法与各式用华丽辞藻堆砌的比喻相比）："我们待的这个屋子很热。"或者是关键时刻的某个导致力量发生轻微转变的行为："我的脚踩空了一级台阶。"

相反，饱满的声音偏向于浪漫的风格：用清新自然的语言说出主观经验。苏珊·梅特斯博士在一篇散文"Meningococcus"中写了一个医生试图救活一个小女孩，但最终还是失败了的故事。在文章中，往往一个词就能够交代清楚的地方，她都用了三四个词；一个修辞就足以表达情感的地方，她总要把好多修辞堆砌起来，似乎在竭尽全力用语言来解释清楚像小女孩即将死去这种无法解释的事情，例如：

"她是荆棘中的一支百合花，她的卷发像黑葡萄一样熠熠生辉，她的嘴唇如红线般鲜艳。"文中，女孩的脸颊成了"地球的花朵，鸟儿的歌声"，她的眼睛"像河边鸽子的眼睛一样，用眼泪和牛奶洗过般清澈"。将死的女孩的母亲成了"一根盐柱"①，女孩的牙齿就如同"绵羊群"。

一旦你用两种不同的声音改写了同一个场景，回过头去看一下哪一种声音写出的效果更好，原因是什么。不难想象，现实主义的声音比较真实，浪漫的声音会有更多没用的装饰语言。但是，比如在梅特斯写的散文中，读到跟医院的病房场景格格不入的那些"花儿"、"鸽子"和"绵羊群"等已经不常用的语句，我反倒觉得很惊奇；有时从一个练习中窃取一行字也能达到这种效果。毕竟，一个简单的浪漫行为（谁没有写过情书、送过鲜花或是亲吻别人的前额呢?）会对文章大有帮助，尤其是在数字计算或夹回形针的无聊中度过了一整天之后。

---

① 《圣经·旧约》中的故事，当上帝毁灭罪恶之地和罪恶之都的时候，罗得和他的妻子被告知赶快逃走且不可回头看；罗得的妻子没有服从，回头看了一眼，就变成了盐柱。

你现在能听到我吗？Philip Graham

Philip Graham，作家，出版过散文集 *The Moon，Come to Earth：Dispatches from Lisbon*，合著了两部关于非洲的回忆录：*Parallel Worlds* 和即将出版的 *Braided Worlds*。他还写过两本故事集和一本小说。Graham 现在在伊利诺伊大学厄巴纳-香槟分校和佛蒙特艺术学院执教，同时还是文学艺术期刊 *Ninth Letter* 的创刊编辑。

雅克·路赛亚①在他的回忆录《光明依旧》（关于他六岁失明后的故事）中写道："我再也看不见人们的脸了，而且有可能我一辈子也无法再看见。"但是，路赛亚面临的最大困难不是他看不见东西，而是他搞混声音传递出的信息："人们的真实个性与他们的声音所反映出来的完全不一致，而且这种不一致可以长达两分钟。当然有一些人的声音确实反映了真实的性格；但这不是好兆头，它预示着这些人不愿意去理解或感觉这个世界……这是我可以立刻从他们的声音中听出来的，因为我总能让他们措手不及。人们穿衣服只是因为有人能看见他们，通常他们不会在一个看不见的人面前伪装自己。"

通过认真地聆听，他可以听出来很多常人听不出的故事：那个受到高度赞扬的学生只不过是背诵了课文，数学老师雄浑的声音是在掩饰自己被妻子抛弃的痛苦。对于路赛亚来说，声音是会发生变化的，会促使他去重新理解这个世界："我们的胃口、幽默、秘密，甚至是严密把守的一些思想都会被转换为我们说话时的声音、语调、音调变化和说话节奏。"

如果你到一个语言不通的国家旅游，你会发现自己一边听着人们说法语、意大利语、约鲁巴语，一边了解他们在不同情感状态下说话的语调和

① 雅克·路赛亚（Jacques Lusseyran，1924—1971），法国盲人作家，政治活动家。曾在德国入侵法国时，将 52 个男孩组织成自由志愿军，当时他只有 17 岁。

节奏，甚至可以大概领会他们的意思。从某种意义上讲，对语言“失明”可以让你把注意力集中到语言的意义上，而不是语言本身，这可以使你像路赛亚一样去聆听。

为什么把注意力集中在意义上会如此困难呢？路赛亚为我们指出了一个原因：“失明后没多久，我就忘了母亲、父亲和许多我爱的人的模样……难道是因为感情或爱让我们太亲密，以至于无法想起对方的模样？”那些与我们有感情联系的人，他们说话的语调对于我们而言非常复杂。人们说出的话总是与自己的本意相反，或者他们的话语中包含多重意义。我们怎样才能区分我们实际听到的声音和我们希望听到的、或者告诉我们应该听到的声音呢？

声音会不自觉地透露它隐藏的秘密——不仅有言语，还有让空气颤动的因素存在。电话不仅仅是铃声而已，我们也共同创造了打来电话的声音。一个正在等待他爱人的男子，可能会在拿起听筒的时候满心喜悦；吃饭时响起的电话铃声（可能是电话销售）听起来就会很刺耳；半夜把我们吵醒的电话铃声一般会让我们觉得很困惑和担心。每一个铃声都不相同——我们会在铃声乐谱上添一些能产生不同和声效果的情感音符。

声音通常是由文化定义的，但我们有时候听不出它特定的文化含义。例如有一段时间，我和妻子阿尔玛·科斯特住在象牙海岸当地的一个小村子里，她要在那儿做一些人类学的田野调查。一天，我和当地的朋友科菲一起说起早晨的鸟鸣，我把鸟儿的欢叫描述为唱歌，他立刻纠正我说：“鸟儿不会唱歌，只会哭喊。”科菲不经意间就使我了解了他们族群某一方面的文化：在我的文化中，鸟儿的叫声都被比喻为音乐，而他们族群的人则把那些声音看做哭泣的另一种形式。其实，鸟儿不是在唱歌，也不是在哭泣，除非我们说是，它们才是。

练　习

要磨炼聆听的技巧有很多方式。找一个街角或是公园，坐下来，闭上眼睛，然后去聆听周围的声音。根据某个人的声音，在脑子里想象这个人的外貌，然后睁开眼睛。你的想象和你见到的一致吗？

也可以在亲密的人之间做这个练习，想一个使你回忆起快乐或难过往事的声音，然后试着重现这个声音，让读者可以感受到它带有的情感。我可以回忆起自己童年时听到父亲在厨房轻快的脚步声、冰箱门打开的嘎吱声，以及玻璃杯中冰块碰撞的声音——都是很普通的声音，但是它们表示父亲正在往杯子里加冰块，因为他要再喝一杯威士忌，并可以享受一会儿不受家人打扰的悠闲自在。

最后，尝试着去听对话中不同声音所附加的感情特征，回忆过去那些你非常了解的人，少听他们说的话语，多听他们传递出的信息。记住，只要我们懂得如何去聆听，就会惊奇地发现连咳嗽声、大笑声，或是看上去很随意的哼哼声也会表达意思。

从孤独开始 Richard Hoffman

Richard Hoffman，著有回忆录 *Half the House: A Memoir*，故事集 *Interference & Other Stories*，诗集 *Without Paradise* 和 *Golden Star Road*；后者曾获博洛街出版社（Barrow Street Press）诗歌奖。他的诗歌和散文曾发表在《阿格尼》，《攀登杂志》，《哈佛评论》，《哈德逊评论》，《诗歌》（*Poetry*），《目击者》和其他杂志期刊上。他在爱默生学院执教，同时还在南缅因州大学给创意写作硕士生上课。

这个练习的目的是建立一个权威的声音，并初步创造出只有一个人物的情景——这个情景包括这个唯一人物“我”的所有梦想、害怕、担忧、后悔和希望。

在做练习的时候，你会逐渐明白，除了要创造人物内心的活动之外，你还要处理那些与事实相反的、假定的、现在没有发生但在其他情况下会发生的事情。（警告：这个关于“内在视角”以及“有可能发生”的情景练习会产生强大的冲击力，你在练习过程中感到痛苦是很平常的事。）该练习还会推动你去呈现空间本身和空间里的物品，以此为读者带来感官上的体验。

练　习

首先，将下面的指示单独写在索引卡片上，在每一张卡片背面标上号码。（注意：所有指示中提到的“你”都是指情景中的人物，不是作者你自己去按照这些指示做；同样，“这里”指的是情景发生的地点，不是你在做练习的地方。）

1. 进入一个空间。一定要用表示具体行为的动词。

2. 光源在哪儿？
3. 你的周围有什么特殊或重要的物品？
4. 看看你身上穿了什么样的衣服。
5. 你为什么会穿这件衣服？
6. 你在这里可以听到什么？
7. 如果你再听仔细一点，还能听到什么？
8. 说一下你现在所处的位置。
9. 在来到这里之前，你在哪里？
10. 那里还有谁？
11. 描述一下你和那个（些）人的关系。
12. 这种关系是你想要的吗？
13. 你希望当时发生什么事情？
14. 现在换个位置。
15. 伸出手去触摸或拿起这个地方的某件物品。
16. 你最大的恐惧是什么？
17. 如果你离开这里，接下来你会去哪里？
18. 有没有什么地方是你很想去的？
19. 为什么？
20. 再换个位置。
21. 你最后一次吃东西是什么时候？
22. 你吃了什么？
23. 你现在饿吗？
24. 现在的你觉得，如果当时知道哪些信息会很有用处？
25. 深呼吸，你闻到了什么？
26. 你如何才能知道应该离开的时间？
27. 你会怎么离开？
28. 你当时知道的或是肯定的事情，现在看来有错吗？
29. 你还能听到之前听到的声音吗？有没有新的声音出现？
30. 从你进来到现在，有没有什么东西发生了变化？
31. 准备离开。开始移动你的身体。
32. 最后，离开这个地方。

把这些卡片全部翻过来，按照顺序叠放在一起，1 号卡片放在最上面。

现在，想出故事中某个孤独的时刻，这个时刻是你自己希望讲出来的；或者，选一个你经常独处的地方，可能是你躲起来想独自待一会的地方：卧室、树上、小溪边、门廊下。当你选好地点后，把 1 号卡片翻过来，照上面的指示去做。然后依次完成所有 32 个指示。不要提前去看后面的卡片。

当然，一旦你完成所有的指示后，便可以适当休息平静一下，然后把卡片放到一边，只看你写出来的东西。把对你写出的情景没有作用的内容删去，加上一些有用的细节，调整一下各部分的顺序。通常，写出来的这个情景，就算是没有重大意义，也可以作为文章的主旨；因为它为塑造一个立体且有自我意识的第一人称主角提供了范例，这样的主角是所有优秀回忆录的力量所在。

机灵的“我”：风格和声音练习

Carl H. Klaus

Carl H. Klaus，爱荷华大学的荣誉退休教授，是艾奥瓦非虚构文学创作专业的创立者。目前与 Patricia Hampl 合编“视线图书：艾奥瓦大学出版社非虚构文学创作丛书”。他的作品有 *My Vegetable Love: A Journal of a Growing Season*，*Weathering Winter: A Gardener's Daybook*，*Taking Retirement: A Beginner's Diary* 和 *Letters to Kate: Life after Life*。他即将完成的作品是 *The Chameleon "I": Personae in the Personal Essay*。

在非虚构文学作品中，声音如此备受青睐，以至于每每提及它，我们都会用崇拜的口吻说“寻找某人的声音”或是“创造一个音调完美的声音”，好像一旦找到它，或使它完美了，我们就永远不会失去它或使它变调。但是经验告诉我们的恰恰相反，就像蒙田在他的赫拉克利特[①]式的断言中说的：“我可能很快就会改变，不仅偶然如此，而且会有意图地改变。”南希·梅尔斯[②]也做出了同样的声明：“我确实总是只有一个声音，但它不是同一种声音。”或者，像爱德华·霍格兰[③]所认为的那样：“非虚构文学作品中机灵的‘我’和小说中的人物一样善变。”

因此，做下面这个练习会很有帮助。尝试使用多种声音，不仅要适应生活中不断变化的环境，还要让声音变得很灵活，就像我们大多数人在日常生活中总要和人寒暄，在各种公众和个人角色中不断转变一样，这种转变调整了我们的风格和说话的声音，我们都没有察觉，甚至有时候想都没

① 赫拉克利特（Heraclitus，约公元前 530 年—前 470 年），古希腊哲学家。
② 南希·梅尔斯（Nancy Mairs），美国当代作家。
③ 爱德华·霍格兰（Edward Hoagland），美国当代作家。

想就做出了改变。这种改变的范围很广，像 E. B. 怀特[①]的角色清单，上面全是散文作者可以扮演的各种角色——哲学家、爱抱怨的人、爱开玩笑的人、善于讲故事的人、博学的人、魔鬼的同党、狂热分子。角色的变化可以告诉我们许多事情；而我们只有通过不同的风格和声音去理解，才能明白其中的含义。

例如，从前，我要求学生将一部自传的开头一段写成 3～4 个不同的版本——讲述同样的事情，但是用不同的风格和声音。从那之后，我觉得有必要创造出我自己的自传体开篇写作方式，这也让我明白我对于自己早期的生活环境（6 岁之前就成了孤儿）抱有更复杂的心情，之前我从没意识到这一点。当我开始创作我的第一部作品时，我从没想过我会如此强硬，甚至可以说是冷酷无情，而文章中的"我"给人的感觉就是这样。我一直想尽可能制造出一种直接的方式，用平实的语言、直白的句子来写；但是我突然发现，我是在宣称自己并没有受到父母早逝的影响："我没有让这件事打倒我，不然我就会和其他人一样，因遭受了打击而死去。"同样，在写第二个版本时，我没有一开始就塑造一个非常脆弱、自怜自艾的人；但是当我在努力平衡一些句子时，这个人的声音就出现了："当我还是孩子时，我的父母就去世了——两岁的时候，父亲去世；六岁不到，母亲又过世了。"最后，在第三个版本里，我开始有意把文章写成冗长、间歇式的结构，主句总是放在句子的末尾；这些结构复杂的句子让我有了一个比之前两个都更有想法的声音。在每一个版本中，故意在风格上做出改变，可以制造出完全不一样的声音、不同的视角，以及对现实生活的不同感受和想法。这个练习对我的学生非常有启发，我也邀请你来试一试。

练　习

想象你正准备写自传的开篇，或者是你人生中某个重要时期的回忆录。你想在第一段就确立的基本事实是什么？一旦你确定了要写的事实，那么，把它们写成 3～4 种风格明显不同的版本——第一种用简单的句子和平实的语言写，尽量限制自己使用的词不超过两个音节（字）；第二种用

---

① E. B. 怀特（E. B. White，1899—1985），美国散文家、评论家，《纽约客》撰稿人。

冗长的、间歇式的结构写，用你自己选择的词语；第三种运用扩张的暗喻，用自己选择的句法和词语；最后一种完全用你自己想用的、和前面不同的风格去写。

一旦你写好了四种不同的版本，接着思考一下你创造的这些不同的声音和风格所产生的不同观点，以及它们如何带领你和你的读者一起踏上迷人又很有启发的自我塑造之旅。最好记住，我们在写作中之所以能够成功地探索到写作的方法，不仅仅是因为我们表达了自己的看法，更重要的是我们表达自己看法的方式。或者，用斯科特·拉塞尔·桑德斯[①]曾经说过的话来解释，即“我们在纸上看到的不是活生生的作者，而是一个模糊的影像，是带着‘我’这个标签的人物”——一个“我”通过仔细挑选的词语、非凡的技巧塑造出来的人物。

① 斯科特·拉塞尔·桑德斯（Scott Russell Sanders），美国作家、散文家，著作颇丰，有二十多部长篇小说、短篇小说集和散文集问世，主要作品有：《停住不动》、《来自中部的作品》、《追寻希望》、《一部个人敬畏史》和《自然保护主义者宣言》等。荣获的文学奖项有兰南文学奖、凯尼恩评论文学奖、约翰·巴勒斯散文奖和马克·吐温奖等，并曾获得普利策奖提名。桑德斯写作风格清新质朴，将科学和文学有机地结合在一起，旁征博引，文中充满了对自然的敬畏、对生命的珍视和对亲情的关怀。

句子的乐感 Rebecca McClanahan

Rebecca McClanahan，出版过九本书，最近的作品包括 *Deep Light: New and Selected Poems 1987—2007* 和 *The Riddle Song and Other Rememberings*，后面这部作品还获得了 2005 年非虚构文学创作的格拉斯哥大奖（Glasgow Award）。她的作品被收录在《最佳美国散文》（*The Best American Essays*）、《手推车奖获奖文集》、《最佳美国诗歌》和其他一些出版物上。她住在纽约，在夏洛特皇后大学和太平洋路德大学教创意写作硕士班的非住校生。

“我是用耳朵，而不是用大脑来写诗的。”斯坦利·库尼兹[①]在接受美国公共电视台（PBS）采访时这么说道，“耳朵就像绝对不会出错的试验一样值得信赖。”非虚构文学的作者也常常说耳朵在他们写作和修改作品的过程中起到了非常重要的作用。当我们写得很顺手时，我们不用担心写出来的句子晦涩乏味。在自然节奏的引导下，句子一句接着一句地跳出来，在我们还没反应过来的时候，就已经写完一段了。如果我们足够幸运，这些句子会让整个段落充满平衡的美感，而整篇文章也会因此被处理得恰到好处。

当然，也有不很顺心的时刻。当我们读一遍自己写完的文章后，会觉得沮丧。我们的语言缺乏乐感，句句矫揉造作，段落之间没有连贯性。就好像文章中突然有句话开始急速飞驰，到处乱撞，钻进各种缝隙，撞上所有的转折弯道；它还大声尖叫，威胁说如果不尽快给它一个安全的出口，它就要和后面的句子同归于尽。这个时候，我们就有必要知道这些句子在

① 斯坦利·库尼兹（Stanley Kunitz，1905—2006），美国诗人。主要著作有《穿过：近来诗集、新作与选集（1995）》（获美国国家图书奖）；《斯坦利·库尼兹诗集，1928—1978》（获勒诺·马歇尔诗奖）；《试验树（1971）及其诗选，1928—1958》（获普利策诗歌奖）。曾两次获选美国桂冠诗人。

做什么，我们如何才能把它们引导到正确的方向上。

要想让我们的句子演奏出美妙的音乐，方法之一就是仔细聆听每个词的声音。如果可以，这些声音应该在加强句子意象和情感方面的力度上效果显著。例如，在表达孤独感的句子中，用到涟漪（ripple）这个词可能并不是最好的选择，不仅是因为“涟漪”的意思是指轻微的细波，而且它的发音也很“轻微”。中间短促的 i 在元音中是没有什么分量的，在英语中也最轻微的，听起来就像孩童的咿呀学语。要选一个比涟漪更“重”的词，我们可以用石头（stone）、树根（root）或是无人（nobody）。还有什么元音会比长音 o 听起来更沉重、更悲伤呢？除此之外，像 stone 和 root，不仅因为元音 o 才让人感觉它们比 ripple 更沉重（因为它们都是单音节词，所以当把这些词写在纸上时，它们的重量就能立刻体现出来）；更因为它们的尾音也能给人留下深刻的印象——root 的 t 音突然终止，而 stone 的 n 音会在我们的喉咙里停留很长时间，因此这两个词在声音上的特点能让人有强烈的沉重感。

但是只靠单个的词，不管它们多么有乐感，都不能让我们的句子唱出美妙动听的歌。我们还需要一些隐含的节奏，一张在单词之间穿插的五线谱。就像演唱家会通过把调子拉长、缩短、抬高、降低，或是改变音色（气息、沙哑、低沉、清澈）来变化某个音乐片段的音调，作者也可以通过他们选择的声音和“唱”出这些声音的方式，来改变文章的音调。非虚构文学作品的叙述者用四平八稳、小心谨慎、语法完全正确的句子讲述的故事，和用杂乱无章、生活化的俚语讲述的故事，一定会带给读者不同的感受。

没有哪一句话天生就比另一句话更好，但是不同的风格对读者产生的影响会不同。例如，像埃尔德里奇·克利弗①这样的作者，其散文中特有的充满活力的风格总是给读者警醒的作用。在《冰上灵魂》中，那种节奏轻快、来回旋转的句式引人注目，让我们爱不释手，越陷越深，跟着节奏向前走，至于走到哪里，我们并不知道；但是我们可以感受到这种牵引力就像滚雪球一样，越往前走，分量越重，力量也越大。在克利弗的散文中，我们可以发现很多语句的声音都经过了精妙的调谐。还有一些新闻界

---

① 埃尔德里奇·克利弗（Eldridge Cleaver，1935—1998），20 世纪六七十年代美国激进的黑人民权主义组织的核心成员之一。《冰上灵魂》是他的自传性作品。

的新面孔，如梅丽莎·费伊·格林[①]，在这方面做得也很好。她认真地调节句子的韵律、整个结构和每个用词，以便让读者知道新闻报道的对象当时的情感全貌。在《为石板祈祷》中，格林带我们进入范妮的脑中，伴随她一起回忆单调而艰辛的童年：

> 睡觉、采摘、吃饭、采摘、祈祷……
>
> 床、田地、桌子、田地、教堂、床。田地。桌子：几个空空的木碗放在一张木头桌子上。田地。教堂：黑暗的树林里，枝蔓缠绕，光着脚，追赶着走在前面的奶奶……床。田地。桌子。田地。

使相同的词以反复却不连贯的节奏不断循环出现，通过这种方式，格林模拟了范妮思绪的节奏，揭示了范妮生活的单调无趣，和她对生活的厌倦。

当你在检查自己的草稿时，不要只是去"看"这些字。还要听它们的音高、音色、音量。你在描写的时候，是不是有的地方用了柔软缓和的辅音，而有的地方用了刺耳粗粝的辅音？在写对话的时候，是不是有的地方用了庄重低沉的元音，而有的地方用了尖锐刺耳的元音？词组的长度和节奏又是怎样的？有没有某一段读起来特别匆忙，而另一段则感觉欲言又止？当你把注意力放在语句的需求上时，它们也会反过来满足你的需求——让你的文章音调和谐，每一个音节都能达到最佳的效果。

练　习

第一步

要练习如何改变句子的音质，首先要对同一人物或场景写出三种不同的描述。在第一个版本中，多用后元音（长音 o 和 u）以及柔软缓和的辅音（r，l，w，y，m，n，ng 和 z）。在第二个版本中，把后元音改为轻元音（短促的 i 和 a）。在最后一个版本中，把柔软缓和的辅音换为刺耳的爆

---

① 梅丽莎·费伊·格林（Melissa Faye Greene），自由作家。其作品曾获美国国家图书奖提名。

破音（k，g，c，t，p）或者齿擦音（s，sh，ch）。注意语言的不同音质是如何影响所描述段落音调发生变化的。

第二步

对同一场景写出2～3种不同版本。不要改变场景中的基本事实，改变的只有词语的声音、句子的长短和节奏。下面是一个例子，描述的是一位家庭主妇在洗盘子，而她的孩子在外面玩耍的场景。这两段的音调不一样，节奏也不同：

> 她一边看着窗外孩子们追逐打闹，一边将盘子一只只地放入冒着热气的洗碗池里；盘子上还留着土豆残渣和少许的肉汁。
>
> 洗碗池中，碟子咔嗒咔嗒，杯子叮叮当当，盘子乒乒乓乓。她抓起一只盘子，用力擦洗上面的污渍——干了的土豆渣，残余的肉汁。窗户外面，孩子们尖叫着互相追逐。

第三步

试着把你欣赏的一位作家的整篇文章变换一下句子节奏，再写一遍。之后，如果你有挑战精神，可以给那篇文章换一个“语法节奏”。“语法节奏”指的是，用自己的语言来模仿文章节奏和句子的结构。如果无法制造出原文的感觉，也不用担心，只要注意句子的结构就可以了。下面的第一段文字是理查德·赛尔泽①的散文节选。第二段是我模仿赛尔泽的句子结构所写出的语法节奏：

> 夜幕降临。我又去病房巡视了一遍。护士长跟我报告说524病房的病人已经去世了。她说，她是无意间发现的。病房里一点声响也没有。什么也没有。真是件幸事，她说道。
>
> 梦里，我又一次在杂草丛中跌跌撞撞，想要抓住他。小狗蒙蒙冲我叫着，说小男孩已经走了。“我用我的鼻子嗅出来的，”它说。“是的，男孩已经走了。永远不会回来了。一切都结束了。”

---

① 理查德·赛尔泽（Richard Selzer），美国纽约著名的外科医生，也是优秀的散文作家，主要作品有《掷铁饼者》等。

在时间中徜徉 Michael McGregor

Michael McGregor，波特兰州立大学副教授，主要执教创意写作硕士生的虚构和非虚构文学创作。他的创作主题以人物居多，作品被刊登在《诗人与作家》，《作家纪年》（*The Writer's Chronicle*），《美国戏剧》（*American Theatre*），*The Seattle Review*，《韦伯：当代西部》（*Weber：The Contemporary West*），《波特兰》（*Portland*），《波特兰月刊》（*Portland Monthly*），《俄勒冈州人》（*The Oregonian*）和《俄勒冈历史学会》（*The Oregon Historical Society*）的刊物上。他的作品曾获得伊利诺伊州艺术委员会文学奖，以及丹尼尔·柯利奖（*Daniel Curley Award*）的最佳短篇小说奖。

要想写出有力的人物，作者就必须直面写作对象。虽然讲的故事是关于这个对象的，但是写出来的文章是属于作者的，而且它的创作完成主要是基于作者对搜集到的信息的理解和评估。作者并不是故事主人公的发言人，而是读者的替身，代表读者与写作对象做面对面的交流。

以人物为写作题材的一大诱惑是，你只需采访你的写作对象，以及研究和阅读他自己写的或者别人写他的作品。一些更大胆的作者可能还会去采访认识他或和他共事过的人。但是，要给人留下深刻印象的最佳方法是呈现实际生活中的他——运用你的五官感受尽可能地去搜集关于这个人、他的行为和周围环境的所有信息。苏珊·奥林①就是一位善于运用这种方法的作家。在她的大部分作品中，“在时间中徜徉”和写作对象总是被放在一起，置于中心地位。她用自己的观察不仅构建了对这个人物的想法，还构建了诸多场景——这个真实存在的人在这些场景中，就如同虚构出来的人物一样。

通过搜集到的必要信息来构建一个完整的场景，以便全方位地刻画人物，要做到这一点是很难的，尤其是当你在专心记录他说的话时，还要保持对话能够有意义地进行下去，使他有效地参与进来。除此之外，询问某

① 苏珊·奥林（Susan Orlean），美国当代作家。

个人的私生活，这在情感上也有一定的难度——实际上就是偷听他只会和家人或朋友进行的谈话——很容易就会跟着对方偏离正在进行的话题，即使在正式的采访中也是如此，几乎搜集不到有用或有趣的信息。

练　习

要练习同时处理这些信息，你可以去像公园、咖啡馆、餐厅这样的公共场所。在那里，人们会坐在一起自由地交谈——每一个人的交谈对象至少有两个人，但是不会超过四个人，这样交流起来不会有障碍。用笔和纸把对话记录下来，越详细越好；同时还要注意说话者的穿着打扮、年龄、手势、交流的方式等。例如，他们是不是看上去社会经济背景相近？他们在对话过程中的地位是否平等？他们在一起谈话是否感觉自在？有谁占主导地位吗？他们的谈话内容是很亲密的，还是比较随意的？他们在谈话的时候是神情严肃认真，还是轻松且略带讽刺？他们的外表和举止相符吗？

尽可能多花时间去观察——如果可以，至少花半个小时——还要注意对话和交流的动态变化。同时，尽可能快地记录下你听到的对话内容。当你完成了记录，或者是还在记录中（这样就更好），观察一下周围的环境——不仅要观察看得见的细节，还要观察声音、气味，甚至是空气的感觉。描述一下你所在场所的氛围、天气、时间和热度。想想对比和比喻等修辞手法，看看这些信息可以怎么描述。

你可能在开始记录对话时进展得不怎么顺利。但是记住，这只是一个练习，它可以帮你跨越情感障碍，不再一味地提尖锐的问题，或是关注那些不讨人喜欢的细节。

总之，这个练习会告诉你：

1. 如果你不是在记录现场的对话，而是在看关于某个人的文字描述，那你能找到多少可利用的信息？

2. 让自己克服自己情感上犹豫不决的问题，能得到什么回报？

一旦你收集到了所有的信息，就围绕你记录下来的某段对话写一个场景——要有生动的背景、丰满的人物、充沛的激情——就像你在写一部即将出版的个人传记一样。

他说了什么？Christopher Merrill

Christopher Merrill，著有 *Things of the Hidden God*：*Journey to the Holy Mountain*，*Only the Nails Remain*：*Scenes from the Balkan Wars*，以及 *The Three of the Doves*。现在艾奥瓦大学指导国际写作项目。

正如作者一定会审视自己的材料、笔记和印象、研究和调查的结果，以及他们对语言的转换一样，他们也会经常检查自己的写作方法，以保持自己对创作严肃苛刻的态度。诗人路易斯·格吕克[①]曾经将她对每本书的最后完善工作描述为对一种诗歌创作方法做出的“意识清醒的诊断，或弃之不用”——有时需要丢弃拉丁式悬挂句，有时需要安排特定的名词。非虚构文学作者可能也有类似的清单，上面全是自己在写作中养成的一些习惯——不假思索就会这么用的方法和资料，但是为了最后的表达效果更好，会进行修改甚至摒弃；也就是说，只会保留对写作题材有用的方法，而不是盲目地运用所有被认为优秀的写作技巧。

对话的写作应该是创作中众多较难掌握的技艺之一。对于一个不得不做真实报道的非虚构文学作者而言，更是难上加难。毋庸置疑，采访是对话的主要来源，虽然在采访方式上并没有明确的好坏之分，但是有一些规则是必须遵守的：问的问题应该引起有意义的回应；准确地将对话保存在录音带、笔记本和电脑上；对记录的材料进行整理，让人一看就能有所启发。约翰·麦克菲[②]曾经指出，录音机“不会有选择地记录声音”。的确，

① 路易斯·格吕克（Louise Glück），美国当代诗人。著有诗集《第一次诞生》、《沼地上的房屋》、《消失的形象》等。

② 约翰·麦克菲（John McPhee），美国作家。曾任《时代》杂志和《纽约时报》的固定撰稿人。他的作品包括《结合能的曲线》、《幸存的小舟》和《来到这个国家》等。

当采访者在记笔记时，就已经开始初步写作了——他会选择某一种词语变体、语调、短语，而放弃其他的方式。我在这里不是要证明哪种方法好、哪种方法不好，每一位作者都有他自己觉得最佳的方法。我的目的主要是告诉大家，每一种对话的记录方式都有局限性，这一点每个作者都必须承认——不仅仅因为要诚实，更重要的是，承认这一点可以帮助作者在选择过程中了解一些至关重要的东西，即写作的关键所在。

在传声游戏中，一个人向另一个人低声说某个单词或短语，然后由这个人再向第三个人传，直到最后完全辨认不出那个最初的单词或短语是什么为止。创作对话的作者如果听力工作没有做到位，结果就如同传声游戏一样。我们都知道，说的话是很容易被曲解或断章取义的，这也是法庭不允许以传闻作为证据的原因。我们期望在非虚构文学作品中能听到忠实的声音——作者必须写出采访对象确确实实说过的话，而不是希望他说的话。

练　习

这个练习共分三个步骤，它的目的在于让你了解自己聆听的能力。

1. 用下面的方法进行一段采访：用录音机记录采访内容，然后把录音抄写下来。

2. 同时在采访过程中做笔记，假设录音设备无法正常工作（谁没有过这样的经历呢：因为电池用完，或是背景声音嘈杂，又或者是失序之神[①]的捉弄而导致采访记录丢失）。

3. 采访结束后，写下你能记住的对话内容——每一个问题和回答，每一个场景的细节。

下面，将对话的三个不同版本作比较。从它们之间的不同之处，也许就能发现对你的听力起关键作用的因素，甚至是根本原因，而也许正是这些因素能教会你仔细地聆听整个对话，顺利地写出优秀的作品。

① 失序之神（God of Misrule），司掌一切秩序的修正，专管破坏规律、颠倒因果，次序混乱，逻辑不清之事。在文中，作者以“失序之神的捉弄”指莫名其妙的原因。

窃听许可证 Malina Saval

Malina Saval，记者兼作家，写过非虚构文学作品 *The Secret Lives of Boys*，这部作品是受一名男学生的一句话的启发而写成的。她和她的丈夫、一儿一女住在加利福尼亚州的洛杉矶，家里还养了两只狗。

我天生就是一个喜欢打探别人隐私、爱管闲事的人，所以我现在为自己是一名记者而感到非常幸运。不管我走到哪里，我都全副武装、随时戒备。我的装备包括一台苹果笔记本电脑和一个微型录音机；如果我想走一下复古路线，就会选择带一本摘录本和一支钢笔。我会读唇语，因此就算是几个陌生人坐在离我六排远的地方，我也可以破译他们的对话。如果你到我居住的洛杉矶，就会经常看到我坐在某个咖啡厅外面的椅子上，喝着香草豆奶拿铁，同时又在鬼鬼祟祟地摆弄我的口述录音机（我把它藏在纸巾下面），让它对准邻桌那两个从头到脚穿着一身黑，看起来很自大、有点学究气的人：其中一个说：“就像对牛弹琴一样。”另一个赶忙回应：“确实是。你一直在寻找心目中的上帝，可是当你找到他，他就立刻变了样子。根本不可能给上帝下定义。”由此，我给研究生上的哲学课所需要的那篇关于人们寻求上帝的文章就有了雏形。

不过，有时为了偷听，你也必须付出一些无聊的代价。有一次我从洛杉矶坐飞机到波士顿，中途在达拉斯转机，停留的时间被延长了。在卫生间，我无意中听到两个提着大包小包的女人在抱怨卫生间的门打开的方向——她们的行李简直可以跟特德萨斯的蜂窝和长角的公牛一样大了。“为什么飞机上的卫生间是从里面开门的？”其中一个问。“我开门的时候，屁股都快碰到坐便器了，我的 LV 包包也跟着遭殃。”我想了一下，她说的确实有道理。没多久，我就给一本一流的旅游杂志发了一篇关于飞机上的卫生间的诙谐搞笑的小文章。

对于那些语流自然的交谈，要抓住其中的本质，这是以人物对话为特点的非虚构文学作品的关键点之一。对话中的语言对作者和对读者必须起到同样的效果。为了在非虚构文学作品中传达真实性，对别人的谈话有敏锐的听觉是关键的技术手段。对话的片段通常可以成为一篇散文、社论，甚至一部完整的回忆录的灵感之源。

练　习

到公共场所探险。这个场所可以是你最爱去的公园，或是住所附近的一家咖啡馆、沙滩、遛狗区，或者是提供两美元一杯啤酒的小酒吧。任何地方都行，只要那里有人群活动、聊天就行。

把你自己置身于周围的人群之中。在最开始，先保证在人群中停够一个小时，等你觉得自在一些了，可以适当延长时间。

听。如果你一开始听到的只是询问时间这种索然无味的对话，不要气馁。有好多次，我早上牵着我的两只狗去遛狗区，希望能得到一些灵感，但是唯一能听到的有生命的、带呼吸的说话者只有我和那两只狗（顺便说一下，那两只狗芬威和可可特别健谈——总是汪汪地叫个不停！）相反，有时我去那儿，会听到某个不高兴的主人对他固执的狗进行说教，说它应该见到主人就害怕。我还曾经听到那些住在贝弗利山庄，带着时髦狮子狗的人相互比较宠物健康保险的利弊。狗的粪便常常是个很好的话题。有一次我听到一个有点傲慢的狗主人大声地说："看看这狗粪的大小和颜色！"她到处跟人炫耀自己狗狗的粪便，好像是自己新生儿的尿布一样。这句话促使我给 *The Bark* 杂志投了一篇关于狗粪便的幽默小诗。（嗯……不过那本杂志到现在还没给我回信，难道狗粪便已经过时了？）

底线：要耐心。在漫长的创作过程中确实要等待缪斯女神的款款降临。

写下一些对话，任何类型的都可以。可能是一整段、一句话、一个词，也可能是一个声音、一个手势。

自由联想。这些段落、句子、词语、声音和手势有没有启发你想到某个独特的题材？这样的对话你自己有没有经历过？它会让你大笑吗？还是让你哭泣、愤怒？你有没有因为觉得有些人的话听起来特别愚蠢，就想过去揍他们？你想说出自己的意见吗？把任何你想到的跟这个对话有关的词语、句子和音节快速记下来。你很有可能已经写出了一段精彩的非虚构文学作品——一个场景、一个章节、一篇散文或回忆录的开头。

天真和经验：非虚构文学创作中的声音 Sue William Silverman

Sue William Silverman，写过多部回忆录，包括 *Because I Remember Terror，Father，I Remember You* 和 *Love Sick：One Woman's Journey Through Sexual Addiction*。她在佛蒙特大学执教创意写作硕士（非住校生）的写作课，同时还是《第四类：非虚构文学作品探索》的联合编辑。她曾创作诗集 *Hieroglyphics in Neon*。

当我在学习小说创作时，我的一个老师告诉我："声音就是一切。"虚构文学作品这样，非虚构文学创作也如是。因为即使是在讲自己的故事，所用的声音跟我每天讲话的声音也有所不同。事实上，我在写作和阅读非虚构文学作品时发现，大多数的作者为了充分发展他们的故事，都会采用两种主要的声音。我把这两种声音称为"天真之声"和"经验之声"，这来源于诗人威廉·布莱克[①]两首诗的名字《天真之歌》和《经验之歌》。

"天真之声"叙述的是个人经验的事实，是表面题材。实质上，这个声音是说"先发生了这件事，接着发生了第二件事"。它揭示的是事情发生的顺序、你经验的特殊性，以及事情发生当下的那种比较"天真"和毫无察觉的性格；事情描述出来的效果就如同它们正在发生一样。

"经验之声"和"天真之声"往往是成对出现的，而且要比"天真之声"更为成熟。"经验之声"叙述的是非虚构文学创作思路的进展，即让读者可以知道"天真之声"是什么，事实是什么。通过运用反讽、沉思、暗喻，这种声音既解释了表面题材，又对故事内容进行了深刻思考，因而

① 威廉·布莱克（William Blake，1757—1827），英国第一位重要的浪漫主义诗人。主要诗作有诗集《天真之歌》、《经验之歌》等。

得以探索任何特定经验的复杂性。

例如，在《相思：一个女人穿越对性痴迷的旅程》中，我运用了一种着迷的声音（天真之声）和一种清醒的声音（经验之声）。下面是我作为一名大一学生描述一条围巾时使用的两种声音，这条围巾是我的情人送给我的，他是一个比我年长的有妇之夫。“我把围巾贴在鼻子和嘴上，深深地闻着上面的味道，是他的味道——秋天黄昏时分埋烧树叶的味道，我觉得这正是我一直渴望得到、永远都想要的味道。**我不知道为什么这条围巾的味道会比他身上其他的东西更容易被理解，也更容易被触摸到。**”

在这段话中，我一开始用的是迷茫的人物性格，用“天真之声”以浪漫的风格描述那个男子和那条栗色的围巾（就像我在大学期间确实做的那样），然后转到了更清醒的人物性格，用“经验之声”（黑体部分）来展现围巾其实是寂寞的象征。因为不管发生什么事，我们在当时不会在意事情背后的意义和象征；我们需要有一个更有“经验”的声音来回想，引导读者更加深入地理解那个时刻——无论主题是什么（悲伤、失落、创伤、病痛、童年，等等）。

总而言之，这两种声音在一篇散文或回忆录中不断交错出现，创造出一种联系，连接着故事本身和你想要故事传递的更成熟的思想。

练　习

第一步

回忆你童年时家里的一个房间。用那时候的声音（天真之声），通过五官的感受来描述这个房间（沙发、电视、花瓶、窗帘、书架等）——这个房间听起来、闻起来、感觉起来、尝起来、看起来什么样（通过想象）。你在写的时候，要确保自己处于这个场景、这个房间之中。例如，我用手指摩挲着天鹅绒般的绿色沙发（天真之声）。

第二步

另起一段，从这个房间（沙发、台灯）中选出某个独特的细节，然后用“经验之声”的人物性格（现在的你）来描述这个细节，通过你过去所没有的知识和理解力来传达你现在对这个房间的感受，这也是你对过去的一种深思。这个房间让你有安全感吗？还是很害怕？在这个房间中，你体会到了爱，还是气愤？事实上，你会用文字给这个独特的细节一种态度或是见解。记住，你对某件事物（或某个人）的描述，其实都显示了你对它的态度。对某一事物的态度同样也反映了你对自己生活的一个更深刻的态度（经验之声）。

例如，假设你选取的细节是一个花瓶，从它掉到地上（或者被扔到地上）那一刻起，花瓶上就有了一条极细的裂缝。现在，如果这个花瓶表现出的是你对房间（也就是生活）悲伤或是消极的情感，你可以描述这条细缝如何毁坏了这个花瓶，破坏了瓷釉的美。因此在描述中，花瓶就是失落的象征。

另一方面，如果你想要用花瓶表现这个房间是如何充满安全感和陪伴之情，你可能会描述胶水是如何保持花瓶持久的完整的。换句话说，根据你想要表达的态度，你可以把同一个形象描述得完全不同。而“经验之声”表现的形象，就是用来揭示这种态度、象征意义或主题的。

让我们来看另一个例子，同样是房间中的一个细节：窗帘。它可以被描述为安全感的象征：厚实、光滑的帘子保护着窗户，所以它也保护着你。或者，换个角度，同样是这些窗帘，但是可以被描述为陷阱的表征：它堵住了窗户，也堵住了出路。简而言之，当你描述的态度有所偏向，你就是在运用“经验之声”。

练习结果

通过将房间的感官描写和更充分的细节描写相结合，“天真之声”和“经验之声”就浑然天成地融合为一个连贯的整体，从而使读者更完整地审视这次经历的全过程。总之，你是在以一个作者的身份来回顾这段经历，探索事件本身（过去）和当前你对事件的解释。例如：

> 当我们全家还住在南大街时，某个夏日，我坐在沙发上，目不转睛地盯着窗户看。但是厚厚的窗帘挡住了我的视线，使我无法看到窗外。房间的空气是静止的，一片死气沉沉。很快，我就盯得累了，跑到院子里去玩耍。寂静包围了我，就好像我永远也不能再去外面玩了一样……

例子

下面是我的散文《镶嵌马赛克的瓷砖》中的一段，这一段的前三句话我用的是平铺直叙，即用“天真之声”来讲述我在葡萄牙时，坐在一块梯田上看到的东西：树木的气味、飘动的纸片、太阳和阴影。那时我并没有注意到它的任何意义。直到现在，当我用“经验之声”来重新审视这些感官形象时，它们才有了意义。只有在我坐在书桌旁写作的时候，我才能加上最后一句话，揭示这篇散文的主题：感官体验有能力激起对过去的回忆。

从山谷那儿飘来一阵芳香，是桉树、羽扁豆和罂粟的气味——温暖而略带辛辣。樱桃红的九重葛印在石灰白的墙上。我一路游荡，时而走到烈日下，时而来到黄柏树的树荫下，手指漫不经心地翻动着书页和电报。日子是透明的，我可以看穿它，就像我看着时间将太阳、书籍、电报转变为充满回忆的形象一样。

从对话开始 Ned Stuckey-French

Ned Stuckey-French，作家，其作品刊登在《在这些时代》（*In These Times*），《密苏里评论》，《艾奥瓦评论》，《步行杂志》（*Walking Magazine*），《文化前沿》（*Culturefront*），《第四类》，《捏》（*Pinch*）和《美国文学》（*American Literature*）等杂志和期刊上。他的作品曾两次列入《最佳美国散文》。他是佛罗里达州立大学的助理教授，同时也是《第四类》的书评编辑。

在非虚构文学创作中，总是反复出现一个问题，那就是真实性。我可以有多大的创造力？虚构文学和非虚构文学之间的区别是什么？这是一段非常难走的钢丝：我们必须调动我们的创造力来完善我们的记忆，但是这种创造力怎样才算足够，而不至于把我们的文章变成小说呢？如果你对这个问题考虑得太少，那你可能会伤害到人们的情感，甚至有可能要上奥普拉的节目给大家道歉；但是，如果你担心得太多，你可能永远都无法落笔，而我们现在要讲的就是如何动笔去写。

通常，在我们必须写对话的时候，这种问题就会出现——如何才能写出我最亲爱的奶奶生前说过的话？

我们知道，戏剧化的场景是个人散文搭建的砖块，而场景又需要对话来支撑。作为散文家，我们通常依靠的是自己的回忆，而不是采访记录或听写文件。确实，我们可能会询问别人是否记得他们说过的话，但是如果他们可以，也愿意分享他们的回忆，选择用什么回忆就由我们自己来决定。

我觉得解决对话问题的最好方法，就是用对话作为文章的开头。我们都会记得一些很犀利的评论，或者很完美的回答、富有启发性的说法，或与身份不符、让人迷惑不解的句子。多年来，我始终记得我父亲说过的一句话，我一直都不明白，直到我写一篇关于这句话的文章时，我才理解了它的含义。

那是在我大概 12 岁的时候，那年 8 月份，父亲、弟弟和我几乎用了整整一个月的时间来建造树屋。一天下午，我们在地下室的锯木机和后院那颗巨大的枫树之间不停地来来回回。我的父亲正顶着 30 多度的高温，倒挂在离地面 12 英尺的树上，把一个 20 便士买来的螺丝钉敲进一段长两寸、宽四寸的树干里。我正努力把木板固定在合适的位置上，突然从下面传来一个声音。原来是我们的邻居弗吉尔·安迪生，他正在喊我父亲："查理，你在上面做什么呢?"至今我仍然记得父亲当时吃惊的眼神，他擦了一下额头上的汗水，拼命想坐直，然后说了一句"哦，我正在想办法把这该死的东西弄直。"

该死的东西？我以为这个树屋对于父亲和我们来说就是个神圣的庙宇，是镇上最好的树屋，是属于我们的树屋；但是听到父亲这么说，我非常震惊，感觉自己遭到了背叛。我的父亲是个虔诚的卫理公会派教徒，这是我第一次听到他骂脏话。过了几年，我开始逐渐理解，他需要把自己从男孩气的窘境中摆脱出来，而一句脏话就是让他回到成熟男性的捷径。但是直到很久以后，当我写了一篇文章，我才明白这句话背后还有更深层的含义。弗吉尔·安迪生是乡村俱乐部成员，共和党人，开的是奥斯莫比牌汽车；我的父亲是在密苏里农场长大的，靠自己的努力才走到今天，开的是雪佛兰汽车。我们家的后院只有一个秋千和一间鸽子房，而安迪生家的后院是一个高尔夫球场。

就这样，从一两句对话就能衍生出一篇关于成年和羞耻、家族历史和等级政治的文章。

练　习

首先列出你一直记忆犹新或类似的话，然后从中选一个，把它写成一个场景。

最开始时写得简单一些，不要放太多的东西在里面。只要两个人物就够，其中一个是你。第一遍草稿要写成戏剧或电影的脚本。把人物的姓名放在左边，把对话内容放在右边。之后，可以在里面加上标语、描述、重要细节，甚至是自己回忆时对事件的分析和观点；但是第一遍只要把对话写下来就好。

在这段回忆出的对话中，选出一句使人迷惑、非常具有戏剧性的断言或对话。下面是几种可能的选择（除了第一次听到你父亲赌咒发誓之外）：

1. 一个人正在努力地教另一个人如何做某事。可能被教的是一个差劲的学生——笨手笨脚又有些叛逆，不愿承认自己不知道该如何完成这个任务；而教的是一名老师，所教的东西已完全超出了该任务的专门性知识范围（例如，不仅仅是怎么打桌球，还有怎么摆酷）。

2. 一个相近或被压制的争论。可能紧张的起因不是身边的琐事，而是牵扯到更重大的问题（例如，不是关于谁拿遥控器，而是关于远近的距离与控制的权利，关于在这种关系中谁处于主导地位的问题）。

3. 一个人在告诉另一个人很难启齿的消息。这则消息可能是坏消息，甚至是悲痛的，也可能是其他一些很难讲出口的话（例如，“我想和你分手，但我希望我们还能做朋友。”）。

4. 两个人都处在人生的十字路口。你得到了升迁，我被辞退了。怎么办？

5. 一个人说了一句话，以全新的观点揭示了话语的意义。这句话可以说得很明白：“你和你的牙医私通！”也可以是无意间说出来的一句话：“等等，慢着，你做了什么？!”

6. 调情。两个人彼此有感觉，但又不确定处理这种感觉该掌握的分寸；不确定对方只是比较友好，还是真的对自己感兴趣；也不确定该朝什么方向努力；不确定……不确定。

当你把这个练习写成一篇文章时，你可以看看那些经常被选入文集中的作品是如何很好地运用对话的，如乔治·奥威尔的《绞刑》或者理查德·赖特的《吉姆·克劳的伦理生活：一本自传素描》。

你能闻出来［你的名字］在做什么菜吗？ Ira Sukrungruang

Ira Sukrungruang，泰裔美国人。他的文章刊登在许多期刊上，包括《同位素》（*Isotope*），《邮路》（*Post Road*）和《贝灵汉评论》。他参与编辑了两本关于肥胖的文集：*What Are You Looking at? The First Fat Fiction Anthology* 和 *Scoot Over，Skinny：The Fat Nonfiction Anthology*。他在南佛罗里达大学教创意写作课。

我要向大家坦白一个不为人知的秘密——我爱看摔跤。不是奥运会上那种希腊罗马式的摔跤，而是用啤酒罐去制服得克萨斯怪人、萨摩亚野兽和那些姓名不吉利的人，如“送葬者”之类。我从八岁开始，就经常去看摔跤。背部粉碎技、打桩技和四字腿部固定技[①]并不像过去那样让我兴奋不已，尽管小时候我自己会对着妈妈做的人形枕头（用多余的地毯靠垫做的）练习所有这些技巧。现在我对摔跤的热衷在于那些一周接一周不断进展的小故事，那些诡异的、与众不同的、疯疯癫癫的摔跤手就是让我捧腹大笑的故事人物，他们让我的心脏跟着肾上腺素不断激升。有一次，当胡克·霍根把自己的头衔输给了“最后的武士”时，我甚至都哭了。

信不信由你，看摔跤比赛还对我的工作产生了重大影响。不，我不是一名摔跤手；不，我也不是专门报道摔跤的。事实上，我是一个超级和平主义佛教徒。当我开始进行非虚构文学创作时，面临的最大问题就是把我自己——文章中的“我”——看成是人物。毕竟这个“我”就是我自己，两者是分不开的。我清楚我的过去。我知道自己的故事。我觉得，我要做的就是把这些故事重新简单地讲出来。但是，最开始写的那些叙述文，我

---

① 摔跤术语。

越看越觉得它们像非虚构文学创作初级课上学生写的作品。在他们的作品中，人物做动作就是简单地把这些动作表演出来。没错，“我”确实做了一些有意义的事。的确，“我”是冲突的一部分。但是，“我”身上比较重要的一部分却丢失了。

当赛前接受采访时，很多摔跤手都会不自觉地使用第三人称。特别是前世界摔跤娱乐公司[①]冠军“巨石”（The Rock）每次都会对着麦克风大声叫道：“你能闻出来巨石在做什么菜吗？”用第三人称说话可以把“我”从自己身上分离出来，并能突出强调“我”这个人物。在巨石的例子中，有两个人，一个是很有魅力、眉毛上扬的摔跤狂人，另一个是扮演这个狂人的德韦恩·约翰逊。这种分离在非虚构文学创作中是相通的。创作中既存在一个人物，又存在一个作者，两者紧密联系在一起，但是作者有更大的责任——去塑造、探究人物，让人物的经历变得合理、有意义。在我早期的非虚构文学创作中，艾拉·苏克荣融（本文作者）并不存在。只有他的外壳在，“我”做了这个和那个，但是他却不在，就像一个做白日梦的学生，眼睛看着窗外——他的身体在课堂上，但是大脑却不在。由于没有分离，所以我早期的文章都只是简单有趣的故事，除此之外，什么也不是。我需要艾拉·苏克荣融活过来。我需要他不仅仅是“我”，更是一个有思想和分析技巧的人物，需要他把故事上升到一个更高的水平。我需要他将另一面凸显出来。

练　习

第一步

从摔跤采访报道中找一些对自己有用的建议。用第三人称写一篇非虚构文学作品。摒弃“我”，而让“他”或“她”来接管。这样做，你也许就可以使自己从叙述中脱离出来。这个练习的诀窍就在于对人物进行分离。作者成了自己行为的一个无所不在的监控者。从许多方面来说，你就

① 世界摔跤娱乐公司（World Wrestling Entertainment，WWE），由美国职业运动传奇人物文斯·麦克马洪于1982年和他父亲一起创立，现为世界上规模最大的职业摔跤企业。

是埃比尼泽·斯克鲁奇[①]，从不同的视角出发，重新审视过去，将人物在当时无法理解的事情变得合理。

第二步

完成草稿后，把所有的“他”或“她”都变成“我”。有一些句子可能要重新写，但是你可能会发现，“我”已经不再是一个单薄的人称代词。“我”已经有了山峦一般强健发达的肌肉。

---

① 埃比尼泽·斯克鲁奇，是英国伟大作家查尔斯·狄更斯的三部圣诞小说之一《圣诞颂歌》中的主人公。他是一个富有但冷漠无情、自私透顶的吝啬鬼。但是在圣诞夜这天，有三个圣诞精灵造访了他——“过去之灵”、“现在之灵”和“未来之灵”。最后，他人性的一面渐渐被唤醒，慢慢有了同情、仁慈、爱心，从此变成了一个乐善好施的人。

是谁的声音在讲故事？Thrity Umrigar

Thrity Umrigar，出版过小说 *Bombay Times*，*The Space between Us*，*If Today Be Sweet* 和 *The Weight of Heaven*；回忆录 *First Darling of the Morning*。现为美国凯斯西储大学的英语副教授。

在我开始写回忆录《早晨的第一声亲密问候》之前，有个问题总是困扰着我——声音。我应该用谁的声音来讲述我的童年？是用一个回忆自己头二十多年人生的成年叙述者的声音，还是让孩子、接着是青年，自己来讲自己的故事？

问题是，这两种方法都很有效。我读过很多采用这两种方法中的一种写成的优秀回忆录。例如，我喜欢托拜厄斯·沃尔夫[①]在《这个男孩的生活》中写的关于他预示自己成年的篇章：他一下子跨越几十年，告诉读者这个年轻的男孩后来成为了什么样的男人。向读者介绍成年的托拜厄斯，给了故事一定的宽度，一种很恰当的膨胀感。

但我同样也喜欢弗兰克·麦科特[②]在《安吉拉的骨灰》中所表现的紧密性。我喜欢这本书特有的那种与外界孤立、幽闭的气质，所有的关注点总是放在小弗兰克身上，包括他的想法和内心活动。我喜欢弗兰克的视角——有时很狭隘，并且容易误导读者——完全不是成年人的全知视角。

最后，我用这个方法解决了我的进退两难——用一般现在时、年轻叙述者的声音来讲述自己的故事。很多时候，回忆录的讲述声音是急迫的，

① 托拜厄斯·沃尔夫（Tobias Wolff），美国作家。主要著作有小说《丑陋的谣言》、短篇故事集《回到世界》等。

② 弗兰克·麦科特（Frank McCourt），爱尔兰裔美籍作家。作品有回忆录《安吉拉的骨灰》等。

以现在时为主，偶尔在故事讲到未来的事情时，会出现例外。而且，这样的安排多少符合这本独特的书的风格。

故事是以孩子的声音讲述的，对此我感到很幸运。但是有时，我们的选择没有那么清晰，我们的叙述者也不能明确、坚定地表达自己。

下面是一个关于视角的练习，客观和主观的不同写作方式也许可以帮助解释这个问题。

练　习

想想你童年时发生的一件事。最好是一件对你意义重大、能激起强烈情感和感觉的事情。这种感觉可以是积极的，也可以是消极的——你可以觉得安全、愉悦、充满力量，也可以觉得被抛弃、孤立、恐吓。把你自己想象成一个孩子，努力去回忆那次经历带来的感受，越详尽越好，让自己去体会当时体会到的感觉。你应该不仅在脑子里想起那件事，身体同样也要记起当时的感觉。

接下来，把这件事写成一篇叙述文，要从一个成年人的角度去写，并且用第三人称写。尽量抓住你当时可能有的情感和感觉，但是要用成年人的眼光对这些情感和感觉进行筛选。这个成年的叙述者可以对孩子当时的感觉表示同情，不过要确保你从一个成年人的视角来看待这件事。这样做的目的在于，让时间和距离（还有成年人的认知）来改变童年时的经历，使视角和观念发生改变。

现在，回想你在孩童时经历那件事时的感受。以孩子的视角来描述事件的发生。用第一人称，尽可能主观地叙述事件，加入孩子的想法和情感。这样做的目的在于，运用一个封闭的、亲近的、狭隘的和以自我为中心的视角来叙述事件。

成年的叙述就像是从空中俯瞰——它可以包含不同的视角和含义，可以有更远的视线，看到更多的暗示，可以用象征和暗喻来诠释事件。

而孩子的叙述就像是一张近景特写照片——它更深入而不是更宽广，透过一个主观的框架来解释事件。它会更受内心世界而不是外部世界的影响。

你可以运用这两种不同的叙述声音来写人生中的几个事件，直到你弄清楚故事真正需要哪一种声音为止。

技　巧

提纲：作家的路线图 Gay Talese

Gay Talese，11部畅销书的作家，包括 *Thy Neighbor's Wife*，*A Writer's Life* 和 *Honor Thy Father*。1956—1965年间，曾任《纽约时报》记者，之后为《纽约时报》、《时尚先生》（*Esquire*）、《纽约客》（*The New Yorker*）、《哈珀斯》以及其他出版物撰稿。他开拓性的文章 *Frank Sinatra Has a Cold* 被誉为"《时尚先生》刊登过的最佳故事"。Tom Wolfe 认为他创造了一种非虚构文学写作的新形式，叫做"新新闻写作"（The New Journalism）。

无论是写短篇文章还是长篇著作，我都会列出提纲，使自己在坐下来写作的时候便于把握方向。提纲的形式往往很随意，长度和复杂程度也因作品而异。例如，我在1981年出版的《邻居的妻子》一书，尽管这本书实际上有将近500页，我选择的路径图却直截了当，一页纸就足够了（见图A）。相反，我在《时尚先生》上发表的一篇1.4万字的短篇《弗兰克·辛那塔拉感冒了》却需要用两页纸来详细注解（见图B和图C）。

你选择用何种提纲形式呈现信息，应该完全取决于你的思维方式。我的写作很直观——像电影导演那样，用场景的方式来思考。

作为作者，甚至在写作之前我就想知道，要介绍给读者的第一个人是谁，然后是谁，最后又是谁。因此在坐下来写作之前，我就画好了路线图：从一个场景到另一个场景，一个人物到另一个人物，一章到另一章。最后的提纲看起来很像导演的故事板。提纲是我的思维路线图——提醒我为读者存储了哪些信息，以及在我描写的接收线路上谁站在哪里。

以图A为例。这是《邻居的妻子》的汇总提纲，你可以看到在这张纸的左上角写有"哈罗德·鲁宾"（Harold Rubin）。他是本书开篇第一章里面写到的一位十多岁的少年。提纲开头写下哈罗德·鲁宾的名字，这样就使他的形象贯穿于整本书——他是读者见到的第一个人。你还会注意到在哈罗德·鲁宾右边是"迪亚娜·韦伯"（Diane Webber）。她是小哈罗德·

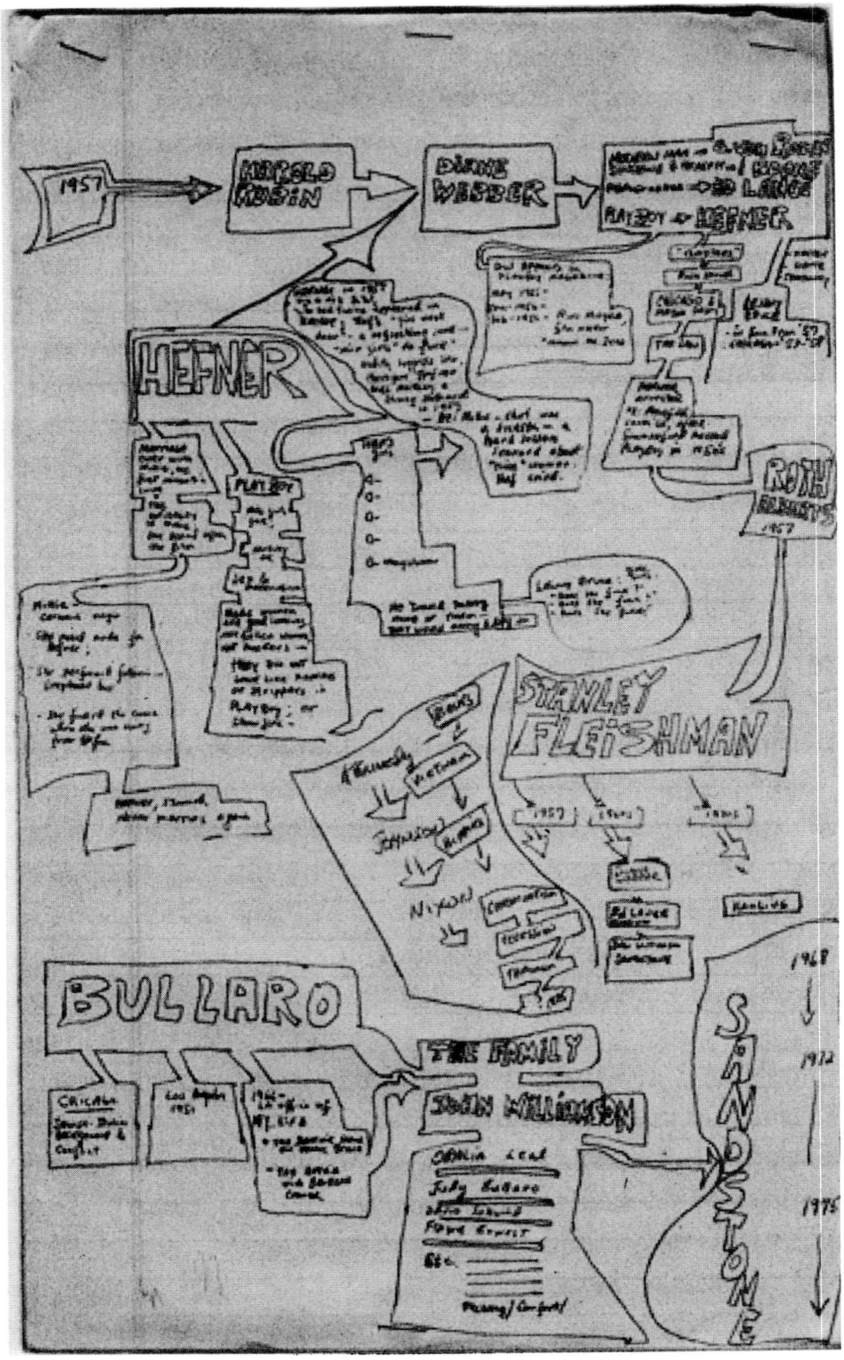
1957
HAROLD RUBIN
DIANE WEBBER
HEFNER
PLAYBOY
STANLEY FLEISHMAN
1957
NIXON
BULLARO
THE FAMILY
JOHN WILLIAMSON
SANDSTONE
1968
1972
1975

图A

鲁宾迷恋的裸体女星，在第二章里将写到她。你能看到在她旁边（右边）有这些话："现代男士——G. Von Rosen…Playboy > Hefner"。这些人（Van Rosen 和 Hefner）在"男士杂志世界"工作，出版挂在墙上供人欣赏的半裸美女图片，迪亚娜·韦伯是他们最喜欢的模特之一。

这不仅仅是人物的随机混合，本书前三章里的人物帮助我为读者创造了一个世界。首先是鲁宾，年轻的杂志读者，偷偷地欣赏他迷恋的女人迪亚娜·韦伯的裸体图片。他是成千上万美国男孩的代表。然后是迪亚娜·韦伯，她使人们的幻想、原型背后的女人变得那么逼真。然后是罗森（Rosen）和赫夫纳（Hefner），两个杂志编辑，依靠像鲁宾一样痴迷的读者和像迪亚娜·韦伯一样不害羞的模特做生意。他们最先发现了如何把美国人对色情的欲望发展成数百万美元的行业。我利用这四个人物进入美国性欲世界；他们也是故事剩余部分展开的基础。

最好的提纲应该是一个自然发展的过程，但要列出非虚构文学作品的提纲，有一个不容改变的规定：在构思故事情节之前完成调查研究工作。虽然哈罗德·鲁宾扮演了成千上万像他一样的美国男孩的代表，但他并不是一个硬纸剪影。注意到这一点很重要。哈罗德·鲁宾痴迷于迪亚娜·韦伯的图片，这样的经历在很多读者看来很真实，因为对这一点的描写很具体、很确切。我在提纲上写下哈罗德·鲁宾之前，1957 年，我和他在芝加哥一起度过了很多天，一次又一次地采访他，直到我认为我很了解他了，就像小说里我塑造的人物一样。《邻居的妻子》中其他所有人物我都是这样下工夫了解的。在写迪亚娜·韦伯之前，我在洛杉矶采访了她很多次，并且花了好几个月让自己深入到修·赫夫纳的世界。

为什么做这个？为什么要列提纲？因为它对你在写作中创造视觉概念有实在价值。做得好，可以帮你构想出从哪里开始，如何往下进行，何时结束。像我这样通过直观图解来组织信息的作家，提纲可以帮助我们自己理清叙述的顺序。对形象思维不好的作家来说，提纲可以鼓励他们在叙述故事时，使用更场景化的方法。在这两种情况下，提纲都能为故事提供一个框架——这个结构尤其可以使非虚构文学作家不致偏离主题太远。

如果幸运的话，提纲可以发挥更多的作用：可以帮助你想出已经在脑海中形成印象的词语。例如，在我坐下来构思《弗兰克·辛那塔拉感冒了》的时候，我很清楚地知道我想包括的场景。既然这样，列出提纲使我得到

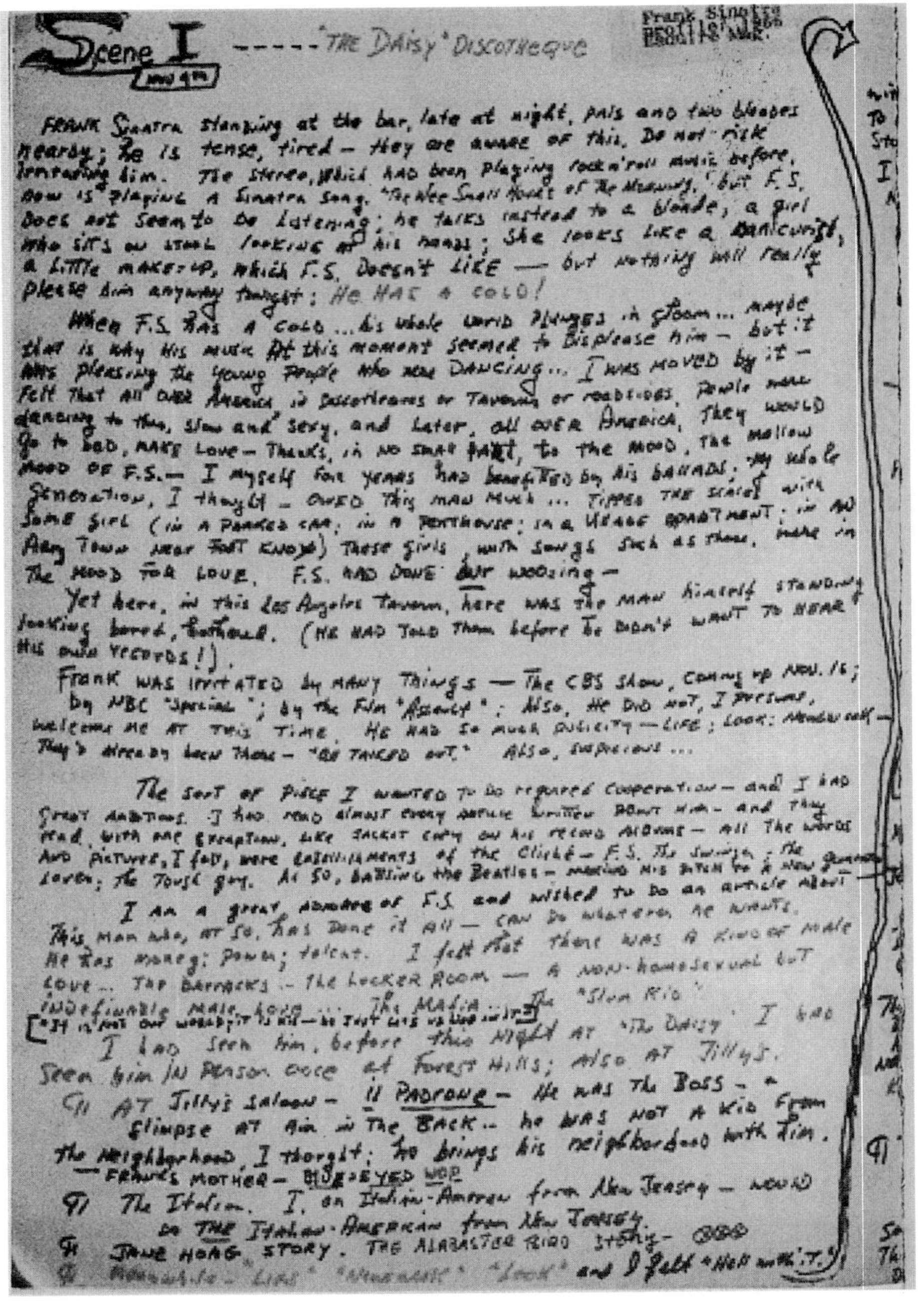

Scene I ------ "THE DAISY" DISCOTHEQUE

Nov 4th

Frank Sinatra
PEOPLE
PEOPLE MAG.

FRANK Sinatra standing at the bar, late at night, pals and two blondes nearby; he is tense, tired — they are aware of this. Do not risk irritating him. The stereo, which had been playing rock n'roll music before, now is playing a Sinatra song, "The Wee Small Hours of the Morning," but F.S. does not seem to be listening; he talks instead to a blonde, a girl who sits on stool looking at his hands; she looks like a manicurist, a little make-up, which F.S. doesn't like — but nothing will really please him anyway tonight: He has a cold!

When F.S. has a cold ... his whole world plunges in gloom ... maybe that is why his music at this moment seemed to displease him — but it was pleasing the young people who were dancing ... I was moved by it — felt that all over America, in discotheques or taverns or roadsides, people were dancing to this, slow and sexy, and later, all over America, they would go to bed, make love — thanks, in no small part, to the mood, the mellow mood of F.S. — I myself for years had benefited by his ballads; my whole generation, I thought — owed this man much ... tipped the scales with some girl (in a parked car; in a penthouse; in a [illegible] apartment; in an Army town near Fort Knox) these girls, with songs such as these, were in the mood for love. F.S. had done our wooing —

Yet here, in this Los Angeles tavern, here was the man himself standing looking bored, [illegible]. (He had told them before he didn't want to hear his own records!).

Frank was irritated by many things — the CBS show, coming up Nov. 16; by NBC "Special"; by the film "Assault"; also, he did not, I presume, welcome me at this time. He had so much publicity — Life; Look; Newsweek — they'd already been there — "be talked out." Also, suspicious ...

The sort of piece I wanted to do required cooperation — and I had great ambitions. I had read almost every article written about him — and they read, with one exception, like jacket copy on his record albums — all the words and pictures, I felt, were embellishments of the cliché — F.S. the swinger, the lover; the tough guy. Also, battling the Beatles — [illegible] his pitch to a new generation [illegible]

I am a great admirer of F.S. and wished to do an article about this man who, at 50, has done it all — can do whatever he wants. He has money; power; talent. I felt that there was a kind of male love ... the barracks ... the locker room — a non-homosexual but indefinable male love ... the Mafia ... the "Slum Kid"

["It is not our world, it is his — we just live in [illegible]"]

I had seen him, before this night at "The Daisy." I had seen him in person once at Forest Hills; also at Jilly's.

¶ At Jilly's saloon — il padrone — he was the boss — a glimpse at him in the back ... he was not a kid from the neighborhood, I thought; he brings his neighborhood with him.

— Frank's mother — blue-eyed wop

¶ The Italian. I, an Italian-American from New Jersey — would do the Italian-American from New Jersey.

¶ Jane Hoag story. The Alabaster Bird story — [illegible]

¶ [illegible] — "Life" "Newsweek" "Look" and I felt "Hell with it."

图B

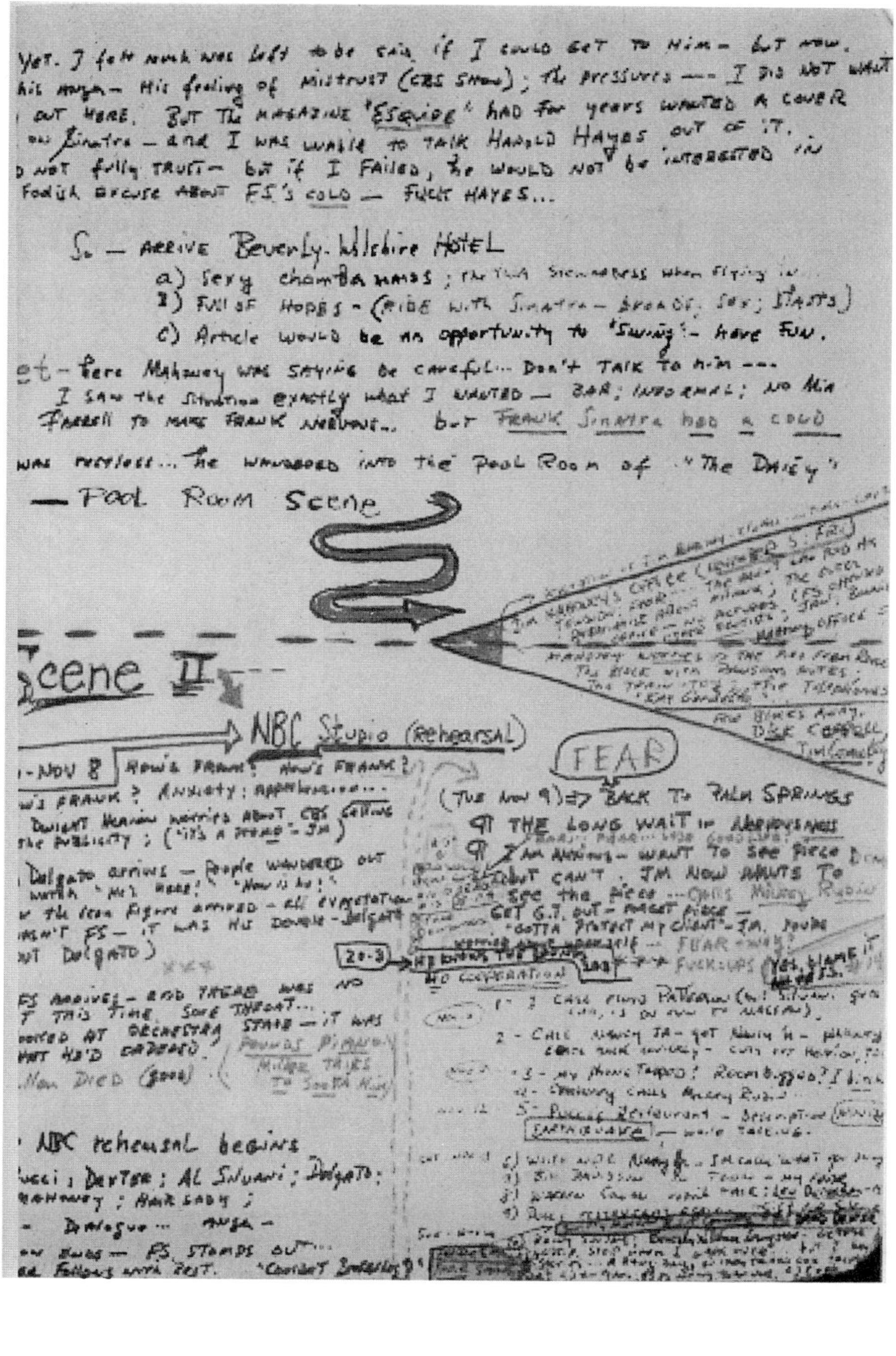
Yet. I felt much was left to be said if I could get to him — but now.
his anger — his feeling of mistrust (CBS show); the pressures — I did not want
out here. But the magazine "Esquire" had for years wanted a cover
on Sinatra — and I was unable to talk Harold Hayes out of it.
not fully trust — but if I failed, he would not be interested in
foolish excuse about FS's cold — fuck Hayes...

So — arrive Beverly Wilshire Hotel
a) Sexy chambermaids
b) Full of hopes — (ride with Sinatra — broads, sex; starts)
c) Article would be an opportunity to "swing" — have fun.

Here Mahoney was saying be careful... Don't talk to him —
I saw the situation exactly what I wanted — bar; informal; no Mia
Farrell to make Frank nervous... but Frank Sinatra had a cold

was restless... he wandered into the Pool Room of "The Daisy"
— Pool Room Scene

Scene II
NBC Studio (rehearsal)
— Nov 8 How's Frank? How's Frank?
How's Frank? Anxiety; apprehension...
FEAR
(Tue Nov 9) ⇒ back to Palm Springs
¶ The long wait
¶ I am anxious — want to see piece
But can't. JM now wants to see the piece
Get G.T. out — forget piece —
"Gotta protect my client" — JM.
NBC rehearsal begins

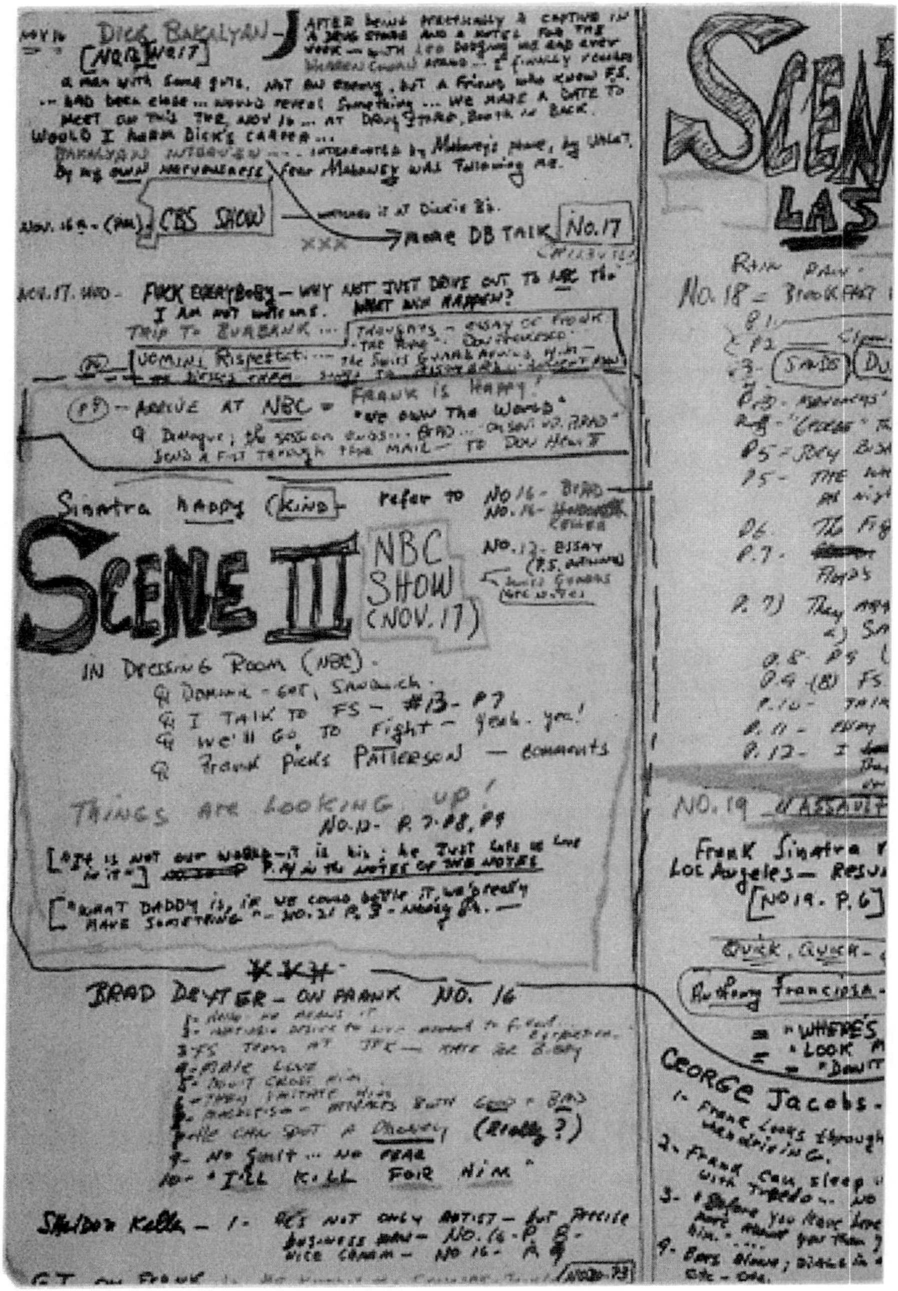
DICK BAKALYAN
CBS SHOW
NO.17
ARRIVE AT NBC
SCENE III
NBC SHOW (NOV.17)
IN DRESSING ROOM (NBC)
I TALK TO FS
WE'LL GO TO FIGHT
THINGS ARE LOOKING UP!
BRAD DEXTER - ON FRANK NO. 16
SCENE
NO. 18
NO. 19
Frank Sinatra
GEORGE Jacobs

图C

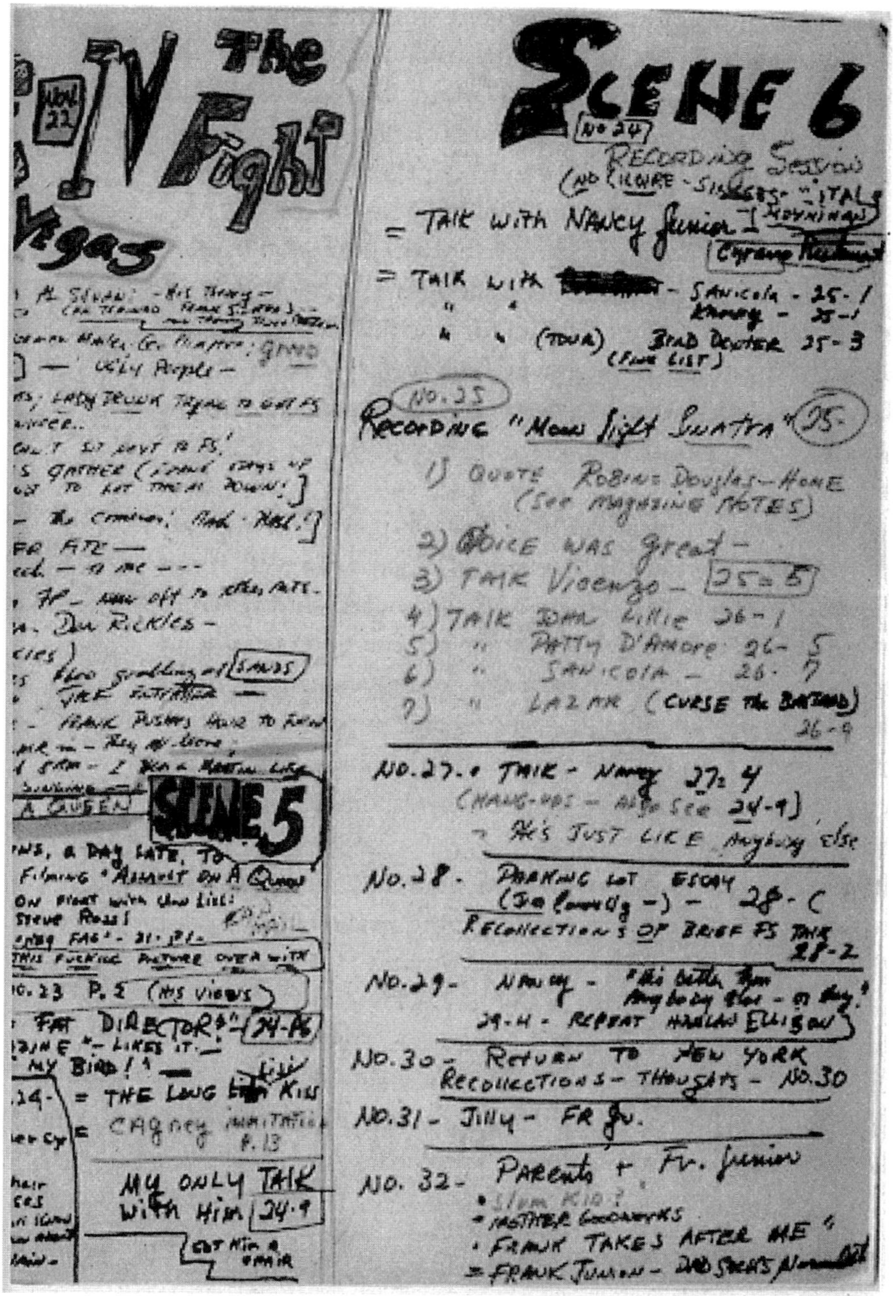
IV The Fight Vegas
NOV 22
SCENE 5
ON FLOAT WITH LOU LIKE:
STEVE ROSS!
THIS FUCKING PICTURE OVER WITH
NO.23 P.S (HIS VIEWS)
FAT DIRECTOR!" 24-P6
MY BIRD!"
THE LONG KISS
CAGNEY IMMITATION
MY ONLY TALK WITH HIM 24-9
SCENE 6
NO 24
RECORDING SESSION
= TALK WITH NANCY Junior I
= TALK WITH [redacted] - SANICOLA - 25-1
(TOUR) BRAD DEXTER 25-3
NO.25
RECORDING "MOON LIGHT SINATRA" 25
1) QUOTE ROBIN DOUGLAS-HOME (SEE MAGAZINE NOTES)
2) VOICE WAS GREAT -
3) TALK VICENZO - 25-5
4) TALK DEAN LILLIE 26-1
5) " PATTY D'AMORE 26-5
6) " SANICOLA - 26-7
7) " LAZAR (CURSE THE BASTARD) 26-9
NO.27. TALK - NANCY 27-4
HE'S JUST LIKE ANYBODY ELSE
NO.28 - PARKING LOT ESSAY
RECOLLECTIONS OF BRIEF FS TALK 28-2
NO.29 - NANCY -
29-H - REPEAT HARLAN ELLISON
NO.30 - RETURN TO NEW YORK
RECOLLECTIONS - THOUGHTS - NO.30
NO.31 - JILLY - FR JR.
NO. 32 - PARENTS + FR. JUNIOR
• SLUM KID?
• MOTHER GOODWORKS
• FRANK TAKES AFTER ME"
= FRANK JUNIOR -

的比我期望的多。这一简单的组织思维的行为帮助我开始写作。提纲的第一段（见图 B）与出版的作品几乎是字字对应的。

练　习

下次你想要写故事时，做一个提纲，包括主要人物的名字，你要介绍的人物，他们所在的场景等。不管是写还是画，提纲都应该以一种让你觉得最舒服的方式起作用。不要忘了在构思故事情节之前要完成调查研究工作。

在场景中创造图形：意象作为战略保证

Patricia Foster

Patricia Foster，著有回忆录 *All the Lost Girls*，散文集 *Just beneath My Skin*，并且编著有 *Minding the Body* 和 *Sister to Sister*。她是艾奥瓦大学的非虚构创意写作硕士专业教授，在法国、西班牙、意大利和捷克共和国教过书。

非虚构文学与反思、冥想以及说明文一样包含戏剧性的故事叙述。作家对标志性时刻的描写，通常容易而快捷，而这一部分也经常会成为我们普遍认为的故事的“最佳部分”。换句话说，他们会很快将焦点集中在具有情感分量的冲突上，即感觉细节和直觉认识都很丰富的时刻。但是要进入一个场景需要微妙的感觉和独到的眼光。刚入门的作家常常太依赖那个时刻的“戏剧性”，却不知道怎么利用意象、动作、描写和对话来有效、生动地呈现这一标志性时刻。

这个练习鼓励作家考虑场景中的顺序，看看意象、描写、动作和对话——甚至是想象的对话——怎样激发一个具体的时刻，使作家回到最初的（或被稍稍修改过的）意象进行写作。

下面是一个例子，在这个例子中我用这个策略描写生活中的一个场景。

“绕圈子”

妈妈瘦削的手紧紧抓着方向盘，结婚钻戒在夏日强烈的阳光下熠熠闪光。我们驶过皮格利威格利①商店，经过威力酒馆，经过写着“星猫”

---

① 皮格利威格利（Piggly Wiggly），美国食品杂货联销商店。

(CAT XING）的标志牌。我没看到猫，或许它们藏在灌木丛里，在树阴下乘凉。天很热，潮气弥漫，昆虫成群结队地旋转飞舞。妈妈在为我8月份的婚礼烦恼，不知道我们能邀请谁，不能邀请谁，因为如果某个人能来的话，另一个人就不能来。我一边点着头想打盹，一边盯着外面正在开花的红端木。我知道我们家族充满了世仇和嫉妒，并且一直围绕着这些问题在争执谁有权利决定最终的宾客名单。如果邀请我的一个好朋友，那我哥哥的妻子就不来。如果邀请詹妮姑妈，那多丽丝姑妈就不会出现。这个婚礼突然显得充满了担忧，我倒愿意像藏在灌木丛中的那些小猫一样，等待黑暗的到来。我需要控制局面，但却不知道怎么控制。

“你不认为女人应该自慰吗?”我突然问道，似乎只有这种出其不意才有意义。当然，我只是想让妈妈转移注意力，不再谈婚礼的事情。

“噢，天呐!”她说着，头转向我。她的手看起来很僵硬，指甲呈淡淡的粉红色，很光滑。“女人不需要那样。究竟是谁让你有这种想法的?”

“没有人给我这种想法。女人们就这样做了。她们用手。跟男人一样。你难道不知道吗?”

“我当然不知道。”

“你的意思是你从来没有——”

她直直地看着前面，眉毛挑了起来。“我从来没有——”她说，一只手把一缕头发捋到后面，“从没有那样做过。不仅如此，我不需要——”

这时我大笑起来。“好，好，你真幸运!”

她微笑地看着我，表情惊讶。但是我想，她也暗自为我的反应感到高兴。

“我们把詹妮姑妈和多丽丝姑妈都请来吧，”我马上说，“让我们把婚礼当成一个仪式，不要管前来观看的人。”

妈妈正要开口，但又停住了。她伸出手摸了摸我的大腿，她的手很轻，抚摸着我。我盯着她的手，这双手从来没有轻抚过自己的身体。“当然，”在我们经过鱼河（Fish River）大桥的时候，她说，“我们就告诉她们必须得来。”

练 习

选择一个你很了解的，过去打过很多交道（一起高兴/分歧/争论过，等等）的人。回想与这个人在一起的某个特别时刻。

1. 从一个意象开始。例如：描写这个人的手（用一两句话）。

2. 叙述一个动作。描写她的手正在做的一件事（可能只是一件小事，例如祖母正在用洗碗布擦手）。

3. 描写周围的环境，向读者交代你在哪里，周围情形如何（和祖母在厨房里，她在削胡萝卜，而你因为男朋友没打电话趴在桌子上生闷气）。

4. 问一个你一直想问的问题，或者就一个问题或事情开始一段对话（祖父也曾这样忽视过你吗?）。

5. 让这个问题成为场景的催化剂。如果在现实生活中你没直接问问题，但一直想问，那么你可以通过想象另一个人的反应来推动这个场景发展，并且告诉读者这是你脑海中想象的对话。想象并不是欺骗，而是一个合理的方法，可以让读者更深入地了解人物以及你对其他人的看法。

6. 回到那个人的手上。因为这次交流唤起了叙述者的看法，这个意象会稍稍有所不同。

在这个练习中，重要的是从意象到动作、到背景、到冲突、再回到意象的发展过程。很多次我把这个策略当作课堂练习，并且效果很好。学生通常很喜欢课堂写作时的最初提示，甚至想修改场景，写成微型小说，可以单独成文，也可以将场景充实一下，写成长一点的文章。

保持距离——平行的世界 Ira Wood

Ira Wood，著有三部小说 *The Kitchen Man*，*Going Public* 和 *Storm Tide*（与 Marge Piercy 合著）。还与 Marge Piercy 合著了 *So You Want to Write: How to Master the Craft of Writing Fiction and Memoir*。他们一起经营跳蛙出版社（Leapfrog Press），这是一家独立的文学出版公司，并且在全国范围内的工作室授课，帮助缓解作家的无助感和内心紧张。

任何尝试过写他自己故事的小说家都知道，写回忆录比小说难得多。一开始可能容易些，因为你经历过，所以调查研究已经做完了。你和那些人打过交道，所以人物跟你说话时就像在现实生活中一样，描写也可以信手拈来，用手指直接敲到键盘上。既然这些你都经历过，为什么不能这样做呢？如果写回忆录那么简单，我的工作室也不可能挤满了人——这些人的生活都很有趣，有趣得令人难以置信，但是他们却很难将自己的故事写出来。

我很同情他们。我也曾与内心里不友善的自我审查意识作斗争，它抱着胳膊，好像边界守卫者似的，不让你通过。我曾试图满足它的要求，以求通过，但事实证明，问题在于：是什么让你觉得你的生活很有趣，值得写？我曾睡眼惺忪地盯着电脑屏幕，等待着我经历过的故事重现。但大部分的日子里，这些故事并没有出现。

往日的人物出现了，那好，但他们所说的并不是你想听到的。他们大声哭叫："根本不是那样的，"或者"你对我不公平，"或者"你再多写一个字我就起诉你！"并且这些并不是你脑海中唯一的声音。突然，你的父母和/或孩子也出现了："你那样做了？你应该为自己感到羞愧。如果你把那些写出来，会让我们所有人感到尴尬。"经常也会有许多其他的声音出现，都冲你喊："失败者！"

嘿，我之所以教这个是因为我遇到过这样的情况，做过这些事，听到过这些声音，并尝试将它们一一击退……有些时候成功了，有些时候没成功。我学会了让自己和故事保持距离。一方面，我把我写（和教）的称作个人叙述，而不是回忆录、自传或者非虚构文学。我所追求的是情感事实。如果我觉得作品完成后，充分描述了事件的真实面目，我可能将其标为回忆录。如果我感觉作品偏离了事件，与事实稍微有所背离，我可能将其标为回忆录式小说。（作为跳蛙出版社的发行人，我这样区分出版书籍：如果作者感觉他对生活材料的处理可能会伤害到他所爱的人，但书中的事情大部分是真实的，我们就同意把书标为回忆录式小说，并加以精彩的评论。）像我自己的人生故事《厨房里的男人》这样的作品，任由想象力操控，而不是严格按时间顺序反映事实，我将其标为自传式小说。不管怎样，情感事实才是最重要的。因为我相信对读者来说，最终是想读到优秀的书，这也是你故事中的情感作用的直接结果。如果你写了一部好书，读起来扣人心弦，打动人心，那不管给它贴什么标签都没关系。那只是个营销策略，首先你得把那本书写好。

要追求这种情感事实，有时候让自己与那段经历保持距离很有必要。在书中写到了前任情人，就告诉他："这不是你，所以闭嘴！"要反抗妈妈（当然是在脑子里），就说："这不是我的第一次性经历，是别人的。"或者如果你的堂兄弟们坚持认为祖母在遇到祖父——她一生的爱人——之前是纯洁无瑕的处女，你就对他们说："别可笑了，这怎么可能是写我们家，故事发生在 1946 年，在瓦胡岛[①]。"很多历史小说或推理小说——描写过去或未来的作品——写的事件和情形都是作者的情感事实。毕竟，认为过去的人们不曾遭受我们所面临的复杂情况，或者过度乐观地认为未来的人们能够摆脱人类的基本情感，都是幼稚的想法。

接下来的这个练习，是当我感觉要写的材料或人物和我太亲近，不允许我讲述这个故事时用到的一个小技巧。

练　习

平行的世界

想一件自己生活中的事。可以是一次争论、一次性经历或是你的第一

① 瓦胡岛（Oahu），美国夏威夷州火山岛。

次音乐会，总之是一件难忘的事。对这个练习来说，最好是具有一定情感分量的事：幸福、悲伤、恐惧、紧张或尴尬。（如果是你不愿意在作品中处理的事情，就更好了。）

把这件事写出来，并且故事中的主要人物是你。但是……你要尽量掩饰。这里有一些建议（选择其一或更多）：

●——用第三人称写作

●——挑出一个主角，但不是你

●——改变事情发生的地点

●——改变时间段（让它发生在过去或未来）

●——改变人物的性别

很自然你要做一些调整。如果故事是你喜欢冰上曲棍球队的队长，并且你决定将故事安排在巴塞罗那而不是明尼苏达州，那么你的情感对象也应该做相应的改变以适应新环境（也许可以改为足球队长或斗牛士?）

你的目标是要忠实于自己的感情和对事情的描述，但是使自己与之保持距离，并且尽量掩饰，从而：

1. 一般的读者看不出来是你，但能体会到你的感受；

2. 或许更重要的是，你写故事不用担心是否会有人看出来是你，或你是否会背叛其他人。

曲折前行和跳跃：定位真正主题的方法 Barbara Hurd

Barbara Hurd，著有 *Walking the Wrack Line：On Tidal Shifts and What Remains*，*Entering the Stone：On Caves and Feeling through the Dark*，该书为图书馆期刊年度自然历史图书；*The Singer's Temple*，*Stirring the Mud：On Swamps，Bogs and Human Imagination*，该书和 *Objects* 被评为《洛杉矶时报》2001 年最佳图书。她的散文被刊登在很多期刊上，包括《1999 年美国最佳散文选》（*Best American Essays 1999*）、《2001 年最佳美国散文选》（*Best American Essays 2001*）、《耶鲁评论》（*The Yale Review*）、《佐治亚评论》、*Orion*、Audubon 以及其他。现在马里兰州弗洛斯特堡州立大学教创意写作，并在南缅因州大学教创意写作硕士专业课程。

不管写诗、写故事还是写散文，我们都有可能会怀疑作品中明显的主题并不是我们感兴趣的真正主题。甚至我们可能意识到，写出这个明显的主题，会转移我们的注意力，而忽略更能激发兴趣的主题。

那么，问题就是，怎么发现真正的主题？怎么找到连自己都不确定的东西？想想一只警犬，在户外追踪逃犯的气味。它低着头，移动得很快，从一边儿迅速冲到另一边儿，转着圈搜寻，或者把头抬高，闻空气中的气味。它训练有素，能够察觉出红色鲱鱼的味道，并且不会分心，跟错目标。一旦气味消失，它会再回来，直到找到气味并且重新开始追踪。

作家有时也需要类似的策略，只不过我们不是在户外，鼻子不用贴着地面。相反，我们坐在桌子前，思想反映到纸上。因此问题就出现了：怎样让思想向前推进，怎样让思维曲折、变化、前进和跳跃，找到正确的方向？

我经常建议学生，写草稿写烦了，就让思维活动起来，可以稍微拓宽主题，让更多的内容加进来。我们希望能容纳更多他们尚未发现的东西。

这个练习的意义不是要完成草稿，而在于让他们获得意想不到的领悟，走上正轨。

练 习

说明：拿出一篇看来平淡无奇、一成不变、刻板乏味的文章。圈出文中的一些观点/场景/时刻，即那些看起来有重要意义但未进行深入探讨的地方。尝试用下面的建议来改写这些地方。写得要快、要随意。这时候不要担心连贯或逻辑问题。把这些当成锻炼头脑、扩大思想容量的方法。

1. 在实际的地方和想象的地方之间进行曲折转换。从一个具体的地方（例如，波多马克河[①]北岸，距离河源 10 英里的地方）开始，向说话者自己对那个地方的想象（水源、源泉、水涌出地面的地方等）转移。

2. 在事实和神话之间转换。研究、再研究。神话往往包含人类现象的一些基本真理。故事中是否有一些点金术[②]类的神话，可以让你意识到一些行为只是弄巧成拙？

3. 在时间上跳跃转换。让故事从现在突然回到过去，然后再前进到想象的、推测的未来中去。

4. 在自己和抽象概念之间转换。用你的人物/自己的一些行为来泛指人类行为，然后假设一些理论。你主人公的行为/特征是怎样与人类的其他行为倾向产生共鸣的？起码在理论上，如何解释这种共鸣？

5. 在扩展和集中之间转换。就当是拿着望远镜、广角透镜和显微镜在进行对比。首先扩展感官：想一些范围更广、时间更久远的事情；想象自己甚至超越了身体制约的界限。然后反转方向：什么也不要想，仔细地检查你的主人公，从头到脚，全面彻底地检查。

6. 用动态代替静态，反之亦然。你的主人公是怎样变化的？他/她/它 10 年后会是什么样子？100 年后呢？在高温下呢？面临严寒、压力、地震呢？（可以从字面意思和隐喻上考虑。）然后再写什么不会改变，不会改变

---

① 波多马克河（Potomac River），美国中东部的一条河流。

② 点金术（Midas Touch）以一位国王的名字命名。Midas（迈达斯）是希腊神话中的一位国王，他祈求神给他点金术的能力。他手指触到的东西都能变成金子，结果他的儿子和妻子也变成了金子。

的核心是什么。

这个练习的目的不是写出完整的段落，而是学会灵活地思考，练习在各种方向下快速转向，从而不至于墨守成规，或使思路进入死胡同而被迫停止。回到警犬那个隐喻，这个练习就是为了训练那种大范围的、实验性的全面搜索能力，从而使自己能经常发现重要行迹，从而引出更紧急、通常被掩盖了的故事。

使用小图景的原因 Mary Kay Shanley

Mary Kay Shanley，著有八本书，第九本将在21世纪完成。她在艾奥瓦大学夏季写作节教书，并且指导一年一度的“妇女和回忆录”（Women and Memoir）的四天写作静修。此外，她还担任公共发言人的职务。

如果我能在任何写作旅途的起点贴一校路标，那肯定是警告作家“慢下来”。并不是说你的手指在键盘上敲得太快，而是你太急于分享你的故事，太急于把你的想法诉诸纸上（或者诉诸显示器），从而导致的结果就是写出大图景。确实，整个故事——开头、中间、结尾——都出现了，但即使如此，这个大图景还是显得很薄弱。

为什么呢？因为你把整个故事一股脑都讲了出来，而这样仅仅是停留在表面。读者能得到总体的概况，但隐藏在下面的宝藏——即让故事令人难忘的丰富的细节——却没有机会浮现出来，绽放光彩。只有把大图景打碎成小图景，它们才能浮现出来，而这需要时间和耐心。一旦那些小图景完整了，而且能串联起来，那么在你这位作家的大脑里，故事也就发展充分了。

我发现，这种停留在表面的现象，在刚入门的作家身上尤其明显。他们有很多故事，并且想要的仅仅是写作本身。他们把故事的框架写出来就算完成了，但是细节却被遗落在路边某个地方了。

下面我将通过讲述小时候放暑假时在弗朗西斯姑妈的农场上的一个故事，来展现小图景的丰富性。

我姑妈家住在一栋20世纪20年代的房子里，房子很宽敞，呈方形，带阳台，阳台两边被封了起来。

弗朗西斯姑妈在她那栋宽敞的方形的并且总很热的厨房里，正在搅拌炉子上的锅。一个金色的、盒子形的风扇在地上不断地发出咯咯的声音，但是不仅没能吹进来凉气（从哪里吹进来，我也不知道），而且还不时地吹进来一股一股的热气。

弗朗西斯姑妈并没在意这个。她系着围裙，是那种把胳膊伸出去，在后面系上扣，再从腰间系带的围裙。她拿着一把木勺子，在那儿搅拌着，那勺子用了几十年，一边已经磨斜了。一个小女孩挨着她，站在椅子上，等着该她做的事儿——那肯定是尝味道了。我就是那个小女孩，我很擅长尝味道。

每年，我在农场上的责任都在增大。到了我10岁的那年夏天，弗朗西斯姑妈宣布我应该可以去鸡窝拾鸡蛋了。没有比这个消息更令人震惊的了。鸡笼又阴冷又黑暗，还很吵（因为母鸡总是咯咯地乱叫），空气特别沉闷，几乎让人感觉不到血液循环，更不用说满地都是鸡屎了。

但如果你已经15岁了，姑妈让你去拾鸡蛋，你就得去。

我拿起银色的提桶，怎么看都觉得它像个鸡窝。我伸直胳膊拎着它，与它保持距离，艰难地走过农场，不明白自己怎么就走到了这一步。在打开鸡笼门之前，我深深吸了一口气，并坚信上帝能让善良的小女孩屏住呼吸达5分钟。

首先，我拾了空鸡窝里的鸡蛋。然后，我回到第一个鸡窝，一只母鸡正趴在里面孵小鸡。我直直地盯着她的眼睛，她也回瞪我。我向前倾，用力地吼了一句。很神奇地，她的脖子也伸得特别长，圆溜溜的眼珠子离我的脸特别近，让我很不舒服。

我对着她打了个响指，她就用嘴啄我。我们这样重复了三次，直到我宣布："好，你赢了。孵你的蛋吧，养你的小鸡吧。我不在乎。"说完，我赶紧逃出了鸡窝，大口喘气，却不敢深呼吸，提着半桶鸡蛋，回到厨房里。

弗朗西斯姑妈看了看桶里，然后看了看我，说道："只有半桶啊。"

"是的。"我说，这不是很明显嘛。

"也对，"她最后说，"外面真热。今天母鸡可能没下蛋。"

我回答道：“对，外面真的很热。”

那天晚上（实际上是每天晚上）我在楼上一间闲置的卧室里睡觉。寂静的农场被外面猪圈里金属的食槽盖子发出的咣当声和石子路上的电话线发出的嗡嗡声所打破。我开始思念父母，于是沿着电话线向东穿过卢文，向南穿过伦威克、金田和伊格尔格罗夫，然后再往东，经过“欢迎来到韦伯斯特城”的标志，沿着曲折的保龄球场路，走上了主大街。在梅因和威尔森的拐角处向南拐弯，然后又过了五条街，我就到家了。最后，当我跟父母联系上以后，我就睡着了。

这时，我问班上的学生，我刚刚分享了几个故事。他们认为我分享了三个故事——厨房里、鸡窝和睡觉时候的故事，所有这些连在一起形成一个大图景。（也有人认为我分享了五六个故事。）

如果我急于把这些故事全讲出来，那我只能提供一幅停留在表面的大图景，即暑假在农场上的生活。但是通过将这些经历分解成小图景，并且小心翼翼地展开每一个图景，丰富的细节就浮现了出来——金色的、盒状的风扇不停地咯咯响，磨斜了的木勺子，伸直了胳膊拎着银色的鸡蛋提桶，我和母鸡之间的“斗争”，猪圈里金属食槽盖子发出的咣当声，在艾奥瓦村庄里蜿蜒延伸的电话线。

是细节将读者从感觉，甚至是感情上与你的故事联系在一起，并且正是这种联系，使读者记住了这个故事。

不要告诉我桌子上有一盘水果，告诉我那是一盘石榴、苹果还是一根香蕉。

不要告诉我厨房外面有一棵树，告诉我那是一棵枫树还是一棵洋槐。要知道，这是有区别的。

正如在华盛顿特区的越南战争纪念馆内，排列着每一个倒下战士的姓氏和名字，如果你认识其中一个士兵，而你读到了他或她的姓氏和名字，你这一生中将永远记得这个细节。

关注你的经历，要注意识别、审视那些细节。尝试做下面的练习，想出一个你想分享的经历或故事。

练　习

1. 用一段话描述一个故事。问问自己：这仅仅是一个故事还是可以分成几个小故事？从大图景里包含的丰富细节我们可以得出结论：大图景里确实有很多小故事。

2. 从这些小故事中选出一个，并重复上面列出的步骤。

3. 当你对基本要素的探讨感到满意了，把其中一个小图景展开，最多写 200 字，分享那些丰富的细节。

4. 再写其他的小故事，然后把它们都连起来，形成一个浑然天成的故事。

词语与人物和背景的关系 Ishmael Beah

Ishmael Beah，《纽约时报》畅销书作家，著有 *A Long Way Gone：Memoirs of a Boy Soldier*。现住在纽约布鲁克林。

库切在《尘土地带》中写道："毫无疑问，接触现实令人感觉痛快。如果我能够与现实有稳固长久的交流，希望它能够对我的人物有益，还有我的健康，甚至提高我的写作能力。"

的确，每位作家都必须"与现实有稳固长久的交流"。正是通过这种对现实的融入，他才能真正地观察人际交往，感同身受地写出他们的紧张、感觉、困惑或者任何其他情况。如果观察的时候缺乏对一些现实的理解，尤其是对非虚构文学作家来说，那么你所看到的仅仅是人们或者人物的表面行为，而漏掉了人们行为方式、谈话的细微差别——他们的用词、手势和未说的话。当你描写人物或写一段对话时，这些特征可以为最简单的句子增加深度。通过描写和对话，你要么可以很好地捕捉人物的特点，要么会在叙述中使其失去真实性和位置感。

简言之，词语、人物和背景或人物的居住地之间的关系非同寻常。如果你选择的词语不适合人物或者背景，就会在叙述中产生脱节。在齐诺瓦·阿切比①发表的一篇题为《英语和非洲作家》的文章中，作者从他自己的作品《神箭》中选了一个很好的例子，进一步解释了词语用法及其与人物和背景之间的关系。

"首席大牧师正在跟他的一个儿子解释，为什么有必要送他去教堂：

---

① 齐诺瓦·阿切比（Chinua Achebe），1930年生于尼日利亚，一直用英语写作，以尼日利亚伊博人民独立前后生活为题材的"尼日利亚四部曲"是其代表作品。

‘我想让我的一个儿子加入到这些人中去，成为我的眼睛。如果里面没什么，那你就回来；如果里面确实有什么，那你就把我的那一份带回来。世界就像一个戴着面具的人在跳舞。如果你想好好看看它，那就不能老站在一个地方。我的灵魂告诉我，那些现在对白人不友好的人会说：‘如果我们事先知道……明天。’”

“现在假设我用另一种方式写，比如像这样：‘我派你到那些人中间去，作为我的代表——万一新的宗教发展起来，就要站在安全的一方。人要相机而动，否则就会被甩在后面。我有预感，那些没有与白人妥协的人们会后悔自己今天的缺乏远见。’”

“素材是一样的。但是第一个与人物相符合，而第二个则不符合。”首席大牧师第一段话的语言体现出地点、传统和雄辩的一致性。“世界就像一个戴着面具的人在跳舞”，是用牧师生活环境中的一个物体，来解释这个世界的不断变化，以及牧师世界的恒久不变。如果你仔细往下读“我的灵魂告诉我……”，不用直接告诉你，你也很清楚说话的这个人不是欧洲人或西方人。同一段话，第二部分开头第一句“我派你到那些人中间去，作为我的代表……”激发的是读者脑海中完全不同的东西，环境改变，与这句话的第一种形式相比，上下文也变了。

如果阿切比对故事发生的地点和人物没有明确、现实的概念，那么他的对话就有可能是后者，即与背景及人物根本不相符合，因此故事就不再是一段清晰可见的旅程，人物和背景之间会产生脱节，使读者感到困惑。我写作的时候，尽量遵循这个规则，下面是一个简单的例子。

在我生活的文化环境里，成年人跟年轻人说话的时候，不叫他们“小孩”（kids），而是叫他们“孩子们”（children）或者“小伙子们、姑娘们”（boys and girls）。“小孩”这个词是用来指孩子的美式英语用法。因此，如果我的故事发生在西非的塞拉利昂，就不能用这个词。这里有一些练习，可以帮助你保证你的叙述、用词、人物和背景之间重点突出且脉络清晰。

练　习

1. 拖延时间来观察

拖延时间也是写作的过程，只要不是太过分。这个过程很重要，可以让大脑中富有创造力和批判性的细胞得到休息并恢复精神，从而为写作做好准备。但是，你必须确保拖延时间之后能有结果，并且还有足够的时间写作。另外，利用这段时间观察人物、环境，并偷听谈话，确保你不会让任何人感到不舒服！

找一个公共场所，安静地坐下来。冬天的时候我更喜欢在那种有窗户的咖啡馆，在那里可以看到外面发生的事情，以及进出咖啡馆的人。如果你不擅长记东西，那就拿个记事簿。控制自己不要写完整的句子，只写单词、短语、想法、感觉、意象这些直接的反应。

尽情享受这种观察，并且要在内心体会你看到的一切。不要只观察人们在做什么，还要观察他们周围有什么，包括对他们的动作和语言可能有辅助作用的各种声音、干扰、天空、太阳、云彩和手势等。观察完这些，写下你记住的东西。在你去做访谈的路上为一篇非虚构文学作品做研究时，可以运用这些观察技巧。

通过这些练习，你不仅要学会倾听人们在说什么，还要注意他们的位置、说话的方式、挥动的手势等。这能让你选择合适的词语来描写人物以及他们的动作，还有动作发生的地点以及动作与周围环境的关系。

2. 事前发生的事情

很多人总认为他们的生活很无聊，没什么可写的。之所以有这样的想法，是因为他们考虑的仅仅是生活中发生的事情的真相，而不会考虑导致真相的事件、事件发生过程中的标志，以及那个事件对个人的影响。这个练习要求你回忆起几个小时以前、三天以前、一周以前、几个月以前生活中的一个重要事件。你会惊讶地发现很多事实际上都与那个重要事件有联系：每天的活动是如何进行的？又受到怎样的影响？为那些重要时刻的到来积蓄能量，做好准备。

一件历史事件发生之前或者在你听说之前，想想你在什么地方，听说这件事的时候你在做什么。例如，“9·11”事件，刺杀肯尼迪事件，纳尔逊·曼德拉从南非监狱里被释放出来，等等。不要描写事件本身，而是写你的生活中正在发生的事情，听到那个消息以后被中断的事，以及这种中断对你和周围其他人有什么影响。再用练习 1 的方法进行观察，描写你自己的生活。

每一个好故事至少是两个故事 David Vann

David Vann，其故事集 *Legend of a Suicide* 获格蕾斯·佩雷奖（Grace Paley Prize），并且被《纽约时报》、《旧金山纪事报》（*San Francisco Chronicle*）、《堪萨斯城明星报》（*Kansas City Star*）和《小说奖》（*The Story Prize*）评为 2008 年重点推荐图书。他是《时尚先生（杂志名）》、《大西洋月刊》、《男性周刊》（*Men's Journal*）、《户外》（*Outside*）和《国家地理探险》（*National Geographic Adventure*）的投稿人，还著有畅销回忆录 *A Mile Down: The True Story of a Disastrous Career at Sea*，和即将完成的小说 Caribou Island。曾获美国国家艺术奖（National Endowment for the Ants Fellow）、华莱士·斯泰格纳奖（Wallace Stegner）和 John L'Heureux Fellow。曾在斯坦福大学和康奈尔大学教书，他在这两所大学里获得了学位，目前是佛罗里达州立大学的教授。

"每一个好故事至少是两个故事"，格蕾斯·佩雷①在工作室里这样对我们说，那时我还是斯坦福大学的一名学生。现在我写回忆录，不写短篇小说，但是我始终记得她说的这句话，一部分原因是当时她拒绝解释这句话是什么意思。她的工作室和我之前参加的其他工作室都不一样。比如，我们不像之前那样把草稿交上去，而是大声地朗读我们的草稿，这就意味着我们必须学着听一遍故事，在脑子里记住所有的一切，然后再讨论。她关于修改的建议也不一样。她不会告诉我们一个场景或人物需要展开，而是说故事应该像一个圆圈，但是在最后时刻，不是把圆圈闭合，而是应该转向另一边，再展开。"每个人，不管是真实的还是虚构的，命运都应该是不确定的。"她在故事《和父亲的对话》中这样写道。

我现在写回忆录的时候，也会考虑故事和小说，因为我相信读者期待从回忆录中读到这些。他们期待故事跟小说一样连贯，没有无关紧要的重复或其他任何随意的细节，以免搅扰日常生活。只陈述一件事的发生或一个事实的存在是不够的。并且，最终的故事应该比最初看起来要丰富。作

① 格蕾斯·佩雷（Grace Paley），美国犹太女作家，出版了 3 部短篇小说集。

者给我们讲述一个故事，同时也在为讲述另一个故事做铺垫，这样对作者和读者来说都是一个发现的过程。例如，在我的回忆录《一英里远》中，讲述的故事是我们在土耳其造了一艘船，在我度蜜月时，却在加勒比海突如其来的暴风雨中沉没了，但这仅仅是表面的故事，表面上的探险。这本书实际上讲的是我如何克服父亲自杀留给我的挥之不去的阴影，包括面对将来某一天我也会以同样的方式结束生命的那种恐惧。

在格蕾斯·佩雷一篇很简短的故事《想要的东西》中，表面上是她去图书馆借书，终于在18年以后归还了所借的书。这就是场景和事件。她借的这些书已经过期了很长时间。但是她碰巧遇见了她的前夫。他们谈了一会儿，他显得很痛苦，指责她什么都不想要。他想要很多东西——尤其是一艘帆船——并且他现在得到了，但是她却从来不想要什么。

这是个戏剧化的故事，主要人物和对手之间的冲突，对手并不是坏人，而是一个很亲密的人，只不过想要的是其他的一些东西，一些对立的东西。戏剧性（在特定的时间、地点和场景中展现的两个人物之间的冲突）对回忆录和对小说一样至关重要：我们不可能读上几百页，却看不到人物之间的冲突。但是我们不能就此停住，还有另外一层，我们称之为视野。

在《想要的东西》里，她和前夫邂逅之后心烦意乱，并且听了他狭隘的评价——说她从来不想要什么，我们的主人公想到了一切她实际上想要的东西。例如，她曾跟她的孩子许诺过“在他们长大之前结束战争”，并且她“想嫁给一个人直到永远”。她像写一篇小短文一样，把自己想要的东西列出来，加以描述，我们也就理解了她的视野，她怎么看待自己、别人以及这个世界。我们也会感到发生了变化。她与前夫的争吵影响了她。

《想要的东西》用了不到四页纸，却为我们提供了极其清晰的视角，可以观察到一个好故事的层次。视野，以及主人公视野的转换，可能会被背景描写或对话、手势的潜台词等所掩盖，但是，佩雷却把它表现了出来。场景和戏剧性的故事如何发挥作用也就清晰了。

练　习

只用三四页纸来描述一个场景或事件。

可能是一些小事或者看起来不太重要的事情，但是要让戏剧性的冲突从中浮现出来，可以是出乎意料或让你放松警惕的事情。你可能想反过来考虑：想起来一个重要的、令人心烦的冲突，和你亲近的人、你爱的人或者曾经爱过的人的冲突，然后试图找出一件别的小事，你可以通过这件小事间接讲述你的主要冲突。很可能你会被这件小事缠住，因此注意不到冲突即将发生。

你一旦描述了情景，并最终描述了冲突（在有对话和手势的场景里），就先暂时放下。让你的人物（是你，但是记住那实际上只是你的一个翻版）稍微仔细考虑一下，要么通过直接的声明，就像佩雷的故事中一样；要么通过对背景的观察，或者转到回忆，或是对其他人物的观察。有很多种方法，但是你期待的是事实，是此时关于这个人（你）的事实，关于她是谁，她怎样看待自己、其他人和这个世界的事实。理想的情况是，你的冲突场景能带你辨认出这些。另外，要记住，你可能会花很多年写回忆录，并且会有很多的版本，但是每一部作品都不能浪费。最后，当你的作品流露出一种真实和天赋的时候，这种真实和天赋便是你所有的努力甚至失败为你赢得的。

不要只描写……唤醒它……让它变得真实！Bruce Dobler

Bruce Dobler，著有两部小说 *Icepick* 和 *The Last Rush North*，以及一部关于一名造假币者的口述笔录式回忆录 *I Made It Myself*。Dobler 于 2008 年退休，现为匹兹堡大学的荣誉退休副教授。他正致力于为 Palgave Macmillan 写一部教科书 *Writing Creative Nonfiction*：*Creative and Critical Approaches*，计划于 2010 年秋季出版。

我曾经听到的关于描写“地点”的最好建议来自迈克·兰德瑞斯，他是纽约的一个印刷工，他是一个造假币者，在我的第一本书《我自己制造》中讲述了他的故事。迈克的建议是从朋友那得来的。他们知道我在芝加哥长大，从来没有在纽约生活过，因此求他找别人写这本书。“他从芝加哥来，”他们大叫着，“拜托！他绝对弄不明白的。”

迈克读过我一些早期的、未出版的作品，仔细考虑了一会儿，最后告诉我他要做什么：“我带你去每一个‘骗局’发生的地点……晚上所有情报局的家伙们都等着我去见另一个造假币者。在同一个时间带你去那里，站在我那天晚上站的地方，和一个穿得有点像歹徒的情报局特工一起等人。然后我把你留在那里……可能要等半个小时左右。然后你写下你看到、听到、闻到的一切和你所有的印象。待在那里不要动，等我回来找你。”

情报局的特工们假扮成流浪汉，有的藏在角落里，有的喝醉了在路上闲逛，我知道了那天晚上的故事，并且知道了这将成为我要写的书的开篇。站在那里，没有其他地方可去，长时间一直紧紧盯着，这也是件新鲜事。

迈克离开了，我站在服装业区第七街。就像迈克跟我说的那样，路的两边是加油站、破旧的商品楼、几家印刷店和几条小巷，甚至还有一个乞丐，但不是情报局的特工。他一个肩膀上扛着一个塑料袋，一只手伸了出来，我给了他一美元，然后他就走了。我看看周围。我在路边等着，但是不知道等什么……然后我脚下的地面开始轻微地颤动，我听到路边从木栅栏里传出的声音，那是一个大概有两英尺长的开口处，我听出了这个声音是地铁里列车的声音，然后突然，一股稍微带点刺激的、又很温暖柔和的风从下面的通道里吹了过来。列车过去了。我在想站在那里像什么，一直等待着，心里很紧张，很不安，等待着一场枪战的到来，并且试图记住躲到哪里来掩护自己，因为我知道可能会出问题，也可能会被抢打中。终于，迈克来找我了，我总算放心了。他看了一眼我的表情，然后很满意地点了点头，说："很好，奏效了。"

迈克·兰德瑞斯又带我去了其他的地方——绑匪们把他抛下的那个小地方，并且恐吓说一旦他喊叫，那他就完了："把你踹到地上，踹你个嘴啃泥。"他开车把我带到那里，然后把我也抛在他被抛下的那个地点就走了。他让我在那儿站半个小时左右，然后沿着大街向北走大概五个街区，到他的老房子那里，他在那里等我。要集中注意力！

你也可以这么做。我们每个人在紧张、恐惧、难过甚至十分暴力的情况下，往往会注意到周围平时不去注意的东西。有时候，或坠入情网，或者因生活中出现一些意外的转折感到幸福时，我们会留意到一件曾经很熟悉的东西，并以全新的眼光重新打量它。这确实是一个双重任务，既要注意你所经历的，又希望它能使某些事件对读者来说更有意义。虽然如此，也要注意你所写人物的情感状态。或者，如果你想要推动故事的发展，那就想象一下人们将来会怎么理解，与你现在的看法会有何不司。

但是，不管何种情况，对重要细节和感官印象的丰富描写的魅力都在于带给读者引人入胜的感觉，能够让我们站在作者的角度（或者作者所写人物的角度），赋予所描写的事件以权威性，使读者（甚至是你自己！）感到身临其境。

练　习

想要开始吗？去一个对你来说很重要的地方，一个你会产生反应的地方，不管是喜悦、冷静、兴奋、活力、恐惧或……讨厌。把读者带到那里

（是的，把我们放到你的角度）。

在你的描写或叙述中，不要只告诉我们它是什么意思，要告诉读者你在看什么，摸什么，尝什么，闻什么，感觉什么——首先是触觉的，然后如果需要，就要带着感情描写。在写作中有几个小技巧可以运用，并且看起来它们不仅仅是小技巧……其中一个是在单个句子里混合两三种感觉，这种方法最为有效。通过结合感觉上的细节引出地点和情形很有趣，能使读者真正感到他们似乎在现场。将“叙述”减到最低，相信读者可以自己“领会”。

然后，如果感觉自己做得很成功了，再深入一点，到一个全新的地方——周边的一个地方，可能是你曾开车穿过的一个小城镇，一个你没仔细看过（亲历过）的体育场馆，或者更好一点，一个你知道在那里发生了一些重要的、有新闻价值或者纪念意义甚至历史性事件的地方，并且要一边徘徊、“沉浸”于其中的细节，一边思考发生过的事，要么写你记忆中的事，要么试着将你知道的事进行再创造。

如果可以，让自己置身于这样一种情景：某人在一个地方帮助了另外一个人；或者救了别人一命；或者目击了一场事故，目睹或参与了某件英雄的、伤悲的、痛苦的、有趣的、甜蜜的事情；或者某个你想再现在纸上的时刻，那就把你自己和读者都带到那里——那个夜晚，那个早晨，那个下午，即事件发生的时候。这就是迈克·兰德瑞斯让我做的。他要讲述故事，但是他需要让那些地点带着其一切内在的、独一无二的特征活起来，这样知道这个地方的读者能一下认出它，而从没有到过那里的读者也必然能够从中“领会”到它。

我们达到了吗？如何绘制结构路线图 Leslie Lehr

Leslie Lehr，非虚构文学作家、编剧家。她的小说包括 *Wife Goes On* 和 *66* Laps，她的散文曾经在《妈咪战争》（*Mommy Wars*）中作为专题报道，并且获得过 Katie Couric 和 Ariana Huffington 的称赞。此外，她的浪漫惊险小说 *Heartless* 在欧洲剧院里出演达 6 年。Lehr 现居住在南加利福尼亚州，在加利福尼亚大学洛杉矶分校担任作家项目的顾问和教师。

每件事都有开始、中间和结尾：每句话、每个段落、每一章节，以及每一天、每一年、每个人生。这在每篇文章里也一样重要。从出生开始，家长就让我们一个劲儿地读大量的童话故事：从“很久很久以前”到最后引出“从此以后过上了幸福的生活”。大人们通过这种方式，帮助我们组织思想，认为事件的因果关系很随意。但是如果这种观念在潜意识中根深蒂固了，我们很容易空怀一腔热情，却忘记写作。

很多人嘲笑“提纲”这个词，并且坚持认为写故事只需要直接写就行了。很多作家会发现自己的故事被这一张张纸所埋没了。但是他们一旦发现了故事，就必须开始动笔、坚持下去，并且完成它。把它想成一个路线图，由图得知，你想从洛杉矶到纽约，但是还没决定走哪条路线。在非虚构文学创作中，你已经完成了这次旅行，并且有很多路线可以选择。困难在于你选择的路线要能把最好的城市包括进去。用写作术语来讲，就意味着决定哪些情节能最好地为主题服务。

把事件组织成开始、中间和结尾能够给你节省时间，减轻负担：如果你讲的故事是真实的，那么故事发生的顺序要清晰明了；如果你改变结构或者平行叙述，你就必须知道怎样组合。探索主题时，如果没有具体的时间顺序，这些决定就更加至关重要了。你一旦有了清晰明了的顺序，再作其他重要的决定就容易很多。你在某一部分花了多长时间？你要写进去的事件有多少？哪些事件或想法最具吸引力？

你最大的挑战或许是决定哪些信息该省略。主要是避免那些不能提供新信息的部分，那些重复前面想法的部分，或者那些会分散读者注意力、偏离主题的部分。用地图这个隐喻，意在强调要避免兜圈子，或看到许多相似的景观，或在酒吧里浪费太多时间。如果你想描述每个国家公园，就随便吧；如果你想要展现我们国家的多样性，那就是一段完全不同的旅行了。既然你已经选择了创作，那么，只要汽油没耗完，在到达终点之前，你都可以随意开到任何你想去的地方，这种计划可以在结构上完全自由发挥。

练　习

1. 列出你故事中的三个主要事件。不是随机的三个事件，而是你跟好朋友讲的时候，最有可能告诉他的三件事。如果你写的是一个主题而不是一个故事，那么写下三件你想谈论的主要事件：1，2 和 3。啊哈！提纲有了。1 号标签：开始；2 号标签：中间；3 号标签：结尾。

2. 列出发生的其他五件事情，或者你想在文章里提到的五件事。可以用完整的句子，也可以用简单的短语，但是不必详细描述。

3. 把这些事情补充到前面三个部分里，排好顺序。如果这些经历不要求严格的时间顺序，你还可以调整一下顺序。你可以在以后不断修改。但是一旦决定了，每件事都要为下一件事做铺垫。在第 7 条发生的事情不可能在第 4 条已经发生过；或者，你正在描述的事件会因为前面的铺垫而显得最有意义，给人的印象更强烈。

4. 画两条横线，把故事的中间部分与其开始和结尾分开。这样 8 个事件或者想法就分成了 3 个部分：

（1）根据普遍的法则（或者基本的三幕结构）写完之后，我们会发现中间部分比前后两端的内容多。很多作家都会在开始部分写很多，但是如果我们在故事的中间部分展开结构，那么开始出现的很多内容都可以被抹掉或被组合成背景故事。如果开始部分确实有很多事，那么就要决定作为中间部分的第二幕究竟该从哪里开始。

（2）想想其他发生的事情，不管是阻碍还是引导故事情节的发展，必须是在导致结尾的转折点之前发生的事情。这些属于中间部分。

（3）即使结尾看起来很明显，即“他们到了纽约”，也要写下来。你可以在以后去充实情节。请牢记：目标能够帮助你对整个旅途都感到兴奋。

5. 可以随意详细叙述更多的细节。有些人将每一个情节点扩展成一个段落，甚至整个场景，这样初稿就会更容易完成。其他人会不断往里面添加更多的事件或想法，直到面面俱到。或许把每个事件或想法写到独立卡片上会有所帮助。记住要灵活——如果你去科罗拉多大峡谷时拐错了弯，你可能就要仔细检查一下你的路线图了。

现在有了简单的提纲，写作的时候就可以将其作为路线图使用。不管你是喜欢漫无目的的自驾游，看看路上会发现什么，还是喜欢制定满满的行程，想要穿越整个美国，你要知道自己去哪里。一路平安！

行文简洁 Neal Bowers

Neal Bowers，著有八部书，包括小说 *Loose Ends* 和回忆录 *Words for the Taking*。他还是一名诗人，曾获得了多种文学奖，包括美国国家艺术奖。他的短篇非虚构作品被刊登在周报栏目长达数年，并曾获普利策奖特稿写作奖提名。他在艾奥瓦州立大学教书达 31 年，最近刚刚退休。

非虚构文学——回忆录、自传和史实——都很适合写成一本书。短篇的非虚构文学作品和散文篇幅差不多，3 000～5 000 字。但是除了记者，很少有作家探索过超短篇非虚构文学。

练　习

我自己对这种要求最低字数的非虚构文学的定义很简单——一篇必须不少于 500 字，不多于 600 字（一篇报纸专栏的标准篇幅）的文章。文章必须提供真实信息，但是方式要不同于直接的新闻报道。虽然压缩篇幅会显得拘束，但是能够解放作家，允许他在事实材料的范围之内尝试使用形象的语言。

除此之外，超短篇非虚构文学作家还可以充分利用观点和对事实的组织，旨在使文章富有强烈的感情，但是不超过散文诗或某种未排满行的自由体诗。

就从日常生活中寻找素材。超短篇非虚构文学最适合用来描述平凡的生活，使读者能停下来思考那些构成他日常生活的非凡时刻，至少是一两个时刻。下面是我自己的一篇散文的节选，很简洁，源于一次外带食物被弄错了的经历：

> 上周某个晚上，在一家中国餐馆里，一对夫妇的外带食物被错给了我们，在此，我们应向他们诚挚地道歉。那天我们要的只是简单的面条，但那包外带食物看起来很庞大，但是我们没打开看看就带回家去，后来就不好意思再退回去了。不管怎样，这顿饭更像是一个礼物而非错误——每个盒子都装得满满的，给了我们很多惊喜。
>
> 里面我们能认出的东西只有几种——酸甜汤、鸡蛋卷、米饭。剩下的食物很香、很神秘，有调味品的味道，还有我们从未品尝过的很多种组合。就像那些挑剔的孩子抵制任何新事物一样，我们用力闻了闻每一个盒子，很勉强地尝了一小口。不可思议啊！我们原本订的家常饭居然变成了一顿异国风味的二人晚餐。
>
> 我们吃的时候，想到了你们，对我们的口味了如指掌的陌生人。够味的姜汁，少许的芝麻。好多次我们拿起热茶为你们敬酒，并且为你们祝福，很想知道你们打没打开我们的两份面条，用蜡纸杯盛着，多希望你们能在这里，看一下我们有多么欣赏你们的选择。

虽然这段文章比故事更有情感，并且故事成分是隐含的而非直接表达的，但它仍然讲述了一个故事。有限的篇幅使文章不可能离题，并且能使作家一直集中于手头上的素材。挑战就是用两页左右的纸讲出一本书的内容。

以下的节选，是从一篇 522 字的文章中选出的，写的是人们边开车边跟着收音机、唱片和 iPod 唱歌的情景：

> 我们行驶在州际公路上，以 65 英里～70 英里以上的时速疾驰，风发出的嗖嗖声和轮胎在人行道连接处发出的嗤嗤声交织在一起，多么动听的合唱啊！从科尔·波特[①]到珍珠酱乐队，从比莉·哈乐戴[②]到珠儿[③]的每一首歌曲。挑出一盘 10 年金曲唱片。有一个人正当红，等着全世界的灯光再一次亮起，超过风行一时的《月亮河》，音乐回荡在你耳边，让你想起了鳄鱼摇滚。请称呼我们为旅行中的民谣歌手，

---

① 科尔·波特（Cole Porter，1891—1964），美国著名音乐家。
② 比莉·哈乐戴（Billie Holiday，1915—1959），为爵士乐坛的天后级巨星。
③ 珠儿（Jewel），被誉为当代美国流行乐坛最有才华且最出色的歌手之一。

> 高速公路上的吟游诗人。如果谁都不想领唱，如果不是被人看一眼就嘴唇发干、满脸害羞的话，我们将是多么出色的一个乐队啊！

这种写作吸引我的是它怎样超越体裁——把它当成一篇只有新闻报道那么长的诗意散文。虽然作家们一直在尝试超短篇故事，但是简洁得无法比拟的非虚构文学仍然是完全开放的领域，值得探索。

因为这种非虚构文学尚未被开发，对学生们来说是很好的机会——在课堂任务范围内，做一些新鲜、有趣的事情。通过对超短篇非虚构文学的比喻性压缩，闹钟响起的时候起床，一直坐着听完一场无聊的讲座，吃自助餐，用手机打电话——日常生活中的简单事实都可以变得充满活力。

真实的虚构 Janet Burroway

Janet Burroway，著有 7 部书，包括 2009 年的 *Bridge of Sand* 以及两部教材 *Writing Fiction* 和 *Imaginative Writing*。最近的作品包括剧本 *Parts of Speech* 和散文集 *Embalming Mom*。她是佛罗里达州立大学 Robert O. Lawton 杰出荣誉退休教授。

在“创造性”和“非虚构文学”之间始终存在着冲突，而作品形式的丰富性恰恰在于这个悖论。问题是，创造性如何成了小说的代名词？另一方面，为什么事实占了大量篇幅，却又被视为仅仅是无生命力、无启发意义的数据？

实际上，非虚构文学作家对在这个舞台上用的每一个句子都要做出决定，只是经常不确定或者很难做出自己的抉择。在新世纪初的那几年，由于报纸丑闻以及对詹姆斯·弗雷及其假回忆录的公开谴责（没有比“奥普拉脱口秀”更公开的），这种局面更加恶化。

但是我认为，如果你对自己诚实，那么做到对读者诚实就很简单，并且检验非虚构文学作品是否真实有一个清楚且简单的试金石，即有没有想要欺骗读者的意图。

大多数时候这意味着，你要用所有的写作技巧来捕捉你所理解的真相；但是这也意味着只要让读者知道你在虚构，你就有很大的创作自由。“我猜想”、“我看”、“对我来说似乎是”、“我想”、“我认为”、“我记不太清了”、“但是”，这些短语描述了我们每天都会有的思想活动，我们将其和数据一起使用，来得出我们对事实真相的认识。

只要你给读者清楚地标出你的推测，那么推测就可能是通往生动、准确的一条途径。如果你只在监狱里待了一个晚上，那么“我在监狱里待了三个月”就是个谎言。“在监狱里一个晚上就像三个月的时间一样长”虽然是陈词滥调，却是很好的事实描述，并且你可以做得更好，**更有创造性**。

下面是弗雷德·达奎拉的文章《阴影中的儿子》的开始部分：

> 关于他们是怎么遇见的，我一无所知。她还在上学。他已经工作了，可能是个政府职员，在她学校附近的一栋楼里工作。中午学校和办公室休息吃午餐的时候，他们的生活有了交集，在三明治柜台、软饮料摊点、红绿灯下、集市广场上……

“我一无所知”和“可能”很清楚地表明这是虚构，并且允许达奎拉想象出他不知道的事情和父母见面时的情形。我们并没感到上当受骗，反而使我们能够更加了解他的想法和感受。

以下更为详细的例子，是从我自己写的《我不认识塞尔维娅·普拉丝[①]》中节选的：

> 那天晚上先是令人愉快的，后来断断续续，又紧张不安，这种晚上都是这样。我不认识塞尔维娅·普拉丝。除了那个时刻我什么都不记得了，也不知道他们之间的情形。我是个小说家。我不是用“一整块布”编织故事，而是用自己的生活经历，日常观察的碎片和零散素材——动机、冲突、失败、晚餐、客人、内疚、婴儿、痛苦，以及指责等进行加工。哦，是的，我有一点特权，加上我自己后来经历的令人瞠目的岁月，如果我想就那天晚上写一部小说，指责后来发生的每一件事，我可以召集一次军事法庭……

当然，之后我就可以自由写作了。

在这些例子中，这种事实中的幻想能够告诉我们更多有关作家的信息，除了所描述的人物、地方、事件或东西，还有作家的思想，这是我们

---

① 塞尔维娅·普拉丝（Sylvia Plath，1932—1963），美国女诗人，小说家，曾嫁给英国大诗人特德·休斯（Ted Hughes，1930—1998），在他离开她后自杀。

想从非虚构文学作品中了解的重要部分。就像菲利普·洛帕特[①]所说："……如果随笔作家能够往下深入地挖掘，直到我们感觉这个话题已经被探讨得尽可能切合实际，尽量清楚了"，那么这篇文章就有可能唤醒"对自我认识的顿悟……这是所有热爱个人随笔的人都期待得到的奖赏"。

练　习

开始就一件真实的事件写一两段（不要多写），写成自传或其他形式。然后，明确表明你要进入想象的领域了，幻想可能发生的事情，有虚构的特征，或者再创造一个你不记得的场景。

你的目标应该是：（a）读者绝不会怀疑什么是事实、什么是虚构的；（b）"编造"的部分实际上能够让你更接近事实。

① 菲利普·洛帕特（Phillip Lopate），美国当代作家。著有三部散文集，两部小说，两部诗集，一部教学生涯回忆录，一部电影评论集及一部自传。

在回忆录里巧设真实场景 Sandra Scofield

Sandra Scofield，著有七部小说，一部回忆录和一本文学技巧书 *The Scene Book：A Primer for the Fiction Writer*。她在波士顿松堡学院教授创意写作硕士课程，同时她还擅长绘画。

几乎所有人都知道，我们不应在回忆录里编造故事。但是当我们考虑到“我有足够的素材写一个场景吗?”“我怎样填充这些空白?”这样的问题时，便不可避免地陷入两难境地。

坦白地说，首先我对压缩人物、编年表或设置背景是持不信任的态度的。我认为一个场景应该代表记忆中的某些足够清晰（和足够迫切）、值得对这一场景密切关注的事件。你始终可以选择讨论一件事的前因后果，引用你确实记得的事实，也可以描写你对自己记忆的怀疑。这种写法对读者来说很有趣，也很有启发意义。另外，场景要具备直接和隐私的特质，所以，如果你掌握了所需的素材，那就动手写吧。

练　习

那么你需要什么呢？我想说，开始快速记下事件，然后再列出一个素材目录。你应该有一些特定的东西，听起来很真实：物品、对话片段、时间和地点要素。把这些列出来，进行描述。

更重要的是，问问自己这个场景事实上是关于什么的。你对它的主要感觉是什么？当时发生了什么事？你为什么想把读者带到那里？这些问题能够帮助你分析描写场景的目的，比如捕捉一种人物关系的某一方面，或是某一地点和时间的氛围。

现在你有了场景描写的理由，也有了主要的事实。接下来是什么？从你对过去情形的回忆中挑选出意象。想想当时的情形："以前我们总是做桃子冰激凌，然后点烟花。""我妈妈只要给我建议就让我必须坐下，好像我需要做笔记一样。"

通常，场景的背景是由你对事件的这些感情回忆一起组成的。你不用把每件事情都记得一清二楚，当然你也不能一带而过。

记住这些，并且做好上面提到的初步工作，开始进行下面的步骤：

1. 找到场景的"心脏"或者"脉搏"：张力和能量的来源。是渴望？恐惧？还是愤怒？让它在场景中跳动！

2. 列出场景的节奏，即你要说明的行动的步骤。这能使你的想象不致太偏离主题。

3. 使用支撑场景的意象，慢慢地描写，注意节奏，仔细编织上面讨论到的事实和假定的情况。

4. 把总结和反思的要素结合起来，以揭示真相和领悟意义。通常，不管你感觉场景的描写多么顺畅，真相和意义才是关键所在。要牢记：在回忆录里，揭示真相是叙述者给读者的礼物中最为丰富的部分。

一般现在时的力量 Mimi Schwartz

Mimi Schwartz，最近的一本书是 *Good Neighbors，Bad Times—Echoes of My Father's German Village*。其他作品包括 *Thoughts from a Queen-Sized Bed* 和 *Writing True：The Art and Craft of Creative Nonfiction*（和 Sondra Perl 合作）。她是新泽西州理查德斯多克顿大学的荣誉退休教授，现居住在新泽西州的普林斯顿。

用一般现在时写作，能够带我们回到过去，并且能更直接地重现某个时刻。“我是”而不是“我曾经是”经常能释放更多所需的感觉细节，尤其是在写回忆录和个人随笔的时候。这样做还有另外一个好处，即从当时和现在的双重视角来进行描述。过去的“我”和现在的“我”相互配合；第一个对此时此刻立即作出反应；第二个解释那个时刻的后果。这两个自己之间的张力能够激活叙述，使人顿悟。

当然，用一般现在时写的作品在技术上是小说；我们使用“我是”来描述发生在 6 年前或 20 年前，或者就是上周的事情。但是读者对此很理解。他们承认“过山车再次俯冲下来时，我大声尖叫！”是一种文学笔法，描写的是过去的事情，而不是现在。

另一个文学笔法就是作者的天真。作者那时候是很天真的，但是现在即使“我”向下猛冲，也知道过山车会怎么样。但是为什么这个回忆重要呢？为什么作者需要再回到过去坐一次呢？这是写作和修改要解决的问题。

有时用一般现在时能找到答案；有时为了减少直观性，增加曲折性，我们需要改用过去时。这是我在自己的随笔《我父亲总是说》中的发现。开始我用一般现在时，写了一个不懂事的美国女孩在二战过了 7 年以后，跟着家人到父亲原来住过的德国村庄里：

> 我被父亲拖着走遍了欧洲，他一心一意地要我相信皇后区的林山①不是整个世界。他讨厌我，这个在美国出生的女儿！因为我想和我的好朋友阿琳一模一样，她妈妈把一头金发漂成了白色，晚饭会拿出金宝汤罐头。“在本海姆，你不会这样做的。”他一天会说一百次——尤其是周五晚上我打完篮球想出去玩的时候，或者当我想要去参加晚会的时候，父亲会说他们“不了解我的家庭”。

但是文章写到中途，我就被卡住了。这个女孩无法讲出15年前父亲为了逃避希特勒的迫害而对失去的生活的悲伤之情，并且，我发现那是文章的主要基调。直到我换到自己成年人的角度，用过去时，才把每件事联系起来。也有那个不懂事的女孩的随声附和，虽然能想起那个女孩，但是现在的我是主要的叙述者。

> 很多年来，我听到的都是同一句话：“在本海姆，你不会这样做的。”每当他女儿的美国世界让父亲感到吃惊时，这句话都会重复出现。有时这句话比较温柔，让人感到好笑。比如我在P.S.3感恩节戏剧中扮演火鸡朝圣者的时候他就会这样说。但是，通常这句话是父亲面红耳赤、血压飙升时喊出来的，尤其是当妹妹露丝被来自布鲁克林的梅尔迷住的时候，或者我要和朋友出去玩，而他不认识我朋友家人的时候……

有时，一般现在时能一直起作用，尤其在你为了发现一件事的过程中，要为天真而幼稚的“我”及时记录事情怎样变化的时候。对此而言，直观至关重要，并且如果你想要看得更长远，那么像“后来我发现……”或“过了40年我才……”这样的短语能够允许你抛开一般现在时，根据需要变化调整。

要想探索一般现在时的力量是怎样触发和引起回忆的，可以尝试以下三个部分的练习。第一部分用第一人称、一般现在时表现过去；第二部分尽量用过去时态写对同一事件的反思；第三部分探索张力，以及把这些角

---

① 皇后区的林山（Forest Hills，Queens），指的是纽约皇后区的一个居住区。

度综合在一起产生的合力。

练 习

1. 想一件你童年时候的“第一次”——第一次接吻、第一次被打败、第一次吃麦当劳的巨无霸。不管是什么，假装你又回到那个时刻，把它写下来。用一般现在时，记录你当时的声音和观点。

2. 现在用成年人回忆的角度来写。用过去时态，用你现在的语言和视角，讲不同的事情。

3. 再读一下两个版本，做下面练习中的一个：（1）跟着听起来最有力的声音走；或者（2）将这两个声音组合成一篇作品。

即兴变奏 Xu xi

Xu xi，中国香港人，著有7部小说和散文，最近的作品有 *Evanescent Isles*，*Overleaf Hong Kong* 和 *The Unwalled City*。她是佛蒙特艺术学院创意写作硕士项目散文写作教师。目前往来于纽约、香港和新西兰南岛工作和生活。

我们怎样利用生活中的素材进行即兴创作？比如说我们通过同事、邻居或朋友认识了一个人，很快发现彼此之间存在某种联系，并且意识到必须保持这种联系。这种联系可能很直接：一种对杂交玫瑰的共同酷爱、都有年龄一样的孩子、一起拼车的可能性；也可能很复杂：其配偶恰好是我们在工作上一直想被引见的人、一个跟前任情人（你们的关系……就结束了）长得很像的人。在意识到的那一刻，我们进入了联系模式，说话或不说话，视情况而定，动用所有的“怎样联系”的经验去赴约，并且希望在我们说话的时候，要适宜得体。

在爵士乐的即兴演奏中，音乐家在台上做的事情跟这种情景相差无几。他们知道全部爵士乐的标准曲目、乐谱是一成不变的，每一曲都有一套变奏，即和弦的相继进行，这是即兴演奏的和声基础。即兴演奏的时候，除非他们知道或者能听出乐队其他人的变奏，否则就别指望即兴演奏能成功。

非虚构文学创作，实质上是在对生活的研究中，发现能够标志即兴创作转向的词语。不像写小说，里面的年代表、背景资料、环境、情节，甚至主人公的特点都是完全开放的，为了叙述的需要，作者可以随意虚构。但生活中的事实却无可争辩。实际上，那些事实就是我们要即兴演奏的“变奏”。不管是通过对视角的选择，还是在记忆中铺设一条路径，我们所写内容的存在理由都以一套固定不变的事实为依据。例如，如果某个特定的事件要求用特定的词汇，那么起点可能是对那件事的观点陈述，用爵士乐的术语说，可以与即兴变奏（通常包括开头或旋律）相提并论；换言之，就是一首歌在没有即兴变奏之前，最初写出来的样子。

练　习

作为一个长期、顽固的爵士乐演奏家，文学意义上的即兴变奏被证明是我开始进行新的非虚构文学创作的最好的技巧之一。非虚构文学创作这个行为正是一种对生活的即兴创作。在德尔摩尔·施瓦兹[①]的短篇故事《责任从梦中开始》中，很好地诠释了这个原则。他在开篇中写道："我认为是在 1909 年。"然后叙述者描述了在电影院里看无声电影的感觉，像旧版画一样闪烁不定，画面是一份很旧的遗嘱，"镜头中有很多光线和斑点。"第一段总结道："光线很差。"然后在第二段故事开头又写道："1909 年 6 月 12 日，星期天的下午，我父亲走在布鲁克林安静的大街上，去见我妈妈。"从一开始看起来不是很确定的"我认为"（即兴角度），施瓦兹回到时间事实引领叙述，这个具体的日子，主人公的父亲追求尚不是自己妻子的女人。虽然表面上看施瓦兹的故事是一篇小说，但是运用的叙述原则可以、而且确实能够应用到非虚构文学创作中去。

运用即兴变奏来寻找文章合适的开头

最简单的办法就是将时间事实与相关的素材隔离开，例如，事件发生的那天；在一个所爱的人去世之后第一次感到痛苦减轻的那个季节；见到一个想要写的人物的时刻。写一句无可争辩的话，来陈述时间的事实因素。

事实陈述

星期四，学校打来电话说我儿子用拳头打了一个小女孩的脸。

然后，在这句话的基础上进行即兴变奏，巧妙地利用时间因素。

① 德尔摩尔·施瓦兹（Delmore Schwartz，1913—1966），美国诗人、短篇小说家。

即兴创作

他们说，星期四的孩子有一张漂亮的脸庞。

我渴望星期四的到来，因为一周快要结束，但又没有完全结束，并且我还有一天的时间享受家里安静、没有孩子的生活。

尽量确定时间是不是那个需要统领故事变奏的因素；如果不是，就转移到下一个事实因素。

围绕着中心事实做这个练习，这些中心事实对于能够帮助你进行即兴变奏的素材应该是最为重要的。

这里有一些变奏的例子，比如一些无可争辩的陈述事实的例句，这些事实因素为作家的生活提供了假设的素材：

地点或周围环境的具体细节：旧金山，我丈夫出生的地方，不是国家的首都。

事件顺序：我妈妈 6 月 1 日去世，她的律师，遗嘱中指定的执行者，第二天也去世了。

描述到的人（们）的生平事实：卡特·华莱士在离婚已成定局之后，加入了我们公司。

具体时刻的天气和环境细节：根据天气频道的档案资料，表妹和她第四任丈夫私奔的那一周，缅因州天气很凉爽，和往年不同。

命名法：我们的狗的名字一直叫“猎人”，后来我哥哥又给他取了个名字叫“傻瓜”。

这个练习的目的，不是一定要写出定稿中的句子，而是为即兴创作中用到的事实提供框架。上面的例句很明显，每一句里都隐含着你可能想写的故事的线索。在爵士乐中，即兴变奏的目的很多：为熟悉的曲调提供新的音乐角度；检验音乐家的和声以及技巧水平；通过音乐表达感情；引出一首歌中可能隐藏的或潜在的感情；效仿大师，将音乐的传统发扬光大，等等。同样，论及非虚构文学创作，用爵士乐的术语来说，就是对素材，即我们的生活，进行即兴变奏。

修　改

黄色标线测试 Lee Gutkind

Lee Gutkind，《非虚构文学创作》（*Creative Nonfiction*）的创刊编辑，是很多获奖书籍的作者或者编辑，他最近的作品包括 *Keeping It Real：Everything You Need to Know about Researching and Writing Creative Nonfiction*。另一部新书是 *Almost Human：Making Robots Think*。曾在《每日秀》（*The Daily Show*）上被 Jon Stewart 作为专栏评论对象。

包括插图、片段、现实画面在内的所有的故事或场景，都是非虚构文学创作的构成要素，是传统的新闻报道、“文学的”和/或非虚构文学创作，以及优秀的、能产生共鸣的作品和普通的散文之间的主要区别要素。普通的作家向读者讲述一个主题、地方或人物，但是非虚构文学作家则呈现一个主题、地方或者起作用的人物。在讨论场景的实际内容或建构一个场景之前，我让学生做这个练习，我喜欢称之为“黄色标线测试”。

我告诉他们：“拿一支黄色的或彩色的荧光笔，迅速翻阅你最喜欢的杂志。”《时尚先生（杂志名）》、《纽约客》或者《非虚构文学创作》——任何一本你欣赏的出版物。或者再回去翻阅你真正欣赏的书里面最喜欢的章节，比如安妮·迪拉德，黛安·阿克曼，海明威，詹姆斯·鲍德温，约翰·麦克菲或者盖伊·塔利斯等人的作品。然后只把其中的场景描写标成黄色，仅仅是那些大大小小的场景。回到开头，再检查你做的工作。很可能，每一篇选出来的文章或章节中 40%～60%都是黄色的。

练　习

把作品交给你的教授或编辑之前，做这个黄色标线测试。如果你的手稿中标出的黄色不是很多，那么结果证明你大部分是在讲述而不是呈现，尽管这也并不一定就意味着作品效果不显著，但这是个明显的警示——需要我们考虑和理解得更深入一些。问问自己：“为什么我的文章不是黄色的呢？怎样才能让我的作品有更多的动作导向，更能引起读者共鸣呢?”没有绝对的规则，规定你必须描写场景，但是既然故事是这个题材大部分优秀作品的基础，那么至少你应该知道，为什么你的文章不能像擅长这种体裁的大师的作品一样，有那么多值得标出的黄色，或者与他们有什么不同。

信手写来！诀窍在于编辑 Robert Leleux

Robert Leleux，著有 *The Memoirs of a Beautiful Boy*。他的作品被刊登在《纽约时报杂志》和《得克萨斯观察报》（*The Texas Observer*）等出版物上，他是后者的定期撰稿人。目前住在纽约城。

好吧，不要告诉任何人我说过这话，因为这听起来像脑筋不正常的嬉皮士和新新人类的胡言乱语，我保证我并不是那样的。但是我相信，不管你坐下来写了什么，它都已经在你身外存在了——一直都是那样，像《逍遥鬼侣》[①] 或《欢乐的精灵》[②] 以及其他老电视节目里演的那样，里面一个完全正常的人（作家）被伟大的未来（Great Beyond）折磨得体无完肤。（我的意思是，你怎么才能得到莎莉·麦克琳[③]？《今夜秀》[④] 如何神秘？）但是我之所以开始相信那些听起来默默无闻的事，是因为一位优秀的写作老师曾经告诉我："只有一个正确的词。"只有一个正确的词，它只对你说，而你的工作就是认真聆听，不要错过。好消息是你不用担心赋予作品生命；坏消息是你要有负担，要精确，对准确传达信息负全责。

现在，你或许在想，我低估了作家的作用，把艺术家降为一名美国西部联盟电报公司传递信息的报务员了。你可能会想，当你坐在桌子前时，

① 《逍遥鬼侣》（*Toopper*），导演诺曼·麦克雷欧德，1937 年上映。影片讲述的是一对夫妇在一次车祸中丧生，但是他们需要做一件好事，灵魂才能升入天堂。因此他们决定帮助 Topper，一个沉闷、惧内的银行行长，给他的生活增加乐趣。

② 《欢乐的精灵》（*Blithe Spirit*），是早期的经典鬼喜剧片，改编自诺埃尔·科沃德的舞台剧，大致讲述查理的妻子深爱自己的丈夫，直到死后依然舍不下他，于是在查理再婚时醋意大发，化作鬼魂对他和新任妻子进行骚扰，查理无奈之余只有求助于灵媒。

③ 莎莉·麦克琳（Shirley MacLaine），在 1984 年凭借《亲密关系》一片获得奥斯卡影后。

④ 《今夜秀》（*Tonight Show*），是美国一档深夜谈话节目。

你孤单得不得了，没有神谕之手指引你。写作是件很辛苦的工作，某种神秘的、能指引你妙语如珠的精灵不过是一种迷人的幻想。那好，如果你确实这么想，如果知道我不相信鬼魂，你可能会很兴奋。我设计的这个练习可能有魔力，也可能没有，但一定包括很多折磨人的繁重工作。既然诗歌是最折磨人的，那么从诗歌工作室把这个练习偷过来，做一些改变用在散文上，应该很合适。

因此，假设你在写回忆录，假设你完成了第一章的初稿，内容全部是关于你母亲最好的女友辛西娅的，她曾经这样介绍自己："大家好，我的名字叫辛西娅，我很抱歉，我的鼻子很大。"噢，读一下，你就会发现全都不对。实际上，是很可恶。即使在你写的时候，每一行都像是天才写出来的。你也发现了问题所在。辛西娅的妈妈玛丽·卢只穿蓝色的海军服，曾经在《迪恩·马丁秀》① 插播广告时说："这个世界上除了汤姆，我最爱迪恩·马丁。"问题就出在这个场景里。并且她的丈夫汤姆最终会离开她，因为玛丽在看迪恩·马丁的时候，汤姆正和秘书亲密地在一起，既然这样，这个场景应该能表达出它所欠缺的浪漫主义悲剧色彩。因此，你开始拆开它，一行一行地拆，这样只会变得更糟，好像刁难你似的；然后你就开始希望回到美好的、可恶的往日了。它能把我带到……。

练　习

下面是我的建议：重新输入整个章节。并且，我的意思是，从题目开始。重新输入每一个字，这么做的时候，注意听我说。忘掉那可怕的迪恩·马丁的场景。顺着我，假装写作是有生命的，并且它想利用你做它的媒介。这样恭敬地听从它的旨意，你就会让它讲述一个和你的意图不同的故事。

重新输入每一个字，但是允许人物说出意想不到的事情。可能这是他们一直真正想要说的事情，只是你没有用心听。认真听，你甚至会允许那些你仍然认为很精彩的事情自身发生彻底的改变。谁知道呢，你可能会发

① 《迪恩·马丁秀》(*The Dean Martin Show*)，是美国一档电视综艺节目，1965—1974 年在 NBC 共播出 245 期。由男低音歌手迪恩·马丁主持。

现真正的问题在那一章里早就出现了，在杰克・利奇问辛西娅她阴毛的颜色那一场景时就出现了，杰克・利奇是你妈妈的高中生活里唯一的男孩子，他开一辆凯迪拉克敞篷汽车。你很喜欢这个场景，但是在你重新输入的时候，你听到它似乎变得奇怪而陌生，它就这样永远地改变了我们对迪恩・马丁的看法。

等你写到玛丽・卢和汤姆的时候，你已经辨认不出他们了。你看着杰克・利奇，有点伤感，因为你知道他已经不再是你的杰克・利奇了。重新读一下你的新草稿，肯定会让你落泪，因为是那么强烈、欢快、烦人。并且，诚实地说，你有一点紧张。因为你写了自己确定不会写的内容。但这是很疯狂的，因为如果你不写，那么，谁会写呢？这是个真正会让你紧张的问题。我应该知道。这个问题在我身上发生了很多次。只是，请不要告诉任何人。

找到中心 Fritz McDonald

Fritz McDonald，*The Workshop*：*Seven Decades of the Iowa Writers' Workshop* 的撰稿人。他的小说最近被刊登在《对峙》（*Confrontation*）上；他的剧本 *North Carolina* 即将在美国公共广播事务局（PBS）出品；他还在博客 Create20 上写作。他是 Stamats 创意策划有限公司的副总裁，他的创意作品受到教育促进与支持委员会（Council for Advancement and Support of Education）的认可。

结构，这个必不可少的魔鬼，我们在初稿时通常都达不到它的要求。它的缺失使很多作家在起跑前就被困住了，被面前空白的纸或者显示屏闪了眼睛。结构与情节和故事的关系使其变得更复杂，这些术语在工作室里经常被随意摆布，变得难以区分。由于恐惧伴随着写作，我们设法找到解决方法，就像一个溺水的人在水里扑腾，想抓住绳子一样。只要我们找到了那根绳子——窍门或者公式，就能得救。当然，我们抓住的绳子有可能是湿的，用手抓不住，抓住了也可能会断，或者更糟的是，它没拴在任何东西上。窍门和公式通常会失败，因为它会把我们困在叙述模式里，榨干故事的生命力或将其变为陈词滥调。

有经验的作家知道提前计划情节没有必胜的途径。最好的状况是，写一本书的过程即发现的过程。E. L. 多克托罗[①]曾经把这比喻成在雾中驾车经过郊区，只开着雾灯——我们无法分辨最终的目的地，但是能看清楚前进的方向。但是即使同意这个隐喻，我们仍然需要一个前进的方向，一个起点——我们怎样找到公路？

这个练习的目的是帮助回忆录作家弄清楚驱动他们故事前进的张力。不像小说家受到的束缚仅仅是想象力的局限，回忆录作家面临的是他那毫

① E. L. 多克托罗（E. L. Doctorow），当代美国著名作家。

无头绪的生活素材。要使用什么、略去什么是主要的挑战——我们的生活显然不是小说。

但是稍微虚构一点是有用的。好的小说家很善于发现那些令人不舒服的时刻，能产生有趣的故事。不管是什么样的故事，这个发现所产生的张力都能驱使任何好的故事前进。在《小说面面观》中，爱德华·摩根·福斯特①告诉我们作家应该确定“他的主要事件是什么”。这就是我所谓的“中心事件”，即一本书不能没有的一件事——它是整个故事的中心和创造者；没有它，故事就会像用纸牌搭的房子一样倒塌。几乎每个小说都有一个中心事件。中心事件可以在任何时间发生——在故事之前、之中或之后都行；并且可以发挥任何作用——可以生成叙述，作为说明的要点，促成高潮，或者甚至成为高潮；重要的是没有中心事件，就没有故事可言。

例如，在《红字》② 里，珠儿的出生就是中心事件；如果没有她的出生，海经特·白兰就可以隐藏她和丁梅斯代尔的私情，就不会被迫在胸前佩戴红色的“A”字，也就会过不同的生活。在《了不起的盖茨比》③ 里，中心事件是事杰伊·盖茨比第一次看到戴西·布坎农，这是在小说后面尼克·卡罗威描述的一个场景，但是却对理解盖茨比至关重要。这样，中心事件描述了小说中前后一致的动作——盖茨比从他的码头上，从汤姆·布坎农的门廊上，在尼克的起居室外面，注视戴西。在这些例子里，中心事件都是说明性的。哈克·芬制造了他自己被杀害的现场，以逃避他醉酒的父亲。这是《哈克贝利·芬历险记》的中心事件，在故事中发挥了积极的作用。把中心事件想成一个扔到池塘里的石头，故事就是石头溅起水花所激起的涟漪。

---

① 爱德华·摩根·福斯特（Edward Morgan Forster，1879—1970）：英国著名作家。其作品主要有长篇小说《天使不敢驻足的地方》、《最漫长的旅程》、《看得见风景的房间》、《霍华德庄园》及《印度之行》等，短篇小说集《天国驿车》和《永恒的时刻》等。《小说面面观》收录了他应邀在剑桥大学就小说创作的理论问题作的一系列演讲，不仅有对小说创作的理论分析，而且有来自创作实践的经验总结。

② 《红字》（*The Scarlet Letter*），19 世纪美国作家纳撒尼尔·霍桑最著名的长篇小说。

③ 《了不起的盖茨比》（*The Great Gatsby*），美国作家菲茨杰拉德的著名小说。

练　习

这个练习应该能够帮助你找到中心事件，它能在排除、发现和建构整个过程中发挥作用。练习从列出一系列目录开始，列目录这个活动很常见，我们通常会低估它的作用。这些目录要遵照一个模式：

1. 首先，在你的回忆录里列出所有的事件。不管重要与否，或者即使它们是故事的中心，也不要担心它们的顺序。写快点，把你能想到的所有事情都列到纸上。语言要简单——记住，这只是目录。

2. 从目录中选出 20 件最重要的事，写在另一张纸上，问自己为什么选它们。

3. 仔细检查这个目录。圈出描述动作的事件（提示：找动词）。动作不仅能够通向场景，还能帮助你集中注意力，以避免写得过于宽泛。

4. 再拿一张纸，从上面圈出的条目中列一个新的目录，每一个条目后面省略一些话。这些就是你的主要事件。

5. 从这些事件中，删除那些不影响整个故事发展的部分。保留下来的那件事就是中心事件。

把这个事件当成故事的中心。不管怎样，每件事情都和它有联系，或偏离、或朝着它的方向发展。你需要寻找的是最关键的事件，无论是在故事内部还是外部发生。将故事的关键戏剧化是每一部好书的中心。就像菲茨杰拉德写的是关于渴望和失去，霍桑写的是爱的复杂本质，中心事件就是你最想讲述的故事。毫无疑问，中心事件和你的中心人物密切关联。找到中心事件不一定能使写作变得容易，但能给出某种范围，这是你需要发现的。从这里开始，你至少能找到多克特罗的高速公路。

忘我作家的修改策略 Ashley Shelby

Ashley Shelby，作家、编辑，她的第一本书 *Red River Rising: The Anatomy of a Flood and the Survival of an American City* 受到众多媒体的好评，包括《沙龙》（*Salon*）及美联社（Associated Press）。现为双子城的米尔城市作家工作室主任。

我一直都很喜欢伟大的小说家伏案工作的老照片。比如纳博科夫[①]手握索引卡片的照片，菲茨杰拉德坐在打字机旁的照片，还有弗兰纳瑞·奥康纳[②]躺在床上，笔记本电脑桌放在膝盖上的照片。但我总是纳闷那些成堆的草稿，堆成山的访谈录，从杂志和报纸上剪下来的文章，在餐巾纸上匆匆记下的随想，第一稿，第二稿，第三稿……第十五稿的草案，都到哪里去了？我从来没有在伟大小说家的照片里看到过堆砌如山的草稿，也许是因为这种散布在书桌上、桌底下及其周围的"废料"是非虚构文学作家所仅有的。正是这些残料，这些作家不可避免的足迹才向我们讲述着一个真实的故事。我们大部分非虚构文学作家，即使在生活中如化缘和尚一般落寞，至少在写作时像驮鼠[③]一样喜欢收藏。

不仅仅是我们的书桌常常被堆得满满的。在探索和自我检验的过程中，不少人会被充斥在脑海中的材料搞昏了头。我们都读过历史书、记事报道或回忆录，它们内容过于繁冗，常常偏离主旨，讲一些无聊的话题，时不时引入一些令人印象深刻却毫不相干的数据。他们仿佛把我们带入了一个充满题外话的古玩店。对于这类主题模糊的作品，唯一的补救办法就

---

① 弗拉基米尔·纳博科夫（Vladimir Nabokov，1899—1977），俄罗斯裔美国小说家，著名作品有《洛丽塔》等。

② 弗兰纳瑞·奥康纳（Flannery O'Connor，1925—1964），美国著名短篇小说家。

③ 驮鼠，北美洲啮齿动物，喜欢在洞穴里藏东西。

是修改，大刀阔斧但方法得当的修改。事实上，修改是非虚构文学作家唯一有效的自救途径。

练　习

开始之前，利用已经写好的草稿或以前留下的草稿，或者一篇你已经开始着手写的文章，选出一个话题。

1. 写下你所有的想法。这里质量不是首要的问题。海明威曾经说过："任何作品的初稿都一文不值。"记住这条原则，不要自己审查，不要担心离题。以后会有时间处理这些，但你却无法处理还没写下来的东西，这一阶段要持续几天或者数周。

2. 让写完的东西冷却。除非你急着交稿，否则至少把它放上两周，这一点至关重要。不要再去看它，哪怕瞥上一眼。这期间如果有任何想法、词语、思想、有价值的视角，把它们记在日记里，但是要避免把它们整合到之前写好的手稿中。

3. 两周后，重读你的文章，你会以全新的眼光看待你的作品。现在是做大修改的时候了。这一轮修改要解决的是主要问题。把句式调整和文字调整留到下一阶段。当然，如果你发现了语法错误，用错了词，或者某个位置可以用更好的词语，那就修改，但这一阶段不要把精力放在这方面，而是要统揽全局，主要思考下述问题：

我是不是有一个中心观点？文中出现的观点是不是过多？哪一个最有吸引力？文章的结构是否清晰？与写作素材能否契合一体？最后一个问题的答案很有可能是"完全没有"，因为原来你只关注写作本身，太过放任自己，结构很有可能根本就不存在。现在是时候理清材料顺序了。我是否已经有足够的背景资料？还是资料太多了？我的故事中有足够的人情味吗？比如，有足够的人物吗？人物是不是太多了？是不是有的地方要扩展，需要做进一步的研究来深化？

第三步和第四步之间至少留两天时间，这期间不要看你的作品。

4. 现在该对文章进行剪裁了。由于之前做的修改，你对作品有了更好的看法，你可能已经做好准备，要鉴别出哪些是"多余材料"。剪裁对作品精炼至关重要。我们作家往往会不可避免地陶醉在自己的作品中：我们漫无边际，扯一些无聊的话题，并且希望读者能跟着我们走。这是我们魅力的一部分。但是到了写作的最后阶段，修改工作要求我们删掉好段落和自己喜爱话题的多余枝节，这是个痛苦的过程。此时，问问自己：我讲的故事好看吗？我头脑中是否有一个具体的观点？对这些关键的地方做出决定并修订它们。

5. 现在到了处理中稿的阶段。先检查较小的部分，比如文章的开头。文章开头是否做到了最好？作为编辑，我常常发现自己文章的真正开头往往出现在第三、第四甚至第五段，从来没有出现在第一段过。我把这称作“清嗓子”效果。给你的手稿找一个更好的开头。一句开门见山的话，一个充满诗意的句子，甚至是来自文中人物的一句引言。文章的过渡部分怎么样？有没有看起来毫不相干或者是联系不够紧密的段落？有没有不合逻辑的句子（这在最初的几稿中很常见）？你的观点和段落之间是否互为基础？节奏怎么样？是不是有的地方笔锋陡转，有的地方却拖泥带水？是不是文章中综合了太多研究？有没有需要做更多的研究来支撑观点的地方？

注意：修改时需始终牢记，虽然这个练习概括了修改的一系列步骤，但每个阶段的草稿都不是静态的，而是文章在改进过程中的基本要素。它们是变化的，所以即使你已经到了中稿阶段，如果有必要回过头去变更文章的结构，那就大胆修改，不要犹豫。

6. 把你的作品打印出来，开始逐行检查。像编辑一样检查你的稿子。找出语法和拼写错误。不要依赖电脑中的拼写检查功能。虽然显著的拼写错误逃不出它的法眼，但诸如把“借过”误写成“结果”的问题它就无能为力了。检查完语法错误后逐行进行修改。每一行怎么修改能使其更好？被动语态是不是用得太多？句子是不是令人费解？是不是混淆了某种修辞？如果你是在完成约稿，注意控制字数，不要等着编辑给你删减字数。

7. 最后，大声朗读你的作品。在作品上花费了这么长时间之后，你往往看不出错误。这种现象不仅发生在我编辑过的作家作品上面，也曾出现在我自己的作品中。一种对付这种修改盲区的技巧就是大声朗读你的作品。这时，一件奇妙的事情就会发生：耳朵可以为你找出眼睛看不到的很多错误，效果很显著。在你大声朗读的过程中，你忽略的输入错误会显现出来，写得笨拙或了然无趣的部分也会暴露无遗。

在修改过程中，是否需要寻求别人的意见呢？这取决于你的工作方式。通常，在中稿完成之前，我不愿意把草稿拿给别人看。而有的作家每一稿都拿给别人看。这完全取决于个人。不过请注意，在前期修改阶段，其他人的看法和与之相关的建议常常会使事情变得复杂，你在修改过程中可能会过多地受到别人观点的影响。同时，选择谁来读你的作品也要小心谨慎。朋友和家人很难客观地给出意见。不是因为他们不好，而是因为他们太好了，他们不想伤害到你的感受。过于礼貌的人对作家来说毫无价值，过于吹毛求疵的人也同样没有用。最好的办法就是和一个作家朋友做一下交换：你读他的作品，他读你的。

最后，如何知道自己已经修改完了呢？对作家来说，这是个很棘手的问题，但也是最根本的问题。事实上，我们永远都不会彻底完成这项工作。我们写的文章绝不会完全脱离我们。但修改工作总会达到一个点，那时所有的改动都很微小，甚至有吹毛求疵之嫌。不要太挑剔，也不要东补补西修修。（这种修补的行为是为修改而修改。）相信你作为作家的判断力。如果你的作品已经达到了清晰明确的地步，请离开你的电脑键盘吧，很有可能你的作品已经完成。

写回忆录："我突然意识到……我的文章需要修改！"Robert Atwan

Robert Atwan，1985 年创立《美国最佳散文》并担任丛书编者。他写了大量的关于散文体裁、非虚构文学和写作的文章，是库利学院 Blue Hills 写作研究所的主任，他在那里创建了"九个月回忆录项目"。

这个练习是我在库利学院的回忆录工作室里使用的。这个练习旨在使回忆录作家更关注文章的质量，同时意识到自我编辑修改是绝对必要的。

诗人写诗的时候，一定会在选词、语音、节奏和整体的结构上下很大工夫；换言之，要使诗歌符合创造性语言所有严格的要求。那么，在决定写回忆录时，首先进入脑海中的词语怎么就能做到足够呢？我每年读成百上千的回忆录文章，从中选出美国年度最佳散文，我一直想知道，为什么作家给自己设定的文学标准就比其他体裁低，并且还认为合乎情理。不管什么体裁，难道作家不应该尽自己最大努力将文章写得更好吗？

杜鲁门·卡波特①在一次电视访问中曾经说过，杰克·凯鲁亚克②的《在路上》不是写出来的，而仅仅是用打字机打出来的。通常，我认为我所看到的回忆录文章，都仅仅是在键盘上敲出来的——都很简单，跟骗人似的，逐字逐句地讲述生活中发生的事情。它们就在那里，静静地等着你来抄写。你尽力让自己听起来很真诚、诚实，像是在对话——你认为那种对话式的语调取决于简单、直接、描述性的句子，你会自发地想到它们。

① 杜鲁门·卡波特（Truman Capote），美国南方文学作家，两次获得欧·亨利短篇小说奖。

② 杰克·克鲁亚克（Jack Kerouac，1922—1969），美国作家，最著名的作品是 1957 年出版的《在路上》（*on the Read*）。

第一稿写成这样还说得过去；但是令人难忘的作品，一定要经过严格的自我编辑修改的过程。你的朋友可能鼓励你挑剔一点，但他们大部分可能不会给你进行逐行逐句的修改编辑，你需要自己做这个工作。重新检查基本要素。句子是否很松散？那就写得紧凑些。你有一个动词用了很多遍吗？那就改掉，用真正的动词，扩展你的词汇量。一个句子的中心和灵魂是它的主要动词，而不是那些独立的形容词和副词。另外，还有你的措辞。你是否尽力用了最好的词？还是你只把最初想到的词通过键盘敲了进去？还有就是习惯用语。你是否太依赖现成的习惯用语了？

练　习

下面是回忆录文章的典型部分，也可能是很多回忆录惯用的一种写法。情景十分戏剧化，是作家的心理活动，当然对作家来说至关重要。但是作品——虽然很有用也能利用——很明显缺乏编辑，没达到优秀的自传中对瞬间描写所应有的水平。你的任务是：仔细地读上几遍文章，然后再修改。不要改变这个片段的任何主旨，只编辑文章，从而使文章中的瞬间描写发出本身的光彩。重新自由地安排顺序，添加具体的细节，并且在你认为必要的地方，自由修改任何词语。另外，看一下能否减少重复使用的动词。

> 夜里我开车去我父母家的时候，已经很晚了。屋里灯都已经熄了，我不确定是按门铃叫醒他们，还是去找一家汽车旅馆过一夜。他们可能都睡着了，按门铃会吵醒他们。我意识到我应该早些打电话来，但不幸的是，我的心情很糟糕，没考虑到这一点。我就像自动驾驶导航一样开到这里来了。
>
> 我决定离开，却意识到没有倒车的地方。另外，这附近没有汽车旅馆或酒店。我没有其他地方可去。我既害怕又疲惫，并且极其沮丧。我熄灭引擎，在车里坐了一会，然后走出来。我悄悄地关上车门。我想我的模样一定像鬼一样可怕，我的突然出现会吓到他们。我该怎么向他们解释我做了什么呢——就这样突然跳上车，没带任何行李，也没有目的地？我该怎么解释把派特和孩子们留在家里了呢？该

怎么解释我不确定要不要回到她们身边呢？他们全心全意地爱着派特和孩子们。他们肯定会认为我很可怕。我知道他们会劝我回去。我不安地颤抖着，按响了门铃，等着。

听到爸爸问"谁啊?"感觉像过了一个世纪那么漫长。我希望是妈妈来开门。因为通常对我来说，跟爸爸沟通更困难。我犹豫了一下说："是我。"门打开的一瞬间，我感到很欣慰，突然意识到我又回家了。

作者的网站

Reza Aslan www.rezaaslan.com
Lynne Barrett http://lynne.barrett.googlepages.com
Ishmael Beah www.alongwaygone.com
Barrie Jean Borich www.barriejeanborich.net
Jenny Boully http://jennyboully.blogspot.com
Neal Bowers www.nealbowers.com
Janet Burroway http://janetburroway.com
Joy Castro www.joycastro.com
Samantha Dunn www.samanthadunn.biz
Hope Edelman www.hopeedelman.com
Celeste Fremon www.witnessla.com
Philip Gerard www.philipgerard.com
David Gessner www.davidgessner.com
Philip Graham http://creativewriting.english.uiuc.edu/faculty/philip_graham
Robin Hemley www.robinhemley.com
Christine Hemp www.christinehemp.com
Richard Hoffman www.abbington.com/hoffman
Barbara Hurd www.barbarahurd.com
Judith Kitchen www.judithkitchen.com
Carl Klaus www.carlklaus.com
Sydney Lea www.sydneylea.net
Gretchen Legler http://faculty.umf.maine.edu/~legler
Leslie Lehr www.leslielehr.com
Robert Leleux www.robertleleux.com/home2009.html
Paul Lisicky http://paullisicky.blogspot.com
Eric Maisel www.ericmaisel.com
Tilar Mazzeo www.tilar-mazzeo.com
Rebecca McClanahan www.mcclanmuse.com
Fritz McDonald www.create20.com
Michael McGregor www.michaelnmcgregor.com
Christopher Merrill www.christophermerrillbooks.com
Brenda Miller http://myweb.facstaff.wwu.edu/~millerb/index.shtml
Dinty Moore www.dintywmoore.com
Honor Moore www.honormoore.com
Maureen Murdock www.maureenmurdock.com

Daniel Nester www.danielnester.com

Robert Root www.rootwriting.com

Malina Saval www.malinasaval.com

Brandon Schrand www.brandonrschrand.com

Mimi Schwartz www.mimischwartz.net

Sandra Scofield www.sandrascofield.com

Mary Kay Shanley www.marykayshanley.com

Ashley Shelby www.millcitywriters.com

Sue Silverman www.suewilliamsilverman.com

Natalia Rachel Singer www.nataliarachelsinger.org

Michael Steinberg www.mjsteinberg.net

Suzanne Strempek Shea www.suzannestrempekshea.com

Ned Stuckey-French www.english.fsu.edu/faculty/nstuckey-french.htm

Susan Tiberghien www.susantiberghien.com

Thrity Umrigar www.umrigar.com

David Vann www.davidvann.com

Sandy Wisenberg http://slwisenberg.blogspot.com

Ira Wood www.irawood.com

Xu Xi www.xuxiwriter.com

创意写作书系

这是一套广受读者喜爱的写作丛书，系统引进国外创意写作成果，推动本土化发展。它为读者提供了一把通往作家之路的钥匙，帮助读者克服写作障碍，学习写作技巧，规划写作生涯。从开始写，到写得更好，都可以使用这套书。

综合写作		
书名	作者	出版时间
成为作家	多萝西娅・布兰德	2011年1月
一年通往作家路——提高写作技巧的12堂课	苏珊・M. 蒂贝尔吉安	2013年5月
创意写作大师课	于尔根・沃尔夫	2013年6月
渴望写作——创意写作的五把钥匙	格雷姆・哈珀	2015年1月
与逝者协商——布克奖得主玛格丽特・阿特伍德谈写作	玛格丽特・阿特伍德	2019年10月
文学的世界	刁克利	2022年12月
从创意到畅销书——修改与自我编辑	詹姆斯・斯科特・贝尔	2016年1月
来稿恕难录用——为什么你总是被退稿	杰西卡・佩奇・莫雷尔	2018年1月
虚构写作		
小说写作教程——虚构文学速成全攻略	杰里・克里弗	2011年1月
开始写吧！——虚构文学创作	雪莉・艾利斯	2011年1月
冲突与悬念——小说创作的要素	詹姆斯・斯科特・贝尔	2014年6月
视角	莉萨・蔡德纳	2023年6月
悬念——教你写出扣人心弦的故事	简・K. 克莱兰	2023年6月
情节与人物——找到伟大小说的平衡点	杰夫・格尔克	2014年6月
人物与视角——小说创作的要素	奥森・斯科特・卡德	2019年3月
情节线——通过悬念、故事策略与结构吸引你的读者	简・K. 克莱兰	2022年1月
经典人物原型45种——创造独特角色的神话模型（第三版）	维多利亚・林恩・施密特	2014年6月
经典情节20种（第二版）	罗纳德・B. 托比亚斯	2015年4月
情节！情节！——通过人物、悬念与冲突赋予故事生命力	诺亚・卢克曼	2012年7月
如何创作炫人耳目的对话	詹姆斯・斯科特・贝尔	2016年11月
如何创作令人难忘的结局	詹姆斯・斯科特・贝尔	2023年5月
超级结构——解锁故事能量的钥匙	詹姆斯・斯科特・贝尔	2019年6月
故事工程——掌握成功写作的六大核心技能	拉里・布鲁克斯	2014年6月
故事力学——掌握故事创作的内在动力	拉里・布鲁克斯	2016年3月
畅销书写作技巧	德怀特・V. 斯温	2013年1月
30天写小说	克里斯・巴蒂	2013年5月
从生活到小说（第二版）	罗宾・赫姆利	2018年1月

如果，怎样？——给虚构作家的 109 个写作练习（第三版）	安妮·伯奈斯 帕梅拉·佩因特	2023 年 6 月
写小说的艺术	安德鲁·考恩	2015 年 10 月
成为小说家	约翰·加德纳	2016 年 11 月
小说的艺术	约翰·加德纳	2021 年 7 月
非虚构写作		
开始写吧！——非虚构文学创作	雪莉·艾利斯	2011 年 1 月
写作法宝——非虚构写作指南	威廉·津瑟	2013 年 9 月
故事技巧——叙事性非虚构文学写作指南（第二版）	杰克·哈特	2023 年 3 月
自我与面具——回忆录写作的艺术	玛丽·卡尔	2017 年 10 月
写我人生诗	塞琪·科恩	2014 年 10 月
类型及影视写作		
金牌编剧——美剧编剧访谈录	克里斯蒂娜·卡拉斯	2022 年 1 月
开始写吧！——影视剧本创作	雪莉·艾利斯	2012 年 7 月
开始写吧！——科幻、奇幻、惊悚小说创作	劳丽·拉姆森	2016 年 1 月
开始写吧！——推理小说创作	劳丽·拉姆森	2016 年 7 月
弗雷的小说写作坊——悬疑小说创作指导	詹姆斯·N. 弗雷	2015 年 10 月
好剧本如何讲故事	罗伯·托宾	2015 年 3 月
经典电影如何讲故事	许道军	2021 年 5 月
童书写作指南	玛丽·科尔	2018 年 7 月
网络文学创作原理	王祥	2015 年 4 月
写作教学		
剑桥创意写作导论	大卫·莫利	2022 年 7 月
小说写作——叙事技巧指南（第十版）	珍妮特·伯罗薇	2021 年 6 月
你的写作教练（第二版）	于尔根·沃尔夫	2014 年 1 月
创意写作教学——实用方法 50 例	伊莱恩·沃尔克	2014 年 3 月
创意写作思维训练	丁伯慧	2022 年 6 月
故事工坊（修订版）	许道军	2022 年 1 月
大学创意写作·文学写作篇	葛红兵 许道军	2017 年 4 月
大学创意写作·应用写作篇	葛红兵 许道军	2017 年 10 月
小说创作技能拓展	陈鸣	2016 年 4 月
青少年写作		
会写作的大脑 1——梵高和面包车（修订版）	邦妮·纽鲍尔	2018 年 7 月
会写作的大脑 2——怪物大碰撞（修订版）	邦妮·纽鲍尔	2018 年 7 月
会写作的大脑 3——33 个我（修订版）	邦妮·纽鲍尔	2018 年 7 月
会写作的大脑 4——亲爱的日记（修订版）	邦妮·纽鲍尔	2018 年 7 月
奇妙的创意写作——让你的故事和诗飞起来	卡伦·本基	2019 年 3 月
有个性的写作（人物篇+景物篇）	丁丁老师	2022 年 10 月
成为小作家	李君	2020 年 12 月
写作魔法书——让故事飞起来	加尔·卡尔森·莱文	2014 年 6 月
写作魔法书——28 个创意写作练习，让你玩转写作（修订版）	白铅笔	2019 年 6 月
写作大冒险——惊喜不断的创作之旅	凯伦·本克	2018 年 10 月
小作家手册——故事在身边	维多利亚·汉利	2019 年 2 月
北大附中创意写作课	李韧	2020 年 1 月
北大附中说理写作课	李亦辰	2019 年 12 月

创意写作课程平台

从入门到进阶多种选择，写作路上助你一臂之力

【品牌课程】叶伟民故事写作营

故事，从这里开始。

如果你有一个故事创意，想要把它写出来；

如果你有一个故事半成品，想要把它改得更好；

如果你在写作中遇到瓶颈，苦于无法向前一步；

如果你想找一群爱写作的小伙伴，写作路上报团取暖——

加入“叶伟民故事写作营”，让写作导师为你一路保驾护航。

资深写作导师、媒体人、非虚构写作者叶伟民，帮助你实现从零到一的跨越，将一个故事想法写成一个完整的故事，继而迈出从一到无限可能的重要一步。

【写作练习】“开始写吧！——21天疯狂写作营”

每年招新，专治各种“写不出来”。

你有没有遇到过这样的情况：

拿起笔来，或是把手放到键盘上，这时大脑变得一片空白，一个字也写不出来？

或者，写着写着，突然就没有灵感了？

或者，你喜欢写作和阅读，但就是无法坚持每天写？

再或者，你感觉写作路上形单影只，找不到志同道合的小伙伴？

“开始写吧！——21天疯狂写作营”为你提供一个可以每天打卡疯狂写作的地方。

依托“创意写作书系”里的海量资源，班主任每天发布一个写作练习，让你锻炼强大的写作肌。

★ ★ ★

写作营每年招新，课程滚动更新，可扫描右侧二维码了解最新写作营及课程信息，或关注“创意写作坊”公众号（见本书后折口），随时获取课程信息。

创意写作课程平台

精品写作课

作家的诞生——12 位殿堂级作家的写作课

中国人民大学刁克利教授 10 余年研究成果倾力呈现，横跨 2800 年人类文学史，走近 12 位殿堂级写作大师，向经典作家学写作，人人都能成为作家。

荷马：作家第一课，如何处理作品里的时间？
但丁：游历于地狱、炼狱和天堂，如何构建文学的空间？
莎士比亚：如何从小镇少年成长为伟大的作家？
华兹华斯和弗罗斯特：自然与作家如何相互成就？
勃朗特姐妹：怎样利用有限的素材写作？
马克·吐温：作家如何守望故乡，如何珍藏童年，如何书写一个民族的性格和成长？
亨利·詹姆斯：写作与生活的距离，作家要在多大程度上妥协甚至牺牲个人生活？
菲兹杰拉德：作家与时代、与笔下人物之间的关系？
劳伦斯：享有身后名，又不断被诋毁、误解和利用，个人如何表达时代的伤痛？
毛姆：出版商的宠儿，却得不到批评家的肯定。选择经典还是畅销？

作家的诞生
——12位殿堂级作家的写作课

一个故事的诞生——22 堂创意思维写作课

郝景芳和创意写作大师们的写作课，国内外知名作家、写作导师多年创意写作授课经验提炼而成，汇集各路写作大师的写作法宝。它将告诉你，如何从一个种子想法开始，完成一个真正的故事，并让读者沉浸其中，无法自拔。

郝景芳：故事是我们更好地去生活、去理解生活的必需。
故事诞生第一步：激发故事创意的头脑风暴练习。
故事诞生第二步：让你的故事立起来。
故事诞生第三步：用九个句子描述你的故事。
故事诞生第四步：屡试不爽的故事写作法宝。

NOW WRITE! NONFICTION: Memoir, Journalism and Creative Nonfiction Exercises from Today's Best Writers and Teachers by Sherry Ellis

Copyright © 2009 by Sherry Ellis

All rights reserved including the right of reproduction in whole or in part in any form. This edition published by arrangement with TarcherPerigee, an imprint of Penguin Publishing Group, a division of Penguin Random House LLC.

Simplified Chinese edition © 2016 by China Renmin University Press

图书在版编目（CIP）数据

开始写吧！——非虚构文学创作/艾利斯编；刁克利译注. —北京：中国人民大学出版社，2011
（创意写作书系）
ISBN 978-7-300-13231-0

Ⅰ. ①开… Ⅱ. ①艾… ②刁… Ⅲ. ①文学创作-写作学 Ⅳ. I04

中国版本图书馆 CIP 数据核字（2010）第 255122 号

创意写作书系
开始写吧！
——非虚构文学创作
雪莉·艾利斯　编
刁克利　译注
Kaishi Xieba!

出版发行	中国人民大学出版社		
社　　址	北京中关村大街 31 号	**邮政编码**	100080
电　　话	010－62511242（总编室）		010－62511770（质管部）
	010－82501766（邮购部）		010－62514148（门市部）
	010－62515195（发行公司）		010－62515275（盗版举报）
网　　址	http://www.crup.com.cn		
经　　销	新华书店		
印　　刷	天津中印联印务有限公司		
开　　本	720 mm×1000 mm　1/16	**版　　次**	2011 年 1 月第 1 版
印　　张	18.75 插页 1	**印　　次**	2024 年 1 月第 14 次印刷
字　　数	271 000	**定　　价**	48.00 元

版权所有　侵权必究　　　印装差错　负责调换